Okt. 2020

Liebe Tina,
im zweiten Teil
erfährst du, was
bedingungslose
    Freundschaft,
      Zusammenhalt &
        Fürsorge
bedeuten...

Es grüßt dich

♡ - eicus

Helena Weber

Helena Weber, Jahrgang 1994, stammt ursprünglich aus dem Tölzer Alpenvorland und lebt mit ihrem Lebensgefährten in München. Obwohl sie schon während ihrer Jugendzeit leidenschaftlich gerne Geschichten schrieb, widmete sie sich nach dem Schulabschluss zunächst ihrem Studium und zwei Auslandsaufenthalten. Beruflich hat sie sich auf Marketing und Kommunikation spezialisiert. Nun möchte sie sich auch in ihrem Hobby verwirklichen und widmet sich ihrem ersten Buchprojekt. Ihr Roman "UNENDLICH - Für ein Leben" bildet den zweiten Band einer dreiteiligen Buchreihe.

Die UNENDLICH-Reihe umfasst folgende Bände:

UNENDLICH – Für eine Ewigkeit
UNENDLICH – Für ein Leben
UNENDLICH – Für einen Moment

Hinweis: Die Bedeutung der Buchcover wird im dritten und letzten Band der Buchreihe aufgelöst, da diese mit der Geschichte zusammenhängen.

Weitere Informationen zur Autorin finden Sie unter: www.helena-weber.com

Bibliografische Information der Deutschen Nationalbibliothek: Die Deutsche Nationalbibliothek verzeichnet diese Publikation in der Deutschen Nationalbibliografie; detaillierte bibliografische Daten sind im Internet über dnb.dnb.de abrufbar.

© 2020 Helena Weber
Umschlag, Illustration: Helena Weber

Herstellung und Verlag:
BoD – Books on Demand, Norderstedt

ISBN: 978-3-7519-9945-8

Helena Weber

UNENDLICH

Für ein Leben
Teil II

Für meine Schwester

Mein größtes Vorbild, denn du lebst den Moment und kämpfst mit aller Kraft für deine Träume. Du machst dir keine Vorstellung davon, was für einen riesigen Platz du in meinem Herzen einnimmst.

.

Die Flucht

1 Oliver drehte sich stöhnend auf die andere Seite. Er lag im Bett und hatte mal wieder einen Albtraum. So wie jede Nacht. Jedes Mal liefen die gleichen Bilder vor seinem inneren Auge ab. Emma und Liam lagen wie zwei Puppen regungslos im sandigen Boden, irgendwo im Western Territory auf dem Gelände von Basis 29, umzingelt von schwer bewaffneten Oppositionsanhängern. Und dann hebt ihr Mörder und Anführer der Opposition, Logan Grey, den Kopf. Starrt ihn direkt an und verzieht sein Gesicht zu einer boshaft grinsenden Fratze. In diesem Moment wurde Oliver unsanft wachgerüttelt.

„Oliver!"

Oliver schreckte schweißüberströmt hoch und brauchte einen Moment, um sich zu sammeln. Eine Hand legte sich sanft auf seinen Unterarm.

„Du hast wieder schlecht geträumt", stellte Scarlett seufzend fest.

Oliver spürte einen stechenden Schmerz in den Schläfen und begann sie mit den Händen leicht zu massieren.

„Ja. Es ist immer der gleiche Traum. Ich weiß nicht, was ich dagegen machen soll. Kaum mache ich die Augen zu, läuft wieder die gleiche Szene ab."

„Emma und Liam?"

„Ja."

„Du bist traumatisiert. So wie wir alle."

„Das weiß ich, Scarlett", antwortete Oliver gereizt. „Trotzdem weiß ich nicht, was ich dagegen machen kann."

Scarlett bohrte nicht weiter und ließ das Thema Albträume sein. Emma und Liam waren erst seit ein paar Tagen tot und sie alle befanden sich im Schockzustand.

„Du kannst mich zumindest ablösen. Deine Schicht fängt an."

Oliver gähnte müde, nickte und stand auf.

„Wie spät ist es?", fragte er.

„Kurz nach fünf."

„Ich verstehe nicht, warum bis jetzt noch nichts passiert ist", murmelte Oliver leise vor sich hin.

Scarlett zuckte mit den Schultern.

„Nur weil nach Jared Flemmings Tod ein Baby sofort am nächsten Tag wiedergeboren wurde, heißt das nicht, dass das bei Emma und Liam auch der Fall sein muss."

Oliver zog sich ein frisches T-Shirt über und schlurfte aus dem Zimmer. Er entdeckte den Laptop aufgeklappt auf der Couch im Wohnbereich und stöhnte genervt.

„Scarlett, wie oft habe ich dir schon gesagt, dass der Laptop nicht auf der Couch liegen soll!"

Scarlett war ihm gefolgt und rollte mit den Augen.

„Dem Laptop geht es ganz wunderbar."

„Es ist aber für die Lüftung nicht gut, wenn er auf einem Polster liegt."

„Ja, schon gut. Ich passe beim nächsten Mal besser auf", ruderte Scarlett zurück. Sie war hundemüde und wollte sich endlich schlafen legen.

„Bis nachher, Oliver."

„Hmm", brummte der nur und vertiefte sich bereits in die Geburtstabellen auf dem Bildschirm.

Seit sie hier angekommen waren, wechselten sie sich rund um die Uhr schichtweise damit ab, die verzeichneten Geburten zu überwachen. Sollten Liam und Emmas Zeichen irgendwo auftauchen, erfuhren sie es sofort durch das System. Jared Flemming wurde damals jedoch ohne jegliches Zeichen wiedergeboren. Trat dieser Fall ein, konnte logischerweise kein Zeichen im Melderegister auftauchen. Das Krankenhaus wandte sich in so einer Situation sicher als allererstes an die Behörden, um den Vorfall zu melden. Um auch hierbei alles mitzubekommen, hatte sich Oliver in die zentrale Meldestelle der Regierungspolizei gehackt. So entging es ihm nicht, wenn eine Geburt ohne Zeichen gemeldet werden würde.

Die Firewalls und Sicherungssysteme der Polizei waren zwar auf dem neuesten Stand, doch die Polizisten selbst, die das System jeden Tag benutzten, waren dagegen teilweise sehr leichtsinnig. Oliver brauchte nicht lange, bis er einen Polizisten ausfindig machte, der auf seinem privaten Rechner seine Zugangsdaten zum Firmenrechner ohne nennenswerten Passwortschutz und ohne eine Firewall hinterlegt hatte.

Ob nun der eine oder der andere Fall eintreten würde – sie waren vorbereitet.

Oliver starrte auf die Zahlen vor sich und gähnte.

„Kommt schon ihr beiden. Ihr müsst wiederkommen", murmelte er leise und gähnte abermals.

Schon nach kurzer Zeit kippte Olivers Kopf nach hinten auf die Rückenlehne der Couch und er fing wieder an zu träumen.

*

Oliver sah, wie Eric Anlauf nahm, sich vom Boden abstieß und seinem eigenen Kollegen in die Hüfte sprang. Zuerst hatte Oliver gedacht, dass Eric *ihn* außer Gefecht setzen wollte und kniff voller Angst vor der Wucht des Aufpralls die Augen zu. Er spürte jedoch keinen Tritt, sondern wurde lediglich auf den Boden gerissen, als die vermummte Gestalt hinter ihm auf den Boden ging. Als Eric der Gestalt abermals einen Tritt verpasste, begriff Oliver, dass ihm gerade *geholfen* wurde. Er konnte sich jedoch nicht allzu übermäßig darüber freuen und japste nach Luft. Der Aufprall war sehr schlecht für seine verletzten Rippen.

Oliver hörte Logan wütend aufschreien, als er Eric gegen seine eigenen Leute kämpfen sah. Er hob den Kopf und sah, wie Mason Scarlett packte und hastig hinter sich zog. Kurz zuvor hatte es sein Freund geschafft, seinen Angreifer über die Schulter zu werfen. Weiterhin hatte er dem Mann, der Scarlett fest im Griff hielt, mit dem Ellenbogen ins Gesicht geboxt. Die beiden Männer waren kurzzeitig außer Gefecht gesetzt, rappelten sich jedoch wieder vom Boden auf und kamen nun von beiden Seiten langsam auf Mason zu. Mason sah furchteinflößend aus. Oliver zweifelte in diesem Moment keine Sekunde daran, dass sein Freund alles und jeden in Stücke reißen würde, der ihm oder Scarlett ein Haar krümmen wollte. Er fletschte seine Zähne und knurrte wie ein Tier.

Oliver musste seinen Freunden helfen. Er stöhnte und rollte sich langsam auf die Seite, um sich mit den Armen beim Aufstehen abstützen zu können. Die Gestalt hinter ihm hatte ihn nicht mehr gepackt, sondern war damit beschäftigt, sich fluchend die Hüfte zu halten, die sein Kollege verletzt hatte. In diesem Moment hörte Oliver Eric brüllen, dass Liam und Emma abhauen sollten.

Oliver hob den Kopf und für einen kurzen Augenblick kreuzte sich sein Blick mit dem von Liam. Er sah die Verzweiflung in den Augen seines besten Freundes, ihnen helfen zu wollen. Sie nicht im Stich lassen zu wollen. Doch zwischen ihnen befanden sich zu viele Gegner.

Lauf Liam!

Und das tat er. Oliver sah, wie Liam Emma am Arm packte und mit ihr davonrannte. Schon nach wenigen Metern wurden sie von der Dunkelheit verschluckt.

Oliver schaffte es auf die Knie, doch als er aufstehen wollte, sackte er wieder in sich zusammen. Jeder

Atemzug fühlte sich an, als ob ihm ein Messer zwischen die Rippen fuhr.

Mason hatte unterdessen zum Schlag ausgeholt und traf seinen Gegner derart am Unterkiefer, dass dieser sofort aus dem Mund blutete und in die Knie ging. Der zweite Mann verpasste Mason daraufhin einen linken Haken an die Schläfe, der ihn taumeln ließ. Scarlett konnte mit ihrem verletzten Arm nicht viel zum Kampf beitragen. Ihr einziger Vorteil war, dass sie sich flink bewegen konnte. Sie bückte sich blitzschnell, grub ihre linke Hand in den Boden und warf dem Angreifer eine Ladung Dreck ins Gesicht.

Das verschaffte Mason kurz Zeit, sich zu fangen. Er packte den Mann, der gerade hektisch damit beschäftigt war, sich den Dreck aus den Augen zu reiben und rammte ihm sein Knie in den Magen. Sein Gegner japste nach Luft und krümmte sich röchelnd zusammen.

„Pass auf, Mason!", schrie Scarlett panisch hinter ihm.

Die zweite Gestalt hatte sich wieder aufgerappelt, rannte nun brüllend auf Mason zu und rang ihn mit seinem Körpergewicht nieder. Sie wälzten sich auf dem Boden und versuchten jeweils die Oberhand zu gewinnen. Mason landete einen Treffer am Ohr, was seinen Gegner vollends rasend machte. Der Mann schaffte es, sich auf Masons Körpermitte zu setzen und klemmte dessen Arme mit den Knien fest, damit er nicht mehr ausholen konnte. Er grinste und spuckte verächtlich neben Masons Gesicht auf den Boden.

Dann holte er zum Schlag aus und seine Faust krachte in Masons linke Gesichtshälfte. Masons Lippe platzte auf und sein Mund füllte sich mit Blut.

Es folgten weitere Schläge und Mason spürte ein Knacken in seinem Nasenbein. Scarlett wollte ihrem Freund zu Hilfe eilen, doch der andere Mann, dem Mason zuvor in den Magen hieb, warf sich nach vorne und bekam Scarlett am Knöchel zu fassen. Er riss sie auf den Boden, wobei sie den Sturz reflexartig mit ihren Händen abfangen wollte und dadurch stechende Schmerzen im verletzten Arm auslöste.

Sie spürte, wie ihre genähte Wunde aufriss und zu bluten begann. Ihr T-Shirt war nach wenigen Sekunden mit Blut durchtränkt. Sie schrie gequält auf und zog panisch an ihrem Fuß, doch der Angreifer hielt ihn fest umklammert.

Oliver sah flehend zu Eric hinüber, der jedoch immer noch mit Emmas und Liams Angreifern beschäftigt war.

Ich muss etwas tun!

Plötzlich vernahm er eine Bewegung im Augenwinkel. Der Kollege, dem Eric zuvor in die Hüfte sprang, robbte sich vom Geschehen weg auf das ausgehobene Grab zu. Oliver blickte in die Richtung und sah seine Waffe am Rande des Grabes im Sand liegen. Hätte dort nicht noch die Taschenlampe gelegen, hätte er sie gar nicht auf dem Boden ausmachen können.

Oh nein, Freundchen, dachte Oliver wütend. Die kriegst du nicht!

Oliver biss die Zähne zusammen und robbte sich mit letzter Kraft vorwärts. Der Schmerz trieb ihm Tränen in die Augen, doch er hörte Scarletts panische Versuche, sich aus ihrer Lage zu befreien und die vielen Schläge, die Mason einstecken musste. Mason war mittlerweile bewusstlos, das Gesicht nur noch eine blutige, zugeschwollene Masse.

Genauso wie Oliver konnte sich der Mann vor ihm nicht aufrichten. Oliver vermutete, dass er eine gebrochene Hüfte hatte. Der lädierte Kerl bemerkte seinen Verfolger und versuchte noch schneller vorwärts zu kriechen.

Oliver schaffte es auf Ellenbogenhöhe, packte den Mann am Arm und zog mit einem Ruck daran. Das Gesicht seines Gegners landete dadurch kurzzeitig im Dreck und Oliver wusste sich nicht anders zu helfen, als in die Hand des Mannes zu beißen. Er vergrub seine Zähne wie ein Pitbull und spürte Blut in seinem Mund. Der Mann schrie wie am Spieß und riss an seinem Arm.

Oliver reagierte blitzschnell. Er hielt den Atem an und kroch so schnell er konnte weiter, streckte seinen Arm aus und fühlte das schwarze, kühle Metall an seinen Fingern. Der Mann hielt sich die verletzte Hand nun schützend an die Brust und packte Oliver mit der anderen am Hosenbund, um ihn zurückzuziehen. Doch Oliver riss sein rechtes Bein nach oben und traf den Mann dabei voll im Gesicht. Abermals zuckte dieser schmerzerfüllt zurück.

Oliver krallte seine Finger um die Waffe, zog sie zu sich heran und entsicherte sie hastig. Er rollte sich keuchend auf die andere Seite und riss erschrocken die Augen auf.

Scarletts Angreifer hatte sie zu sich heruntergezogen und würgte sie mit beiden Händen am Hals. Scarlett versuchte panisch seinen Griff zu lockern, doch sie konnte nichts ausrichten. Ihr Gesicht hatte sich schon gefährlich rot verfärbt.

Oliver zielte und schoss.

Er traf den Mistkerl am Hals. Der Mann zog sofort seine Hände von Scarletts Hals weg und hielt sie sich an seinen eigenen, aus dem unaufhörlich Blut herausquoll. Er fiel seitlich neben Scarlett auf den Boden und blieb röchelnd liegen.

Die gebrochene Hüfte schrie laut auf, als er sah, wie sein Kollege zusammenbrach. Oliver zögerte nicht lange und schoss ihm in die Schulter. Der Mann jaulte gequält auf.

Masons Angreifer war nach dem ersten Schuss sofort in die Höhe geschossen und rannte wutentbrannt auf den Verursacher zu. Als Oliver den zweiten Schuss abgab, hatte ihn der Mann schon fast erreicht. Oliver wollte ihm gerade den dritten Schuss versetzen, da taumelte die Gestalt plötzlich zurück.

Eric hatte ihn von hinten am Kragen gepackt, zog ihn zurück und trat ihm in die rechte Kniekehle. Der Mann sackte auf den Boden und Oliver zuckte erschrocken zusammen, als Eric ihm wie einer Marionette mit einem Ruck das Genick brach.

Eric und Oliver starrten sich für einen Moment schwer atmend an.

Dann machte Eric ein paar große Schritte, riss Oliver die Waffe aus der Hand und packte ihn am Kragen.

„Lern erst einmal fair zu kämpfen, bevor du auf Unbewaffnete schießt", knurrte er.

„Er wollte Scarlett umbringen", presste Oliver hervor. „Und der hier wollte sich die Waffe krallen. Was sollte ich denn machen?"

Eric erwiderte nichts und zog ihn auf die Füße. Als Olivers Füße nachgeben wollten, gab er ihm eine saftige Ohrfeige.

„Reiß dich zusammen! Wenn du nicht laufen kannst, bleibst du zurück. Hast du das verstanden?"

Oliver sah kurzzeitig Sternchen vor den Augen, nickte jedoch benommen.

Eric ließ ihn stehen und eilte zu Mason und Scarlett.

Scarlett hatte sich voller Sorge über ihren Freund gebeugt und schüttelte ihn leicht.

„Mason, wach auf! Bitte!"

Mason stöhnte leise.

„Mason, du musst aufstehen! Wir müssen hier weg!", rief Scarlett eindringlich.

Ihr Freund versuchte zu nicken. Er hatte verstanden. Mason rollte sich vorsichtig auf die Seite und spuckte Blut auf den Boden.

„Hilf mir hoch", krächzte er.

Scarlett legte sich seinen rechten Arm um ihre Schulter und half ihm dabei aufzustehen.

Mason wurde zunächst schwindelig und wankte leicht, fand dann jedoch einen einigermaßen festen Stand.

Als Scarlett Oliver auf sich zu humpeln sah, winkte sie ihn mit ihrer freien Hand zu sich. Es war kaum zu übersehen, dass auch Oliver sich nur mit letzter Kraft auf den Beinen halten konnte.

Scarlett zog sich Olivers linken Arm um die Schulter, sodass sie sich nun zwischen den beiden in der Mitte befand und das Trio stolperte vorsichtig vorwärts. Scarlett zog scharf die Luft ein, denn die beiden Gewichte zu ihren Seiten fühlten sich wie Mehlsäcke an.

Eric seufzte leise, als er die drei sah. Drei lädierte Jugendliche aus der Basis zu bringen, würde deutlich länger dauern, als wenn sie alle noch normal laufen könnten. Eric hatte sich zwischenzeitlich ihre Taschenlampe vom Grab geschnappt und lotste die Gruppe durch die Dunkelheit in Richtung Hauptgebäude zurück.

Er hatte keinen blassen Schimmer, wo sich Logan nun auf dem Gelände befand. Zuvor hatte er die Verfolgung von Emma und Liam aufgenommen. Eric war sich nicht mehr sicher, ob es richtig war, die beiden wegzuschicken. Im Moment des Gefechts hatte er die Lage so eingeschätzt, dass er mit zwei Angreifern beschäftigt war, während sich die anderen drei – bereits lädierten – Kids mit ihren eigenen Angreifern auseinandersetzen mussten. Und Logan ging zu diesem Zeitpunkt bereits auf Emma und Liam zu, um ihnen das Mittel zu verpassen.

Nein, er hätte ihnen in diesem Moment nicht helfen können.

Ava hatte ihm zuvor ins Ohr geflüstert, dass jetzt der Moment gekommen sei, um zu verschwinden. Er solle die fünf Jugendlichen hier rausbringen. Sie würde mit den Kids zum Hubschrauber laufen und dort auf ihn warten. Basis 29 verfügte nur über einen einzigen alten, ausrangierten Sikorsky UH-60 Black Hawk Transporthubschrauber mit mehr als 25 Jahren auf dem Buckel. Er wurde selten genutzt, da Basis 29 als Ausbildungsstätte genutzt wurde und nicht als Kampfstützpunkt mit Waffenlagern diente. Dafür gab es andere Basen und Stützpunkte. Die Opposition musste vorsichtig sein, wenn sie sich im Luftraum aufhielt, der von der Regierung mit Argusaugen überwacht wurde.

Eric betete, dass sie noch genügend Treibstoff im Tank hatten. Während dem Aufstieg würden sie am angreifbarsten sein, denn die Rotoren benötigten eine gewisse Startgeschwindigkeit, bis genügend Auftrieb vorhanden ist, der den Helikopter nach oben bringt. Noch dazu würden sie sich beim Aufstieg mit Handfeuerwaffen wehren müssen, denn das M-240 Maschinengewehr des Black Hawk funktionierte schon seit Ewigkeiten nicht mehr. Eric ahnte, warum Ava sich dennoch für diese Fluchtmöglichkeit entschieden hatte. Nur der Black Hawk bot für so viele Personen Platz. Zählte man den Piloten, Co-Piloten und den Navigator mit, fanden bis zu vierzehn Personen darin Platz. Sie würden zwar nicht weit damit fliegen können. Allein schon wegen des fehlenden Treibstoffs und zum anderen, weil sie sonst auch noch die Aufmerksamkeit der Regierung auf sich ziehen würden, sobald sie auf deren Radar auftauchten. Doch wenn sie es einmal in eine Höhe geschafft hatten, in der sie von den Waffen der Bodentruppe nicht mehr getroffen werden konnten, könnten sie zum nächstgelegenen Fuhrparklager fliegen und dort auf zwei Jeep Defender umsatteln. Bis Logan und seine Leute dort ankämen, wären sie längst weg.

So weit so gut, der Plan klang einfach, doch sie mussten noch Emma und Liam mit an Bord holen. Es könnte noch einmal zu einem hässlichen Kampf kommen, um die beiden zu retten. Normalerweise hätte Eric die Einstellung gehabt, dass jeder auf sich allein gestellt sei. Doch er hatte die beiden weggeschickt. Hatte ihnen geraten, abzuhauen. Und sein Bauchgefühl sagte ihm, dass er damit eine falsche Entscheidung getroffen hatte. Er musste zumindest versuchen, die beiden während ihrer Flucht noch aufzugabeln, bevor Logan sie in die Finger bekam.

Eric hörte Olivers rasselnden Atem hinter sich. Alle drei waren ordentlich lädiert und benötigten dringend medizinische Versorgung. Nach einer gefühlten Ewigkeit machte Eric schemenhaft den alten Hangar in der Dunkelheit aus. Ava hatte bereits das Dach des Hangars geöffnet. Der Hubschrauber stand nie sichtbar draußen, damit er vor Regierungsdrohnen geschützt wäre. In den vergangenen Jahren kam es dreimal vor, dass eine Drohne über das Gelände flog, um es auszukundschaften. Der alte Hangar war so konzipiert worden, dass das Dach geöffnet werden konnte, um direkt daraus starten zu können.

„Wo gehen wir hin?", presste Scarlett mühsam hervor. Die beiden Jungs rechts und links von sich zu stützen, kostete sie sehr viel Kraft.

„Wirst du schon sehen", erwiderte Eric kurz angebunden.

Wenige Augenblicke später schob er vorsichtig die Tür zum Hangar auf und bedeutete Scarlett, Oliver und Mason stillzustehen. Er lauschte angestrengt. Drinnen hörte er das Klicken einer Waffe.

„Waffe weg und Hände hoch", hörte Eric Ava bedrohlich zischen.

„Ich bin's", flüsterte er leise.

„Du hast dir mächtig Zeit gelassen", erwiderte Ava vorwurfsvoll und schob die Tür noch weiter auf, um sie hereinzulassen.

„Ja schau dir die doch mal an. Es war nicht leicht, die drei da rauszukriegen."

Ava warf Scarlett, Oliver und Mason einen kurzen Blick zu.

„Wir müssen sofort starten. Gerade kam der Befehl von Logan, das Gelände nach Peter, Daniel und Noel abzusuchen." Ava hielt ein Funkgerät in die Luft, mit dem sie den Befehl mitgehört hatte.

„Haben wir noch genügend Treibstoff?", fragte Eric zweifelnd.

„Für die Strecke reicht es."

„Zu welchem Lager willst du?"

„Das beim Staudamm im Südwesten."

„Hast du die Schlüssel für die Defenders dort?"

„Ja."

„Dann nichts wie weg hier."

Scarlett, Mason und Oliver starrten auf den riesigen Hubschrauber vor sich.

„Was ist mit Liam und Emma?", fragte Oliver besorgt.

„Wir müssen sie suchen!", ergänzte Mason aufgebracht.

Eric drehte sich zu den dreien um.

„Wir versuchen sie aufzugabeln. Wenn wir sie nicht innerhalb kürzester Zeit finden können, müssen wir weiterfliegen."

Scarlett starrte ihn entsetzt an und protestierte:

„Wir können sie nicht zurücklassen!"

Eric packte sie grob am Kinn.

„Entweder ihr steigt da jetzt ein, oder ihr bleibt hier und werdet mit allergrößter Wahrscheinlichkeit sterben."

Scarlett zögerte kurz, nickte dann jedoch verdrießlich. Auch Mason und Oliver resignierten, denn sie konnten sich kaum noch auf den Beinen halten. Undenkbar, dass sie in ihrem Zustand zu Fuß auf dem Gelände nach ihren Freunden suchen könnten. Ava war bereits ins Cockpit gestiegen und bereitete alles für den Start vor. Als Scarlett mit Oliver und Mason an der Seitentür erschien, blickte sie in die verängstigten Gesichter von Peter, Daniel und Noel, die bereits angeschnallt auf drei Sitzen saßen.

„Was ist mit Emma und Liam?", fragte Daniel.

Scarlett schüttelte den Kopf.

„Das wissen wir nicht", erwiderte sie leise.

„Du meine Güte, wie seht ihr denn nur aus?"

Scarlett drehte den Kopf zum Cockpit. Sie hatte gar nicht gesehen, dass sich neben Ava noch jemand befand.

Maria, die Emma auf der Krankenstation unter ihre Fittiche genommen hatte, saß dort und blickte Scarlett aufrichtig besorgt ins Gesicht.

Oliver kletterte auf allen Vieren auf den Boden des Black Hawk und hievte sich stöhnend auf einen freien Platz. Mason stieg ebenfalls ein und musste sich zu einem Platz neben Oliver tasten, da seine Augen dick zugeschwollen und blutverkrustet waren. Als Scarlett ihnen folgen wollte, hielt sie Eric von hinten zurück.

„Kannst du mit einer Waffe umgehen?"

Eric sah dabei zweifelnd auf Oliver und Mason. Oliver war derart bewegungsunfähig, dass er kaum eine Waffe halten konnte und Mason würde mit seiner verletzten Augenpartie nicht mal richtig zielen können.

Scarlett nickte entschlossen. Ava hatte mehrere Sturmgewehre und Munition in den Laderaum gelegt. Eric gab ihr davon eines und entsicherte es.

„Erst feuern, wenn ich es sage", wies er sie an.

Er bedeutete ihr, neben der Seitentür Platz zu nehmen.

„Du übernimmst diese Seite, ich die andere."

„Okay."

Scarlett war aufgeregt und sie spürte das Adrenalin. Sie waren noch lange nicht aus der Gefahrenzone heraus.

„Alle startklar?", fragte Ava von vorne.

„Wirf den Motor an", wies sie Eric von hinten an.

Er warf einen Blick auf Scarlett.

„Sobald wir aus dem Hangar raus sind, solltest du dich auf Beschuss gefasst machen."

„Verstanden", sagte Scarlett mit fester Stimme und sah konzentriert zum offenen Dach des Hangars hinauf.

Ava startete im Cockpit den Motor des Black Hawk. Der Boden unter Scarlett erzitterte und die Rotorblätter des Hubschraubers begannen langsam, sich zu drehen. Für Scarlett dauerte es eine gefühlte Ewigkeit, bis die schwere Maschine endlich vom Boden abhob. Im Kopf zählte sie die Sekunden. Als sie bei Sekunde dreißig ankam, gelangten sie am Dach des Hangars an.

Prompt fielen die ersten Schüsse.

Der Moment, in dem Ava den Motor anließ, war natürlich unüberhörbar für alle, die sie draußen auf dem Gelände suchten. Vor dem Hangar hatten sich Schützen positioniert und warteten darauf, dass sich ihre Beute in den Himmel erhob.

Scarlett sah, wie zwei Gestalten die Schiebetüren zum Hangar aufstießen und mit gezückten Waffen hereinstürmten.

„Feuer!", brüllte Eric.

Scarlett schoss und erschrak kurzzeitig. Der Rückstoß der Waffe ließ sie beinahe hintenüberkippen. Einen der Männer hatte sie erwischt, er lag am Boden und rührte sich nicht mehr. Der zweite Mann rannte auf den Hubschrauber zu und zielte auf die geöffnete Seitentür. Scarlett zog hastig den Kopf zurück und sowohl Oliver und Mason als auch die drei kleinen Jungs duckten sich nach unten. Fünf Kugeln schoss die Gestalt ab, zwei davon gingen in den Laderaum – verfehlten jedoch ihr Ziel.

Scarlett packte ihr Sturmgewehr und schoss abermals. Der Mann sprang hinter drei Holzkisten, um dem Kugelhagel zu entgehen. Plötzlich konnte Scarlett nicht mehr weiter feuern, denn Ava hatte den Black Hawk mittlerweile vollständig aus dem Hangar herausgehoben.

„Ach du Scheiße", flüsterte Scarlett entsetzt, als sie mindestens zehn bewaffnete Gestalten ausmachte.

„Feuer!", brüllte Eric wieder und begann selbst mit einem Kugelhagel.

Der Beschuss wurde von unten scharf erwidert. Scarlett duckte sich wieder weg, doch Mason wurde von einer Kugel in die Wade getroffen.

„Argh! Verdammt nochmal!", schrie er schmerzerfüllt auf. Mason schnallte sich wutentbrannt ab, ließ sich auf die Knie fallen, legte sich flach auf den Boden und robbte zu den übrigen Maschinengewehren hinüber, um sich eines davon zu greifen.

„Bleib sitzen!", schrie Oliver, doch Mason ignorierte ihn. Er bekam eine der Waffen zu fassen und platzierte sich gegenüber von Scarlett am Türrahmen.

„Gemeinsam!", wandte er sich an Scarlett und sah sie eindringlich an.

Scarlett nickte und zusammen schossen sie.

„ZIEH DAS DING HOCH, AVA!", brüllte Eric, während er Munition nachlud.

„Fünfzig Meter!", erwiderte Ava, zog stärker am Steuerknüppel, trat mit den Füßen gleichzeitig auf die Pedale und drehte den Black Hawk dabei um seine Hochachse, um ihn auszurichten.

Ein regelrechter Kugelhagel prasselte auf sie ein. Es blieben kaum Zeitfenster, um zurückzuschießen.

„Siebzig Meter!", rief Ava aus dem Cockpit.

Scarlett und Mason hatten es tatsächlich geschafft und drei der Gegner getroffen. Auch Eric hatte zwei erwischt. Die einzigen Momente, in denen sie eine Abwehrchance hatten, waren solche, wenn die Bodentruppe genau wie sie im Heli Munition nachladen mussten.

Eric gab nochmal eine Salve ab und lehnte sich mit verschwitztem Gesicht zurück.

Sie hatten nun genügend Höhe erreicht. Nur noch wenige Kugeln trafen sie an der Verschalung. Ava lenkte den Helikopter in Richtung Südwesten.

„Ihr könnt die Köpfe wieder hochnehmen", meinte Scarlett fürsorglich in Richtung Peter, Daniel und Noel, die immer noch ihre Köpfe geduckt hielten und sich auf ihren Sitzen ängstlich zusammenkauerten.

„Oh nein!", rief Maria plötzlich erschrocken aus dem Cockpit. „Wie schrecklich!"

Eric streckte sofort seinen Kopf zur Seitenöffnung hinaus.

„Oh, verdammt …", murmelte er leise und warf einen Seitenblick auf Scarlett und Mason.

„Macht euch auf das nächste Gefecht gefasst", sagte Ava mit seltsamem Unterton.

Etwas stimmte nicht. Oliver öffnete seinen Gurt und lehnte sich zur Seite, um besser hinaussehen zu können. Sie flogen direkt auf ein weiteres Aufgebot an bewaffneten Gestalten am Boden zu. Drei Wagen standen in der Dunkelheit und beleuchteten die Szene. Oliver zog sich noch ein Stück weiter nach vorne und spürte den Wind in den Haaren. Scarlett und Mason versuchten sich währenddessen ebenfalls auf die andere Seite zu hieven.

Der Black Hawk befand sich nun fast über der Stelle. Mehrere Läufe von Sturmgewehren zielten bereits auf sie. Anscheinend hatten sie noch keinen Befehl erteilt bekommen, zu feuern.

Scarlett erfasste die Szene und fing an zu schreien, als sie die beiden Körper von Liam und Emma erkannte.

Sie packte ihr Sturmgewehr und befüllte es mit Munition.

Mason brüllte die Namen seiner besten Freunde, doch keiner von beiden bewegte sich. Emma lag zusammengekrümmt auf der Seite, während Liam flach auf dem Bauch lag, mit dem Gesicht seitlich am Boden. Sein letzter Versuch musste gewesen sein, zu Emma zu gelangen, denn er hatte einen Arm in ihre Richtung gestreckt.

Es war ein grausamer Anblick. Oliver hatte einen Kloß im Hals und Tränen liefen ihm an den Wangen herunter. Er fühlte einen unsagbaren Schmerz in seinem Herzen. Sein Blick glitt zu der Gestalt zwischen den reglosen Körpern seiner Freunde.

Logan Grey sah ihm direkt ins Gesicht und grinste boshaft.

„Kommando Abschuss!", brüllte dieser lauthals.

Auf in den Süden

2 Oliver wachte ruckartig auf. Sein Nacken schmerzte höllisch. Dieser verdammte Traum wiederholte sich wieder und wieder. Kaum, dass er die Augen schloss. Oliver klopfte sich mit beiden Handflächen auf die Wangen, um wach zu werden. Er tippte hastig auf die Tastatur des Rechners, gab das Passwort ein und prüfte die Geburtslisten und polizeilichen Meldungen. Immer noch nichts. Oliver schüttelte ungeduldig den Kopf.

Er stand auf und humpelte zur Küchenzeile, um sich einen Kaffee aufzusetzen. Seine verdammten Rippen schmerzten noch immer höllisch. Nachdem er Kaffeepulver in den Filter gehäuft und den Wasserbehälter mit frischem Wasser gefüllt hatte, sah er mit abwesendem Blick dabei zu, wie sich die Kanne langsam mit der braunen Flüssigkeit füllte. Gedankenverloren zog er sich seine Packung Zigaretten aus der Hosentasche, um sich eine anzustecken. Sobald er nervös oder nachdenklich wurde, hatte er das dringende Bedürfnis, eine zu rauchen. Er wusste, dass es viel zu viel war. Wenn Emma hier wäre, hätte sie ihm längst den Kopf gewaschen und wahrscheinlich die Packung in den Müll geworfen.

Wenn sie hier wäre.

Oliver nahm mit zittrigen Fingern einen tiefen Zug, legte den Kopf in den Nacken und blies den Rauch nach oben. Die Warterei war nun das Schlimmste. Nicht zu wissen, ob und wann seine Freunde wiederkämen. Und das beklemmende Gefühl der Schuld. Zwei Momente, die sich ihm in die Netzhaut eingebrannt hatten, waren der, als er Liam das letzte Mal in die Augen sah und dieser dann mit Emma an der Hand in sein Todesurteil rannte und als er die beiden kurze Zeit später reglos am Boden liegen sah.

Rein rational gesehen hätten sie am Ausgang der Situation vor Ort nichts ändern können. Sie waren alle zu sehr damit beschäftigt gewesen, ihre Angreifer auszuschalten und am Leben zu bleiben. Dazu kamen noch ihre Verletzungen, durch die sie es gerade mal so noch zum Helikopter geschafft hatten.

Wir hätten gar nicht erst an diesen verdammten Ort fahren sollen, dachte Oliver wütend. Liam wollte sie beschützen. In Lordan City lehnte er sich gegen seine Freunde auf und beabsichtigte sie erst nach Spero zu bringen. Doch sie alle bestanden darauf, die Mission zu Ende zu bringen. Nur um dann festzustellen, dass es ihnen überhaupt nichts gebracht hatte, das Mittel zu finden. Sie fanden lediglich heraus, dass der Oppositionsführer an die Rezeptur gekommen ist und das Mittel nun mit Hilfe der Jungen Peter, Daniel und Noel selbst herstellen konnte. Alias der wiedergeborenen John, Benjamin und Clark, also den Männern, die zusammen mit Michael und Graham – Liams Großvater – das Mittel vor einem halben Jahrhundert entwickelt hatten.

Außerdem erfuhren sie am eigenen Leib, dass sich eine Bürgerbewegung gegen die Regierung formierte, als sie mitten ins Zentrum einer Ausschreitung gerieten. Alles, was sie auf der Basis aus dem wortkargen Eric herausbekamen, war, dass es anscheinend ein weitreichendes Untergrundnetz an oppositionellen Basen verstreut im ganzen Land gab, die gegen das Regierungsregime arbeiteten.

Letztendlich brachte sie ihre Suche nach der Wahrheit und dem Mittel in eine katastrophale Lage und Liam und Emma mussten ihre Reise ins Ungewisse mit dem Leben bezahlen.

Oliver schüttelte nachdenklich den Kopf, nahm einen letzten Zug und drückte den Zigarettenstummel in einem Aschenbecher auf dem Esstisch aus. Dann füllte er sich eine Tasse mit Kaffee und ging damit zurück zum Sofa. Er nahm einen tiefen Schluck und schloss kurz die Augen. Viel zu stark. So hatte er ihn am liebsten.

Oliver starrte wieder auf die Tabellen auf seinem Laptop und beobachtete die sich ständig ändernden Zahlen. Sie alle waren in Alarmbereitschaft und warteten nur auf den Moment, in dem das System Alarm schlug. Sobald Emma und Liam oder einer der beiden auftauchte, ging es los. So hatten sie es nur wenige Tage zuvor beschlossen.

*

Nachdem Logan das Kommando zum Angriff brüllte, zog Ava den Black Hawk sofort nach oben. Scarlett und Mason, die eigentlich jeden Muskel angespannt hatten und losfeuern wollten, rutschten unkontrolliert nach hinten und suchten verzweifelt Halt. Oliver streckte reflexartig sein Bein aus und

Scarlett prallte dagegen. Mason klammerte sich an einem Gurt fest.

Maria drehte sich außer sich vor Sorge zu den kleinen Jungen um und befahl ihnen, sich gut festzuhalten. Als ein regelrechter Kugelhagel auf die Außenwände des Helikopters einprasselte, schrie Noel panisch auf, während Daniel seine Augen zupresste und Peter sich die Hände auf seine Ohren drückte.

Eric warf sich währenddessen nach hinten an die Spanngurte, die den Frachtraum abtrennten und begann wild nach etwas zu suchen. Mit seiner rechten Hand stieß er den Deckel einer alten Holzkiste herunter. Er stieß einen triumphierenden Schrei aus, als er einige ovalförmige Kugeln darin ausmachte. Sofort begann er danach zu greifen und zog drei davon heraus.

Oliver begriff, was Eric da in seinen Händen hielt. „Rauchbomben?", rief er laut über den Lärm hinweg.

„Tränengas!", brüllte Eric zurück, entsicherte eine der Handgranaten, worauf diese gefährlich zu zischen begann und warf sie mit einem Ruck durch die offene Seitentür hinaus.

Es dauerte nicht lange und der Kugelhagel kam zum Erliegen. Von unten hörten sie gequälte Schreie und panische Zurufe untereinander. Eric atmete erleichtert aus. Das Team am Boden hatte vollkommen die Kontrolle über die Situation verloren. Die Stimmen wurden schnell leiser, denn Ava hatte den Black Hawk auf eine Höhe gebracht, aus der sie nun durchstarten konnten. Sie lenkte den Heli Richtung Südwesten und erhöhte die Geschwindigkeit.

Maria redete beruhigend auf die drei kleinen Jungen ein. Noel erlitt einen Schock. Er war leichenblass im Gesicht und zitterte am ganzen Körper. Daniel nahm seinen Freund fürsorglich in die Arme und wog ihn sanft hin und her. Peter beobachtete Ava bei ihrer Arbeit im Cockpit und konzentrierte sich auf ihre Handgriffe.

Maria drehte sich zu Eric um und wischte sich eine Haarsträhne aus der verschwitzten Stirn.

„Eric, warum haben wir diese Granaten nicht schon vorher benutzt, als wir aus dem Hangar geflogen sind?"

Eric sah betreten drein.

„Ich hab die Kiste vorhin auf die Schnelle im Dunkeln im Frachtraum nicht gesehen. Durch das Geschaukel vorhin muss sich die Kiste aus ihrer Verankerung gelöst haben und ist auf die andere Seite gerutscht."

„Wir haben sie auch nicht gesehen", erwiderte Maria betreten. „Es musste alles sehr schnell gehen. Wir hatten gerade mal die Waffen in den Laderaum geworfen und die Jungs auf ihre Sitze verfrachtet, als ihr am Hangar angekommen seid."

„Ist im Grunde wirklich egal. Wir haben es durch die Granaten herausgeschafft. Ohne sie wäre es nicht so glimpflich ausgegangen", antwortete Eric.

„Es ist glimpflich ausgegangen?", rief Scarlett erbost.

„Unsere Freunde sind da unten verreckt und wir konnten nichts machen, um ihnen zu helfen!"

Scarletts Stimme brach an dieser Stelle und ihre Augen füllten sich mit Tränen.

„Wir haben sie im Stich gelassen! Während wir abgehauen sind, hat Logan Grey sie getötet!", ergänzte Mason an ihrer Stelle mit bebender Stimme. Alles in ihm krampfte sich zusammen, als er an seine Freunde dachte, denen er in ihrer Not nicht hatte helfen können.

Oliver konnte gar nichts sagen. Der Schock saß zu tief. Innerhalb kürzester Zeit hatte sich so viel ereignet, dass er es nicht mehr verarbeiten konnte. Vor wenigen Stunden noch hatten sie sich in die Dunkelheit aufgemacht, um nach Jared Flemmings Grab zu suchen und jetzt flohen sie in einem alten Militärhubschrauber vom Basisgelände, während Liam und Emma sterben mussten.

„Tut mir leid", presste Eric kurz angebunden hervor und vermied Scarletts und Masons anklagende Blicke. Er fühlte sich verantwortlich für den Tod ihrer Freunde.

Scarlett schüttelte nur wild den Kopf und schluchzte so sehr, dass es ihren ganzen Körper schüttelte. Mason schob sich über den Boden auf ihre Seite und nahm sie tröstend in den Arm. Die Kugel in seinem Bein verursachte höllische Schmerzen und seine Hose war um die Eintrittswunde herum blutdurchtränkt. Der ganze Körper tat ihm weh und er wusste nicht, wie lange das Adrenalin noch helfen würde, um durchzuhalten und den Schmerz zu verdrängen.

„Wie lange noch?", rief Peter über das laute Motorengeräusch hinweg.

„Zehn Minuten", erwiderte Ava kurz angebunden aus dem Cockpit.

„Und wo fliegen wir jetzt hin?"

Eric antwortete Peter statt Ava, die sich auf den Flug konzentrieren musste.

„Wir haben mehrere versteckte Lager um die Basis herum und wir fliegen gerade zu unserem Fuhrparklager. Dort können wir auf Autos umsteigen und damit weiterfahren."

„Warum fliegen wir nicht einfach mit dem Helikopter weiter? Der ist doch viel schneller!", widersprach Peter.

„Weil er zu auffällig ist. Logan ist uns schon auf den Fersen, wir können nicht auch noch die Regierung gebrauchen, die Jagd auf uns macht, wenn sie uns im Luftraum bemerkt."

„Warum war Logan so böse? Warum hat er uns angegriffen?", fragte der kleine Noel plötzlich mit zittriger Stimme.

Maria drehte sich auf ihrem Sitz herum und streckte den Arm nach Noel aus. Sie erreichte mit größter Anstrengung gerade mal sein Knie und tätschelte es tröstend.

„Das erkläre ich dir alles noch, Noel. Wir mussten euch dort rausbringen, denn Logan war gefährlich. Er wollte Menschen weh tun und wie ihr es leider vorhin sehen musstet, hat er es auch getan."

„Er ist böse!", schluchzte Noel.

„Shhhhhhhh", versuchte ihn Maria zu beruhigen, während Daniel ihn wieder in die Arme nahm.

„Es tut mir so schrecklich leid, was euren Freunden passiert ist", wandte sie sich mit bedrücktem Gesicht an Scarlett, Mason und Oliver.

Scarlett hob das tränennasse Gesicht und nickte.

„Wohin werdet ihr fahren, wenn wir auf die Wagen umgestiegen sind?", fragte sie mit brüchiger Stimme und sah dabei besorgt auf die drei kleinen Jungen.

„Ich habe Verwandte im Süden. Dort werde ich mit den Jungen vorerst unterkommen", antwortete Maria.

„Und ihr beiden?", fragte Scarlett und wandte sich dabei an Eric.

„Ihr habt es gehört. Logan hat die Rezeptur für das Mittel und kann es nun herstellen. Ava und ich müssen die Basis finden, in der das passiert. Wir müssen das stoppen", erwiderte Eric entschlossen.

„Wenn wir beim Fuhrpark angekommen sind, steigen wir auf zwei Defender um und Ava und ich bringen euch erstmal in Sicherheit. Sobald wir weit genug weg sind, können wir die Wagen splitten und ihr fahrt, wohin ihr wollt", ergänzte Eric.

„Es gibt nicht mehr viele Orte, an die wir fahren könnten. Es war alles umsonst", murmelte Oliver leise.

„Ich weiß, dass du heute zwei Freunde verloren hast. Aber du hast auch zwei Freunden das Leben gerettet", entgegnete Eric und sah Oliver dabei mit ernster Miene an.

„Vergiss nicht, dass du alles gegeben hast."

Mason drehte sich um und machte große Augen.

„Wie meint er das, du hast heute zwei Leben gerettet?"

„Unser Leben, Mason. Er hat geschossen und dadurch dafür gesorgt, dass du nicht weiter zu Brei geschlagen wirst und ich nicht erwürgt werde", sagte Scarlett nüchtern.

Mason schluckte und sah Oliver lange an.

„Danke", sagte er mit belegter Stimme.

Oliver nickte kurz und biss sich auf die Lippe. Ihm stiegen schon wieder Tränen in die Augen.

„Tut mir leid, dass ich nur euch helfen konnte."

Scarlett drückte seine Hand und wollte etwas erwidern, doch Ava unterbrach sie damit, dass sie sich gut festhalten sollten, da sie fast da seien und der Landeanflug kurz bevorstand.

Olivers Magen zog sich zusammen. Er hatte Angst, dass in der Dunkelheit am Boden ein Hinterhalt auf sie warten könnte. Mit geneigtem Kopf sah er durch die offenen Seitentüren nach draußen. Ava steuerte nach unten und sie verloren sehr schnell an Höhenmetern. Oliver kniff die Augen zusammen, konnte jedoch keine Gebäude in der Dunkelheit ausmachen. Eric lud währenddessen sein Maschinengewehr nach und sah wachsam nach draußen.

„Könnten sie uns da unten auflauern?", fragte Oliver unsicher.

„Unwahrscheinlich", antwortete Eric kurz angebunden.

„Weil?"

„Wir sind mit dem Black Hawk verdammt schnell unterwegs und haben dadurch einen ordentlichen Vorsprung, den sie erstmal aufholen müssen."

Oliver hoffte einfach, dass Eric damit recht hatte und bohrte nicht weiter.

Ava hatte es fast geschafft. Hochkonzentriert steuerte sie den Helikopter auf den letzten Metern dem Boden entgegen, was in vollkommener Dunkelheit kein leichtes Unterfangen war. Endlich setzte der alte Black Hawk auf und seine Rotorblätter drehten sich langsamer, bis sie ein paar Minuten später mit einer letzten Drehung zum Stillstand kamen.

Nachdem das laute Motorengeräusch verstummt war, kam ihnen die vollkommene Stille fast schon unangenehm vor.

Eric hob den Arm und gab allen ein Zeichen, dass sie noch ruhig sitzen bleiben sollten. Er drückte sich an die Seitenwand des Black Hawk, lauschte in die Dunkelheit und sah mit zusammengekniffenen Augen nach draußen. Nach ein paar Sekunden gab er Entwarnung und sprang aus dem Heli. Ava stieg ebenfalls aus, griff sich ein Maschinengewehr und packte so viel Munition in die Seitentaschen ihrer Hose wie hineinpasste.

Maria kletterte währenddessen von ihrem Sitz aus nach hinten und half den Jungen dabei, aus ihren Gurten herauszukommen. Noel schlang sofort die Arme um ihren Hals und klammerte sich an ihr fest.

Scarlett stützte Mason beim Aussteigen aus dem Laderaum. Er konnte ein angestrengtes Stöhnen nicht unterdrücken. Die Schusswunde in der Wade schmerzte höllisch. Oliver rutschte vorsichtig von seinem Platz und zog die Luft scharf ein, als er wieder einen heftigen Schmerz im Rippenbereich spürte. Er hielt sich an allem fest, was er zum Greifen bekam und wankte so zum Rahmen der Seitentür. Draußen streckte ihm Scarlett ihre Arme entgegen, um ihm zu helfen.

Zusammen schafften sie es und Oliver keuchte angestrengt, als er endlich den Boden unter seinen Füßen spürte.

Scarlett stellte sich abermals zwischen die beiden und stützte Oliver und Mason.

Die drei sahen sich um und stutzten.

„Wo soll hier ein Fuhrpark sein?", fragte Scarlett verwundert.

„Und wo sind Eric und Ava hin?", ergänzte Oliver verwirrt.

Maria hatte sich mit Peter, Daniel und Noel neben sie gestellt und sah konzentriert geradeaus.

„Keine Sorge, wir sind am richtigen Ort. Ava verfliegt sich nie."

In diesem Moment hörten sie ein gewaltiges Knirschen und das Summen einer elektrischen Anlage. Nur wenige Meter vor ihnen erhob sich der Boden und wanderte in langsamen Zügen nach oben.

„Heiliger Seelenkleister!", entfuhr es Oliver.

Der Boden war in diesem Fall eine riesige Luke, die sich wie ein Tor öffnete und in eine unterirdisch angelegte Garage führte.

Plötzlich erstrahlte gleißendes Licht aus dem dunklen Loch, das sich vor ihnen auftat. Sie mussten sich zunächst die Hände vors Gesicht halten, denn das grelle Licht stach schmerzhaft in den Augen.

„Bewegt euch!", hörten sie die auffordernde Stimme von Eric rufen.

Als Oliver seine Augen vorsichtig öffnete, sah er eine lange nach unten in den Boden führende Straße. Maria und die drei Jungen setzten sich in Bewegung und liefen die Rampe hinunter. Scarlett, Oliver und Mason folgten ihnen humpelnd. Mason liefen Schweißperlen von der Stirn, er konnte kaum noch auftreten. Sie staunten nicht schlecht, als sie am unteren Ende der Auffahrt ankamen und sich vor ihnen eine riesige, unterirdische Halle mit einer beachtlichen Anzahl an Fahrzeugen auftat.

„Ja leck mich am Ärmel, seid ihr ausgestattet!", entfuhr es Oliver, der sich beeindruckt umsah.

Daniel und Noel sahen diese unterirdische Garage wohl auch zum ersten Mal, denn sie betrachteten die Fahrzeuge staunend. Peter hingegen hatte Eric und Ava schon auf Missionen begleitet. Er bewegte sich zielstrebig und ohne große Verwunderung vorwärts.

Mit harscher Stimme trat Eric wieder in ihr Blickfeld, der gerade sein Maschinengewehr in einen dunkelgrünen Jeep Defender geladen hatte.

„Ihr drei fahrt bei mir mit."

Dabei nickte er auf Scarlett, Oliver und Mason.

„Maria, du fährst mit den Jungs bei Ava mit. Wir bleiben vorerst zusammen. Ava und ich kennen uns in der Gegend aus und wissen, auf welchen Schleichwegen wir Logan und seiner Truppe am ehesten entkommen. Sobald es sicher ist, werde ich zu Ava in den Wagen wechseln und ihr könnt den zweiten Defender behalten."

Eric sah Scarlett, Oliver und Mason mit hochgezogener Augenbraue an.

„Verstanden", sagte Scarlett und nickte.

„Dann nichts wie los", erwiderte Eric und öffnete die Fahrertür seines Defenders.

Maria scheuchte die Jungen zum zweiten Wagen und bugsierte sie auf die Rückbank.

Auch Oliver und Mason gaben sich Mühe, nicht zu lange beim Einsteigen zu brauchen, während Eric bereits den Motor startete. Kaum, dass Scarlett neben ihm auf dem Beifahrersitz Platz genommen hatte, gab er Gas und lenkte den Wagen aus seiner Parklücke heraus.

Eric jagte den Jeep derart schnell die Rampe hinauf, dass er sogar ein paar Zentimeter vom Boden abhob, als er über die Schwelle zum Außengelände schoss. Ava war ihm dabei dicht auf den Fersen.

Oliver warf noch einen letzten Blick auf den Black Hawk, der sie zuvor aus ihrer gefährlichen Lage herausgebracht hatte. Als er sich umdrehte, sah er, wie sich die Luke automatisch wieder schloss.

„Aaargh!", brüllte er, als es ihn seitlich gegen das Fenster schleuderte. Eric war einem größeren Felsen mit einer scharfen Lenkbewegung ausgewichen. In den nachfolgenden Minuten folgten weitere waghalsige Manöver. Der Defender musste sich auf höchst unebenem Boden vorwärtskämpfen. Oliver wunderte es überhaupt nicht mehr, dass sich die Opposition ein derart abgelegenes Versteck für ihren Fuhrpark ausgesucht hatte. In dieses schwer überwindbare, schroffe Gelände verirrte sich wohl kaum jemand.

Mason und Scarlett krallten sich genauso an ihren Sitzen fest wie er.

Alle drei atmeten erleichtert auf, als der Defender plötzlich auf ebenen Grund stieß. Sie hatten eine Straße erreicht, auf der Eric nun das Gaspedal vollends durchtrat.

Olivers Puls beruhigte sich wieder ein wenig. Von den ständigen Adrenalinschüben war er schon ganz erschöpft. Mit der Erschöpfung spürte er jedoch auch wieder mehr den körperlichen Schmerz. Er fühlte sich, als wäre jeder Knochen gebrochen. Einfach alles tat ihm weh.

Mason stöhnte neben ihm und kratzte sich verkrustetes Blut aus dem Augenwinkel.

„Dich hat es ganz schön erwischt", stellte Oliver mitleidig fest. Das Gesicht seines Freundes war vollkommen entstellt. Mason konnte seine Augen nur noch einen Spalt breit öffnen, die Nase deformiert und vermutlich gebrochen.

„Das heilt schon. Aber die Kugel muss aus meinem Bein raus", erwiderte Mason. „Du hast mir das

Leben gerettet. Was sind da schon ein paar Kratzer und ein Loch im Bein."

„Hörst du damit wohl mal wieder auf?"

Oliver empfand es als unangenehm, als Held hingestellt zu werden, während vor wenigen Minuten zwei seiner besten Freunde ermordet wurden.

Scarlett drehte sich um und wollte sich gerade einklinken, doch Eric kam ihr zuvor.

„Es tut mir leid."

„Was tut dir leid?", fragte Scarlett verdutzt.

„Ich bin daran schuld, dass eure Freunde tot sind."

„Warum?", fragte Mason scharf.

„Als Logan mit dem Mittel auf sie zugegangen ist und es in diesem Moment nicht möglich war, sie zu verteidigen, habe ich sie fortgeschickt."

„Ich glaube nicht, dass es unbedingt deine Aufforderung gebraucht hat. Jeder Idiot, der noch halbwegs bei Verstand ist, läuft weg, wenn ihm jemand eine Todesspritze verpassen will", meinte Scarlett in bestimmendem Tonfall.

„Sehe ich auch so", gab ihr Oliver recht.

„Was mich eher interessiert ist, warum ihr euch plötzlich gegen euren Anführer gewandt und uns bei der Flucht geholfen habt."

Eric antwortete zunächst nicht und überlegte.

„Ihr habt ihn erlebt. Logan. Er hat den Verstand verloren."

„Aber ihr habt doch die Opposition in seinem Namen vertreten. Ihr habt sogar das Zeichen tätowiert", erwiderte Scarlett skeptisch und betrachtete dabei die ineinander verschlungenen Unendlich-Zeichen auf Erics Unterarm.

„Das Zeichen gehört nicht ihm. Ava und ich haben es geschaffen und wollten es zum Symbol der Aufstände machen."

„Wie lange arbeitet ihr schon für Logan Grey?"

„Schon seit vielen Jahren. Wir hatten ein gemeinsames Ziel: Die Regierung stürzen und all die Ungerechtigkeiten in diesem Land ausmerzen."

„Klingt ja einfach", meinte Oliver lakonisch.

„Klingt einfach, ist jedoch jahrelange harte Arbeit an gefährlichen Operationen, die uns unserem Ziel näherbringen sollten", fuhr Eric unbeirrt fort.

Mason schnaubte.

„Ihr habt euch ein wenig spät gegen ihn entschieden. Peter, Daniel und Noel sind in Basis 29 groß geworden und ihr wollt die ganze Zeit nichts von seinem Plan gewusst haben?"

Eric seufzte.

„Ja, Ava und ich haben uns damals sehr wohl gewundert, warum Logan Babys in die Basis holte. Sie wuchsen normal auf, bis er begann, Versuche und Tests mit Peter und Daniel durchzuführen. Ava und mir wurde schnell bewusst, dass er versuchte, an Erinnerungen der Jungen heranzukommen, denn die Tests fingen erst an, als sie in das Alter der ersten Erinnerungen kamen. Ihr wart das letzte Puzzlestück, sodass wir verstehen konnten, wonach er gesucht hat. Und das war der Moment, als wir die Notbremse zogen."

Mason, Scarlett und Oliver ließen das Gesagte auf sich wirken.

„Ava mag die Jungen auch sehr. Sie würde alles für die drei tun."

Scarlett zog ungläubig die Augenbrauen hoch.

„So viel Warmherzigkeit hätte ich ihr nicht zugetraut."

„Pass auf, was du über meine Schwester sagst", wandte Eric den Kopf und bedachte sie mit einem bedrohlichen Blick.

„Deine Schwester?", fragte Oliver erstaunt.

Eric sah ihn herausfordernd im Rückspiegel an.

„Ja, und?"

„Wir wussten nicht, dass ihr Geschwister seid", ergänzte Oliver.

„Weil wir uns euch nie mit unserem Nachnamen vorgestellt haben. Wir heißen Eric und Ava Dillan."

„Und was genau haben Eric und Ava Dillan nun vor?", griff Mason Erics Vorstellung auf und sah ihn erwartungsvoll an.

„Ava und ich werden uns auf den Weg machen und versuchen, die Basis ausfindig zu machen, in der Logan nun das Mittel produziert. Denn wenn er – wie er behauptet – die Rezeptur hat, hat er eine Waffe in der Hand, mit der er Menschenleben vernichten kann."

„Ihr kämpft also jetzt gegen eure eigene Organisation?"

Eric schüttelte leicht den Kopf.

„Nein. Wir kämpfen gegen Logan Grey. Er setzt eigene Leute wie Schachfiguren ein, um an die

Macht zu kommen. Es ist ihm egal, wer und wie viele ihr Leben lassen müssen, damit er sein Ziel erreicht. Das entspricht nicht mehr dem, was unsere Bewegung erreichen möchte."

„Ich schließe mich euch an. Das Schwein lege ich eigenhändig um", sagte Mason mit fester Stimme.

Scarlett drehte sich um und blitzte ihn wütend an.

„Spinnst du?"

„Du glaubst doch wohl nicht ernsthaft, dass er meine Freunde ermorden kann und einfach damit davonkommt!"

„Das wäre Selbstmord!", zischte Scarlett außer sich.

„Er hat Liam und Emma einf…", wollte Mason wieder etwas entgegnen, doch Eric unterbrach ihn harsch.

„Deine Freundin hat recht, das wäre Selbstmord. Ihr wärt für Ava und mich mehr eine Belastung als eine Hilfe. Ihr habt keine Kampfausbildung, ihr könnt gerade mal so mit einer Waffe umgehen und seid alle derart verletzt, dass es einige Wochen dauert, bis ihr wieder auf dem Damm seid."

Mason schnaubte, entgegnete jedoch nichts, da er im Grunde wusste, dass Eric recht hatte.

Oliver hatte den Schlagabtausch mit hochgezogenen Augenbrauen verfolgt und schüttelte mit verdrossener Miene den Kopf.

„Ihr wisst schon, dass wir nun selbst eine Mission haben, um die wir uns kümmern müssen."

Scarlett und Mason sahen ihn fragend an.

„Ihr wisst doch, was mit Jared Flemming passiert ist! Emma und Liam wurde das Mittel verpasst und sie sind daran gestorben. Wenn nun zwei Babys ohne Zeichen auf die Welt kommen, müssen wir sie davor bewahren, genauso getötet zu werden wie das damalige Neugeborene!"

Eric sah Oliver stirnrunzelnd an.

„Das ist ein wichtiger Punkt. Ich kann mir nicht vorstellen, dass Logan das Mittel an den beiden anwendet, sie tötet und dann einfach zusieht, was passiert. Sollten diese Babys geboren werden, wird er sicherlich versuchen, sie in die Finger zu bekommen, um an ihnen zu forschen."

Eric kratzte sich am Kopf und murmelte, mit Ava reden zu müssen.

„Aber wie sollen wir das anstellen, die beiden zu retten?", fragte Scarlett und biss sich zweifelnd auf die Unterlippe.

„Eric hat recht. Wir sind alle nicht auf der Höhe. Die Babys könnten jedoch jeden Moment geboren werden. Wie sollen wir als Erste davon erfahren, wenn der Fall eintritt?"

„Ich brauche schnellstmöglich einen Computer, dann kann ich mich in die Geburtssysteme hacken", antwortete Oliver.

Eric warf Scarlett einen ungläubigen Seitenblick zu.

„Meint er das ernst?"

„Oh ja", erwiderte Scarlett.

„Du kannst dich wirklich in Systeme öffentlicher Behörden hacken?", wandte sich Eric nun direkt an Oliver.

„Jap. Aber ich brauche, wie gesagt, einen Rechner dazu."

„Wir müssen dringend nach Spero und uns Mr. Turner anvertrauen", warf Mason ein.

„Wir können uns ja nirgends mehr blicken lassen, nach uns wird gefahndet. Er kann uns vielleicht helfen mit Medikamenten, Verbandszeug, Handys und so was."

Oliver und Scarlett nickten zustimmend.

„Moment, Spero? Was ist das? Und wem wollt ihr euch anvertrauen?"

Scarlett drehte sich auf dem Beifahrersitz um und warf Mason und Oliver einen fragenden Blick zu. Auch wenn Eric ihnen das Leben gerettet hatte, indem er sie auf seiner Fluchtaktion mitnahm und beschützte, war sich Scarlett noch immer nicht sicher, wie weit sie ihm vertrauen konnten.

Oliver seufzte und nickte ihr zu. Scarlett erzählte Eric daraufhin, wer Mr. Turner war und wozu er ihnen in Lordan City geraten hatte.

„Ihr habt also niemanden mehr, an den ihr euch wenden könnt, außer ihn und diese Heiligenstätte?", fragte Eric.

„Na ja, nach Hause zu unseren Familien können wir nicht. Die Regierungssöldner warten nur darauf, dass wir so blöd sind und uns wieder im Eastern Territory blicken lassen."

„Es wundert mich, dass ihr überhaupt so weit gekommen seid. So leichtsinnig, wie ihr auf das Gelände von Basis 29 gelaufen seid. Hätte euer Liam nicht so ein verdammtes Talent zum Reden und Verhandeln gehabt, hätten wir euch nicht so glimpflich behandelt."

Oliver, Mason und Scarlett erwiderten nichts darauf, sondern sahen betreten drein.

„Wir schulden es ihnen", sagte Mason leise von der Rückbank.

„Wir müssen dafür sorgen, dass weder die Regierungssöldner die Babys töten noch Logan sie in die Finger bekommt, um sie sich als Laborratten zu halten."

Oliver hatte einen dicken Kloß im Hals, als er an Emma und Liam dachte.

Scarlett drehte sich entschlossen um und streckte ihre Handfläche aus.

„Liam hat Mr. Turner vertraut und wollte uns zuerst nach Spero bringen. Wir können nicht ohne Hilfe weitermachen. Das haben wir einmal gemacht und haben Emma und Liam dabei verloren. Wir sind es den beiden schuldig, dass wir jetzt verdammt nochmal vernünftig sind und überdachte Entscheidungen treffen!"

Scarlett konnte ihre Tränen nicht mehr zurückhalten. Sie liefen ihr einfach über die Wangen und sie wischte sie nicht weg. Mason legte seine Hand auf ihre.

„Wir fahren in den Süden."

„Und bitten Mr. Turner um Hilfe", ergänzte Oliver und auch er legte seine Hand auf die seiner Freunde. „Wir müssen alles daransetzen, die beiden zu retten."

Als sie ihre Freundesgeste wieder voneinander lösten, meinte Eric mit einem Blick in den Rückspiegel, dass sie nun weit genug entfernt seien, um für einen Wagentausch anzuhalten. Er betätigte zweimal die Lichthupe, damit Ava Bescheid wusste und wie er vom Gas ging. Kurze Zeit später bog er von der Straße auf den sandigen Boden zu ihrer Linken und fuhr den Wagen ein paar hundert Meter weiter, bevor er anhielt. Er machte das Licht der Scheinwerfer aus. Dunkelheit umgab sie.

„Sollte ein Wagen auf der Straße vorbeikommen, kann man uns hier in der Dunkelheit nicht sehen", erklärte Eric und stieg aus.

Ava hatte direkt vor ihm angehalten und stieg nun ebenfalls mit Maria und den Jungen aus.

Eric nahm seine Schwester auf die Seite und murmelte leise auf sie ein. Sie nickte zwischendurch, stellte ihm Fragen und warf Oliver einen abschätzenden Blick zu.

Scarlett zitterte plötzlich und bekam Gänsehaut.

„Was ist los?", fragte Mason besorgt.

Scarlett schluckte.

„Wir müssen Emmas Eltern Bescheid sagen. Sie wissen von nichts. Liam hat keine Verwandten, von denen wir wüssten. Doch ihre Eltern machen sich riesige Sorgen um sie."

Oliver und Mason nickten gleichzeitig.

„Das wird ein grauenvoller Anruf", murmelte Mason leise und drückte tröstend Scarletts Hand.

Plötzlich bewegten sich Daniel und der kleine Noel zaghaft auf sie zu. Noel nahm vorsichtig Scarletts Hand in die seine und sah sie mit seinen traurigen Kulleraugen an.

„Ihr habt eure Freunde verloren. Das muss sehr weh tun."

Scarletts Augen füllten sich wieder mit Tränen, als sie das Mitgefühl des Jungen spürte. Sie hatte aufgehört zu zählen, wie oft sie heute schon geweint hatte.

„Es fällt mir schwer zu realisieren, was heute passiert ist", flüsterte sie.

„Es tut uns sehr leid. Wir mochten Emma und Liam. Sie waren sehr nett", antwortete Daniel mitfühlend.

„Danke", murmelte Mason und klopfte ihm auf die Schulter.

„Wohin werdet ihr nun fahren?", hakte sich Maria in die bedrückte Stimmung ein.

Gerade als Mason ihr antworten wollte, riss sie besorgt die Augen auf, als sie im Schein ihrer Taschenlampe auf sein Bein blickte.

„Himmel, dein Bein muss in Ordnung gebracht werden! Die Kugel darf nicht länger dort drinbleiben!", rief sie und wollte schon zum Wagen laufen, um einen Erste-Hilfe-Kasten zu holen, doch Ava und Eric beendeten just in diesem Moment ihr Gemurmel und kamen zur Gruppe dazu.

„Wir können zusammenarbeiten", sagte Eric.

„Inwiefern?", fragte Oliver mit hochgezogenen Augenbrauen.

„Wir möchten Logan und seine Produktionsstätte des Mittels finden. Ihr möchtet diese Babys finden. Und wir denken, dass Logan ebenfalls ein Interesse an den Neugeborenen hegt. Finden wir sie zuerst, haben wir ein Druckmittel in der Hand. Er ist außerdem sehr wütend, dass wir Peter, Daniel und Noel mitgenommen haben. Auch sie wird er suchen."

„Und ihr möchtet auf unserer Mission mitkommen?"

Eric grinste schief.

„Ähm, ich glaube nicht, dass ihr auch nur in irgendeiner Weise dazu in der Lage wärt, eine derartige Mission zu bewerkstelligen. Ich habe es euch schon im Auto gesagt. Ihr habt null Kampferfahrung. Ihr würdet so schnell geschnappt und getötet werden, so schnell könnt ihr gar nicht bis drei zählen."

Oliver, Mason und Scarlett zogen beleidigte Gesichter.

„Und warum braucht ihr uns dann?", fragte Oliver herausfordernd.

„Wir haben keinen IT-Techniker dabei und können gerade keinen aus unserem Team kontaktieren, das wäre zu gefährlich unter diesen Umständen."

„Aha. Ich soll für euch hacken, damit ihr wisst, wo ihr hinmüsst."

Eric nickte.

„Solange du uns nicht auf den Arm nimmst", ergänzte er und taxierte Oliver mit scharfem Blick.

„Vielleicht bin ich im Kampf ein nutzloser Lauch, aber am Computer weiß ich, was ich tue."

Oliver hob das Kinn und sah Eric und Ava mit herausforderndem Blick an.

„Und wie soll das jetzt ablaufen?", fragte Mason dazwischen.

„Wir begleiten euch in den Süden. Während ihr zu dieser Heiligenstätte fahrt, bringen wir die Jungen und Maria bei ihrer Verwandtschaft in Sicherheit. Ihr sorgt dafür, dass ihr euch ins System hackt und uns sofort Bescheid gebt, wenn ein zeichenloses Baby auf die Welt kommt. Dann rücken wir aus", erklärte Eric seinen Plan.

Mason, Oliver und Scarlett sahen sich gegenseitig an und überlegten kurz.

Sie waren in ihrer Situation auf Hilfe angewiesen. Eric und Ava hatten recht. Was konnten sie schon ausrichten, um diese Babys zu retten. Und sie mussten zu Mr. Turner. Er war jemand, den sie noch aus ihrer Schulzeit kannten und dem sie vertrauen konnten. Sie fühlten sich vollkommen alleingelassen. Es waren keine Anrufe bei ihren Familien möglich. Alle drei kamen sie aus zerrütteten Familienverhältnissen und waren sich nicht mal sicher, ob sie Zuflucht, Verständnis oder Mitgefühl erwarten konnten. Frei bewegen konnten sie sich auch nicht, da landesweit nach ihnen gefahndet wurde. Es blieb ihnen nichts anderes übrig.

Sie mussten nach Spero in den Süden aufbrechen und Ava und Erics Hilfe annehmen. Dass Logan das

Handwerk gelegt wird, war auch ihr brennender Wunsch.

„In Ordnung", erwiderte Mason im Namen seiner Freunde. Oliver und Scarlett nickten zustimmend.

„Dann belassen wir es bei der Fahrzeugaufteilung", wandte sich Eric an Maria und die Jungen. Maria protestierte jedoch, als sich alle wieder ans Einsteigen machen wollten.

„Mason muss behandelt werden, sofort", sagte sie mit Nachdruck.

Eric nickte verdrießlich.

„Aber eine Taschenlampe muss als Licht ausreichen. Die Scheinwerfer können wir nicht anmachen."

Scarlett drückte Masons Hand. Sie spürte, dass er Angst vor der Prozedur hatte.

Maria beorderte ihn zur hinteren Tür einer der Defender und bat ihn dort niederzuknien. Daniel lief zum Kofferraum und holte eine alte Plane hervor, die er Mason zur Polsterung unter die Knie legte.

„Danke, Kleiner", stöhnte Mason.

Maria legte hinter ihm alle Utensilien zurecht.

Scarlett ging neben ihrem Freund in die Hocke und streichelte ihn am Nacken.

„Wenn Emma eine Kugel aus meinem Arm holen konnte, dann schafft Maria das auch bei deinem Bein", sagte sie leise.

Eric drückte Scarlett eine Taschenlampe in die Hand, mit der sie direkt auf Masons Wunde hielt.

Nachdem Maria ihre Pinzette und die Wunde

desinfiziert hatte, begann sie mit der schmerzvollen Behandlung. Mason schrie laut auf und biss mit aller Kraft in das Sitzpolster.

„Shhhhh. Die Kugel steckte nicht tief drin. Ich habe es gleich", sprach Maria beruhigend auf ihn ein. Sie brauchte tatsächlich nicht lange. Schon nach einigen wenigen Sekunden hielt sie die Kugel zufrieden vor ihrem Gesicht, um sie zu betrachten.

Mason lehnte seine verschwitzte Stirn an den Türrahmen des Defenders und atmete erschöpft aus.

„Du kannst froh sein, dass das keine Kugel war, die es zerreißt, sobald sie ihr Ziel getroffen hat. Sonst hättest du ein Bein voller Splitter gehabt. Das hätte ich kaum behandeln können und du wärst wahrscheinlich Opfer einer Blutvergiftung geworden."

„Ja, was hab ich doch für ein Glück", erwiderte Mason sarkastisch.

„Wenn du so antworten kannst, geht es dir beinahe wieder gut", lächelte Maria und machte sich daran, die Wunde zuzunähen. Mason zuckte bei jedem Stich merklich zusammen. Nachdem Maria ihm einen dicken Verband angelegt hatte, fühlte er sich schon deutlich besser.

„Danke, Maria", murmelte er leise.

„Gern geschehen."

Maria säuberte anschließend noch sein entstelltes Gesicht und entfernte Dreck und verkrustetes Blut aus seiner Augenpartie.

„Also, deine Nase ist denke ich nicht gebrochen. Sie ist geschwollen und hat eine offene Wunde, aber ich kann keine Knorpeldeformierung erkennen.

Kann aber gut sein, dass sie angebrochen ist, wenn du große Schmerzen hast."

„Klasse", antwortete Mason nur und hielt den Daumen hoch.

Maria wandte sich an Scarlett und Oliver.

„Muss bei euch noch was geflickt werden?"

Scarlett deutete auf ihre aufgeplatzte Wunde und bat um einen neuen Verband. Maria erledigte auch das und tastete anschließend Olivers Rippenpartie ab.

Er zog hörbar die Luft ein.

„Mein lieber Junge, du musst dich wirklich ausruhen in den nächsten Tagen. Deine Rippen müssen heilen!"

„Ja, schon klar. Glaub mir, ich hätte auch lieber so ne dämliche Kugel abbekommen. Gebrochene Rippen sind scheiße."

Scarlett und Mason warfen ihm beide ungläubige Blicke zu. Sie nahmen es ihm jedoch nicht übel. Rippenbrüche als schlimmer hinstellen als Schusswunden? Völlig normal für Oliver.

Nachdem Maria ihr Behandlungsmaterial zusammengesammelt hatte, stiegen alle wieder auf ihre Plätze in den Defenders.

Als Oliver, Mason und Scarlett sich anschnallten, sah Eric fragend in den Rückspiegel.

„Über die Grenze ins Southern Territory komme ich ohne Hilfe. Aber wisst ihr, wo die Heiligenstätte im Süden ist?"

Oliver erklärte ihm, wohin er fahren müsse nach der Grenze. Er beschrieb die Route derart detailliert, dass ihn nicht nur Eric, sondern auch Scarlett und Mason verblüfft ansahen.

„Was denn? Mr. Turner hat Liam die Route erklärt und wir haben uns das beide auf der Karte angesehen."

„Ja, aber wir haben die Karte nicht mehr. Hast du dir das etwa alles gemerkt?", fragte ihn Mason ungläubig.

Oliver zuckte die Achseln. Er verstand den Wirbel nicht.

„Kannst du dir Dinge immer gut merken, wenn du sie mal gesehen oder gelesen hast?", fragte Eric und ließ dabei den Motor an.

„Ja, was ist denn daran so schwer. Wenn man was liest oder sieht und sich nichts davon einprägt, ist das doch verschwendete Zeit."

Eric neigte stirnrunzelnd den Kopf.

„Ich glaube, du könntest ganz nützlich sein."

Ähnliche Schicksale

3 Oliver zuckte zusammen, als er plötzlich eine Bewegung neben sich wahrnahm. Er hatte Scarlett überhaupt nicht kommen hören. Wie auf Katzenpfoten hatte sie die Couch umrundet und sich neben ihn gesetzt.

„Solltest du nicht schlafen?", murmelte er und nahm einen Schluck von seinem Kaffee. Bah. Der Kaffee war während seiner Grübelei bereits kalt geworden. Angewidert stellte er die Tasse zurück auf den Couchtisch.

„Krieg kein Auge zu", seufzte Scarlett.

„Und dass du Kaffee gekocht hast, hat auch nicht unbedingt geholfen. Unser ganzes Zimmer riecht danach. Mason duscht gerade, er kommt auch gleich."

Oliver zuckte mit den Achseln und scrollte wieder durch die Geburtenlisten.

„Wahnsinn, wie schnell sich die Zahlen ändern", sagte Scarlett und starrte konzentriert auf den Bildschirm.

„Hmm", brummte Oliver nur. Er war hundemüde. Seine Augen brannten und fühlten sich sehr trocken an.

„Oliver, warum sind sie noch nicht hier. Warum passiert nichts?"

In Scarletts Stimme schwang Verzweiflung mit. Verzweiflung ist das schlimmste Übel der Hoffnung. Sie klammerte sich an den Gedanken, dass Emma und Liam einfach wiedergeboren werden würden, so wie jeder andere Mensch auch. Dass es sie trösten würde, zu wissen, dass sie wieder da sind.

„Ich weiß es nicht, Scarlett", erwiderte Oliver bedrückt.

„Soweit wir wissen, wurde das Mittel nur an Jared Flemming getestet. Nur weil in seinem Fall sofort ein Baby geboren wurde ohne Zeichen, heißt das nicht, dass das auch auf Emma und Liam zutreffen muss. Vielleicht werden auch keine Babys wiedergeboren."

„Nein!"

Scarlett schüttelte heftig mit dem Kopf.

„Sie müssen wiederkommen, Oliver. Sie müssen! Denn wenn sie nicht wiederkommen, was bedeutet das dann für ihre Seelen? Dass sie ausgelöscht wurden? Für immer?"

Oliver seufzte und fuhr sich mit der Hand durch die Haare.

„Aber woher willst du wissen, dass es Emma und Liam sind, die wiederkommen, wenn zwei Babys ohne Zeichen auf die Welt kommen? Was, wenn in diesen Babys gar keine Seelen drinstecken?"

Scarlett legte ihr Gesicht in ihre Hände und antwortete nicht.

„Scarlett?", fragte Oliver behutsam nach.

„Oliver, das Einzige, wodurch ich nicht gerade vollkommen den Verstand verliere, ist der Gedanke, dass die beiden es in irgendeiner Art und Weise zurückschaffen. Dass ihre Seelen nicht getötet wurden. Nur mit diesen Gedanken habe ich mich auf dem Weg hierher zusammenreißen können. Ich brauche die Hoffnung, um nicht zusammenzubrechen."

Oliver dachte über das nach, was Scarlett sagte. Er war nicht besonders gläubig und betete nie. Doch er verstand Scarlett. Hoffnungsvolle Gedanken mussten nicht automatisch realistisch sein. Wichtig war, dass sie positiv sind und damit Kraft schenken, die sie gerade alle brauchten.

Oliver drückte tröstend Scarletts Hand.

„Na ja, eins muss man schon auch festhalten. Ein zeichenloses Baby kam direkt nach Jared Flemmings Tod auf die Welt. Da muss es einen Zusammenhang gegeben haben. Falls nun wieder Babys ohne Zeichen geboren werden, müssen wir sie auf jeden Fall vor dem sicheren Tod bewahren. Und vor Logan Grey. Sonst finden wir nie heraus, ob Emmas und Liams Seelen in ihnen stecken und was das alles zu bedeuten hat."

Scarlett nickte. Sie erwiderte seinen Händedruck und blinzelte ihre aufkommenden Tränen hastig weg.

So saßen sie mit verschränkten Händen auf der Couch und starrten gemeinsam auf die Zahlen.

Die Zeit lief.

*

Die vielen Schleichwege, die sie miteinplanen mussten, um an den staatlichen Kontrollen unbemerkt vorbeizukommen, würden sie einen zusätzlichen Tag kosten. Eine gefährliche Verfolgungsjagd blieb ihnen erspart, was ihnen bestätigte, dass sie ihre Wege gut wählten. Pausen wurden meistens tagsüber eingelegt, um so wenig Aufmerksamkeit wie möglich zu erregen. Nachts fuhren Eric und Ava durch, wobei sie nur das Standlicht einschalteten.

Mason, Scarlett und Oliver sprachen nur noch wenig. Es fiel ihnen unglaublich schwer zu begreifen, was mit Emma und Liam geschehen war. Scarlett war sich sicher zu wissen, wie sich ein gebrochenes Herz anfühlen musste. Immer wieder fiel es ihr schwer zu atmen, wenn sich ihr Herz beim Gedanken an ihre getöteten Freunde zusammenzog.

Oliver traute sich kaum noch die Augen zuzumachen, da sich ihm der letzte Anblick seiner Freunde quälend eingeprägt hatte. Er bekam schreckliche Albträume. Auch Mason plagten Schuldgefühle. Er wollte sich mit seiner Trauer jedoch nicht weiter auseinandersetzen, da er Angst hatte, dass er dadurch nicht mehr stark genug wäre für Scarlett. Sie brauchte ihn gerade so sehr, da durfte er nicht zusammenbrechen. Bei jeder Erinnerung an Emma und Liam schloss Mason seine Augen und dachte angestrengt an etwas anderes, um seine aufsteigenden Tränen zurückzuhalten.

Eine Ablenkung war, dass sie sich während ihrer Fahrt in den Süden alle näher kennenlernten, wobei Eric nicht mehr eisern Informationen zurückhielt, wie er es auf Basis 29 getan hatte. Ava hingegen blieb weiterhin im Hintergrund und sprach kaum mit jemandem.

Nachdem sie eine Nacht und einen Tag durchfuhren und nur kleine Pausen einlegten, entschlossen sie sich zu einem Lagerfeuer. Auf dem Weg hatten sie angehalten und Essen für jeden gekauft, das sie nun in gemeinsamer Runde vertilgen wollten. Alle hatten Hunger.

Daniel und Noel wollten mehr darüber wissen, wie es im Osten aussehe und wie ihr Leben dort war.

„Ach wisst ihr, nichts Besonderes", zuckte Mason mit den Schultern. „Alles ein bisschen heruntergekommen und keiner dort hat viel Geld."

„Regnet es da nicht immer?", fragte Daniel neugierig.

Scarlett lächelte und verwuschelte seine Haare.

„Nein, gar nicht. Es regnet oft, aber nicht andauernd. Und die Wälder brauchen das viele Wasser."

„Gibt es da gefährliche Tiere?", wollte Noel wissen.

„Hast du schon mal Bären gesehen?"

Noel bekam große Augen.

„Bei euch leben Bären? Richtige Bären?"

„Oh ja", erwiderte Scarlett.

Eric unterbrach ihr Gespräch und bat Peter darum, genau zu erzählen, was er in seinem letzten Leben getan hatte und woran er sich alles erinnere. Peter erzählte von seinen Träumen und gab sinngemäß beinahe das Gleiche wieder, was Mason, Oliver und Scarlett bereits von Michael kurz vor seiner Ermordung erfahren hatten. Ava hob ihren Kopf und beobachtete Peter aufmerksam beim Reden. Maria schüttelte nur entsetzt den Kopf, als Peter von der Mittelrezeptur erzählte und was seine Wirkung sein sollte.

„Logan hat vollkommen den Verstand verloren", flüsterte sie leise.

Nachdem Maria, Eric, Daniel und auch Noel Peter mit Fragen gelöchert hatten, widmeten sich alle stumm ihrem Essen.

„Woher kommt ihr beiden eigentlich?", durchbrach Mason nach einer Weile die Stille und wandte sich dabei an Ava und Eric.

„Wir kommen aus Lordan City", antwortete Eric mit halbvollem Mund.

„Lebt eure Familie noch dort?"

Eric schüttelte den Kopf.

„Wir sind in einem Waisenhaus aufgewachsen. Unsere Mutter starb bei der Geburt und unser Vater hat uns vor einer Heiligenstätte ausgesetzt. Der Glaubensbruder hat uns dann ins Waisenhaus gebracht."

Stille. Oliver blickte nachdenklich drein. Die beiden hatten es wohl auch nicht leicht gehabt.

„Warum hat er euch ausgesetzt?"

„Oliver, musst du so bohren?", fragte Mason vorwurfsvoll. Oliver zuckte mit den Schultern.

„Sorry, interessiert mich halt."

Eric lachte.

„Schon gut. Das ist lange her und wir kennen unseren Vater gar nicht. Ich glaube, er war einfach überfordert, als unsere Mutter starb und er mit Zwillingen dastand, die auch noch beide eine beschissene Vorgeschichte hatten."

„Beschissene Vorgeschichte? Wieso, was habt ihr vorher gemacht?"

Mason seufzte. Empathie? Für Oliver ein Fremdbegriff.

„Ava hat sich im letzten Leben das Leben genommen, nachdem sie einen Autounfall hatte, bei dem ihre Kinder ums Leben gekommen sind. Und ich war früher Einsatzleiter beim Militär und wurde von meinen Kollegen übel aufs Kreuz gelegt."

Oliver, Mason und Scarlett warfen Ava einen mitleidigen Blick zu, doch die beschäftigte sich ungerührt mit ihrem Nudelsalat und schenkte der Unterhaltung offenbar keine Beachtung.

„Was meinst du damit, dass sie dich aufs Kreuz gelegt haben?", bohrte Oliver weiter.

Eric zuckte mit den Schultern.

„Sie haben eine Mission zu Rauschgiften sabotiert, um sich am Geschäft illegal zu bereichern. Leider habe ich es nicht mitbekommen und als die Sache aufflog, stellten sie mich alle gesammelt an den Pranger. Man wollte mich ins Gefängnis werfen und ich bin abgehauen. Als man mich erwischte, wurde ich als Deserteur verurteilt, wofür man einige Monate an Folter kassiert."

„Und? Wurdest du gefoltert?", fragte Oliver.

„Jetzt ernsthaft, Oliver?", entfuhr es Mason.

Eric lachte.

„Lass ihn fragen. Wenn wir zusammenarbeiten wollen, müssen wir uns besser kennen. Ja, Oliver, ich wurde gefoltert und starb letztendlich auch dabei. Und ich denke einfach, dass unser Vater keine Kinder mit einem Hintergrund als Selbstmörderin und als Deserteur haben wollte."

„Was für ein Arsch", murmelte Oliver.

Scarlett runzelte nachdenklich die Stirn.

„Was mich interessieren würde ist, wie ihr vom Waisenhaus dann auf Basis 29 gekommen seid? Und wie entstand eure Bewegung?"

Eric warf seiner Schwester einen langen Blick zu. Sie hob den Kopf und die beiden schienen ohne Worte zu kommunizieren. Sie nickte kurz, wie zur Bestätigung, dass er fortfahren konnte.

„Wir hatten keine gute Zeit im Waisenhaus", fuhr Eric fort. „Misshandlungen waren an der Tagesordnung. Ava hat immer versucht, mich vor den Übergriffen zu schützen, aber ich bin mit dem Heimleiter ziemlich oft aneinandergeraten. Dann hat sie es tatsächlich geschafft und ist ausgebüxt, um zu den Behörden zu laufen. Dort hat sie um Hilfe gebeten, wurde ignoriert und einfach wieder ins Heim zurückgebracht. Ava hat die Prügel ihres Lebens bezogen. Da hat es auch mir gereicht und ein paar Wochen später haben wir es geschafft und sind abgehauen."

Mason, Oliver und Scarlett hingen an Erics Lippen. Seit sie ihn kennengelernt hatten, war es das erste Mal, dass er ihnen mehr über sich erzählte. Er erzählte die Geschichte in einem sachlichen Ton, als wäre es belanglos, doch für Oliver, Mason und Scarlett fühlte es sich an, als hätten sie Gleichgesinnte getroffen. Menschen, die ebenfalls keine leichte

Kindheit hatten und aufgrund ihres Hintergrundes ausgestoßen wurden.

„Wo seid ihr dann hin?", fragte Scarlett.

„Wir haben auf der Straße gelebt und uns mit anderen zusammengeschlossen, denen es ähnlich ging. Wir hausten in alten Abrissbuden, die keiner bewohnte. Ava und ich haben mehrmals versucht, einen Job zu bekommen, aber sobald das Zeichen eingescannt wurde, könnt ihr euch denken, wie schnell wir eine Absage bekamen."

Olivers Nasenflügel blähten sich.

„Das kann ich mir vorstellen."

Eric blickte sie nachdenklich an.

„Ich weiß nicht, wie es für euch ist, aber keiner aus der Gruppe, mit der wir zusammenlebten, fühlte sich gut aufgehoben in seinem Körper. Jeder hatte das Gefühl, bei der Geburt Pech gehabt zu haben."

Scarlett nickte und starrte nachdenklich ins Feuer.

„Ja, mir geht es genauso. In meinem letzten Leben habe ich mich eigentlich sehr wohlgefühlt in meinem Körper und jetzt habe ich keinen Bezug mehr zu ihm."

Eric sah sie neugierig an.

„Was hast du denn in deinem letzten Leben gemacht?"

Scarlett schwellte ein wenig stolz die Brust.

„Ich hatte eine Bar in Lordan City und die lief ziemlich gut. Bis …"

Scarlett schluckte.

„Bis was?", fragte Maria.

„Bis plötzlich Leute von Regierungsbehörden bei mir aufkreuzten und meine Bücher sehen wollten. Sie behaupteten, dass ich für meine Herkunft und meine Vergangenheit zu viel Geld verdiene. So viel verdiene vielleicht jemand aus dem Süden oder dem Westen, aber nicht jemand aus dem Norden und schon gar nicht jemand mit meiner Hautfarbe."

Maria zog schockiert die Augenbrauen hoch.

„Das haben sie zu dir gesagt?!"

Scarlett nickte.

„Ich habe ihnen erklärt, dass ich als Kellnerin in der Bar angefangen habe. Die Vorbesitzerin war eine nette, ältere Dame und sie hat mir alles über das Geschäft beigebracht. Als sie starb, vermachte sie mir die Bar. Wer gibt einem schon so eine Chance? Tja, das war denen aber egal. Sie meinten, das hätte die Vorbesitzerin nicht zu entscheiden gehabt und ich hätte den Beruf weiter ausüben müssen, den ich vorher auch schon gemacht habe: Kellnerin."

„Hast du die Bar dann verloren?", fragte Daniel dazwischen.

Scarlett nickte.

„Ja. Ich musste so viel Geld an die Behörden abtreten, dass ich gerade mal die Rechnungen zahlen konnte. Es hat kaum noch fürs Essen gereicht und irgendwann habe ich zu trinken angefangen. Ich habe einfach aufgegeben."

Scarlett starrte weiter ins Feuer und spürte plötzlich, wie Mason ihre Hand nahm.

„Die Zeit, bevor die Behörden alles kaputt gemacht haben, war schön. Ich war stark, ich war erfolgreich und die Gäste respektierten mich. Mein Körper und meine Seele waren eins. Ich war eine richtige Geschäftsfrau. Und jetzt stecke ich in diesem zierlichen, kleinen Körper und werde überhaupt nicht ernst genommen."

Mason schluckte.

„Und ich ziehe dich auch noch mit ‚Weißbrot' auf."

Er sah Scarlett reumütig an.

„Sorry. Ich dachte immer, dass das ein Witz wäre. Ich hab irgendwie nie richtig drüber nachgedacht, dass es abwertend ist."

Scarlett zuckte mit den Schultern.

„Passt schon. Ich bin nicht empfindlich. Manchmal kommt es nur wieder hoch, wie ich im letzten Leben oft diskriminierend und herabwürdigend behandelt wurde."

Mason drückte ihre Hand und zog sie zu sich in seinen Arm.

„Ich verspreche dir, dass ich es nicht mehr sagen werde", murmelte er leise.

Oliver grinste.

„Mann, Mann, Mann. Liam und Emma wären jetzt wahrscheinlich stolz auf uns. Voll die Offenbarung hier."

„Schnauze, Oliver", erwiderte Scarlett augenzwinkernd.

„Ich sehe schon, da haben wir was gemeinsam", sagte Eric mit gerunzelter Stirn.

„Genau aus dem Grund haben wir unsere Bewegung gegründet. Wir wollten uns endlich wieder wie ein Teil der Gesellschaft fühlen und uns mit unseren Seelen und Körpern identifizieren können. Je schlechter es uns ging, desto fremder haben wir uns in unseren Körpern gefühlt."

Eric tippte auf seine Tätowierung.

„Das Zeichen steht für das ewige Leben, in dem Körper und Seele miteinander verwoben sind. In dem Körper und Seele zueinanderfinden, zusammen stark sind und gemeinsam ein gutes Leben führen. Ich denke, der Schlüssel zur Harmonie zwischen Körper und Seele ist die Freiheit, zu tun, was man für sich tun möchte."

Peter nickte heftig. Er hatte die ganze Zeit stumm ins knisternde Feuer gestarrt. Das Gespräch berührte ihn. Er befand sich in seiner emotional intensivsten Phase, da mit jeder Nacht mehr und mehr Erinnerungen an sein letztes Leben zurückkamen.

„Das habe ich mit Benjamin, Clark, Graham und Michael auch herausgefunden bei unserer Seelenforschung. Wir haben jahrelang daran geforscht, was Körper und Seele zusammenbringt und was schlecht für ihre Verbindung ist."

Mason nickte.

„Den Bericht kennen wir."

Peter bekam große Augen. „Woher?"

„Liams Großvater. Er hat Unterlagen von eurer Arbeit aufgehoben."

„Ich hätte gerne mit Graham gesprochen. Schade, dass er gerade erst gestorben ist", murmelte Peter leise.

„Ich hoffe, ich kann mich auch bald erinnern, was ich früher gemacht habe!", rief Noel aufgeregt aus.

Peter lachte laut.

„Du hast uns ständig von Sachen überzeugt, die wir gar nicht wollten."

„Cool", erwiderte Noel nur und stopfte sich eine Teigtasche in den Mund.

„Seid ihr dann auf die Straße gegangen mit eurem Zeichen?", griff Mason wieder die Geschichte von Eric auf.

„Ja. Wir haben schnell Anhänger gefunden. Wir wollten erreichen, dass Identitäten mit der Wiedergeburt auf Null gesetzt werden und jeder einen Neuanfang bekommt. Dass jeder lernen und arbeiten kann, was er möchte. Die Aufstände wurden jedoch immer schnell von den Regierungssöldnern zerschlagen. So lädiert, wie Mason, habe ich eigentlich immer ausgesehen."

Bei seiner letzten Bemerkung grinsten sich Eric und Mason an.

„Auf einem unserer Aufstände wurden wir von Logan angesprochen. Er erzählte uns von der Opposition und ob wir nicht für ihn arbeiten wollen würden. Wir könnten unsere Bewegung viel professioneller aufziehen und er fände unser Zeichen als Gesicht der Opposition sehr passend."

„Und da habt ihr angebissen", murmelte Scarlett.

Eric zuckte mit den Schultern.

„Klar. Es war ein richtiges Jobangebot. Und wir durften weiterhin unsere Bewegung leiten. Allerdings blieb dafür nur wenig Zeit. Ava und ich waren sehr viel zwischen den Basen unterwegs, haben rekrutiert, ausgebildet, Regierungstreue ausgespäht und Material beschafft."

„Logan hat aufgerüstet?", fragte Oliver.

„Oh ja. Über viele Jahre hinweg. Glaubt mir, wenn ein Krieg ausbricht, denke ich, dass er genug Ausstattung hat, um ein paar Runden gegen die Lordans durchzustehen. Ava und ich bekamen über die Jahre hinweg mehr und mehr den Eindruck, dass es Logan nicht primär darum ging, dass Menschen wieder vereinte Körper und Seelen und Freiheit bekämen. Ihm ging es darum, Rache am Süden und Westen zu nehmen. Er redete ständig davon, den Reichen das zu nehmen, was sie uns nahmen. Und dass der Lordan-Clan vernichtet werden müsse."

„Als wir von dem Mittel erfahren haben und warum Peter, Daniel und Noel auf der Basis waren, hat es gereicht", ergänzte Maria. „Er opfert jeden, um sein Ziel zu erreichen. Es ist ihm egal, wer dabei auf der Strecke bleibt. Allein, was er euren Freunden angetan hat … einfach schrecklich."

Mason nickte traurig.

„Das heißt, er möchte die Lordan-Regierung stürzen, den Süden und Westen dem Erdboden gleichmachen und das war es?"

„Ganz einfach ausgedrückt: Er möchte die Macht ergreifen. Und Ava und mir ist nun klar, dass die jungen Menschen, die mit unserem Zeichen für ihn auf die Straße gehen, nur Bauernfiguren in einem gefährlichen Schachspiel sind."

Ava hatte zwischenzeitlich ihren Nudelsalat beendet und stand auf. Sie wollte sich gerade umdrehen, da hielten sie Olivers Worte zurück.

„Wieso redest du eigentlich nie?"

Stille. Keiner gab einen Mucks von sich. Ava drehte sich langsam um. Ihre Augen funkelten wachsam.

„Ich rede, wenn es notwendig ist", antwortete sie mit ihrer rauchigen Stimme.

Dann verschwand sie in der Dunkelheit. Kurz darauf hörte man eine Autotür zuknallen.

„Beim Training hat sie doch auch geredet?", runzelte Oliver die Stirn. Er verstand Ava nicht. Sich selbst fand er schon schräg, doch Ava war der absolute Abschuss im Vergleich zu ihm.

Eric räusperte sich.

„Ava redet, wenn es nötig ist. Beim Training, auf Einsätzen, aber das war es dann auch schon."

„Warum?", fragte Scarlett vorsichtig.

Eric seufzte.

„Meiner Schwester hat nie jemand zugehört, als sie klein war. Im Waisenhaus nicht. Bei den Behörden nicht. Sie hat immer den Mund aufgemacht, wenn etwas ungerecht war. Aber ihr wurde schlicht zu oft mit Gewalt der Mund verboten. Sie will einfach nicht mehr reden. Respektiert das."

Eric stand nun ebenfalls ruckartig auf, um seiner Schwester zu folgen.

„Wir sollten langsam weiterfahren."

Mit diesen Worten entfernte er sich mit großen Schritten.

Oliver runzelte nachdenklich die Stirn. Maria fing seinen Blick auf und atmete tief durch.

„Peter, Daniel, Noel – geht doch schon mal vor, ja?"

Die drei murrten, gehorchten jedoch und folgten Ava und Eric durch die Dunkelheit.

„Lasst Ava wenn möglich in Ruhe, ja? Sie hat es nicht leicht gehabt im Leben", sagte Maria leise.

„Aber Eric ist im Gegensatz zu ihr sehr gesprächig und die beiden sind doch gleich aufgewachsen?", widersprach Oliver. Maria sah ihn ernst an.

„Oliver, Ava wurde im Heim nicht nur mit Prügel misshandelt. Ihr ist auch etwas anderes Schlimmes widerfahren. Etwas, was sehr schrecklich ist für ein junges Mädchen."

Oliver schluckte. Das hatte er nicht erwartet. Er schämte sich plötzlich für seine bohrenden Fragen.

„Ich denke, Eric hat sich darum gekümmert. Vor ein paar Jahren brach er allein zu einer Mission auf, was uns alle sehr verwundert hat. Kurz darauf wurde in den Medien gemeldet, dass ein Heimleiter eines Waisenhauses in Lordan City vermisst wurde."

Scarlett fröstelte es trotz der lauen Nachtluft plötzlich. Sie wollte sich gar nicht ausmalen, was Eric mit dem Mann angestellt hatte.

„Können wir es darauf beruhen lassen?", fragte Maria und blickte sie mit hochgezogenen Augenbrauen an.

Oliver, Mason und Scarlett nickten stumm. Ihr eigenes Schicksal kam ihnen plötzlich sehr viel kleiner vor.

Spero

4 Nachdem sie die Nacht durchgefahren waren, hielten Ava und Eric am nächsten Morgen für eine kurze Zwischenbesprechung am Straßenrand an. Maria sah alle zwei Minuten nervös auf ihr Handy und konnte ihrer Absprache kaum folgen. Vergeblich wartete sie auf einen Rückruf ihrer Tante.

„Wann hat sie dir das letzte Mal geschrieben?", fragte Scarlett.

„Gestern Vormittag. Meine Tante ist eigentlich sehr zuverlässig und antwortet immer sehr schnell. Vor allem in so einer Notsituation, in der ich ihre Hilfe brauche, würde sie das Handy nicht mehr aus den Augen lassen."

„Unsere Telefone sind sicher, aber das deiner Tante nicht. Sie belagern sicher gerade alle nur möglichen Orte, an denen wir unterkommen könnten", erwiderte Eric trocken.

Maria riss bestürzt die Augen auf.

„Du meinst, dass sie das Handy meiner Tante überwachen, nun Bescheid wissen und dort auf uns warten?"

Anstatt zu antworten, nickte Eric nur und sah Maria bedeutungsvoll an.

Marias Atmung ging schneller, sie rieb sich mit einer Hand über die Stirn und fing an, auf und ab zu laufen.

„Wir müssen sofort weiterfahren! Ich habe Angst, dass sie ihr etwas tun könnten!"

Eric und Ava schüttelten gleichzeitig den Kopf.

„Wir können nicht mehr alle dort hin. Das ist zu gefährlich."

Maria war außer sich und blitzte Eric wütend an.

„Du willst sie einfach ihrem Schicksal überlassen?! Sie wollte uns helfen und wir haben dadurch vielleicht ihr Todesurteil beschlossen!"

Mason hob beschwichtigend die Hände und versuchte die Wogen zu glätten.

„Wir fahren weiter zur Heiligenstätte. Wenn wir in Spero angekommen sind, könnt ihr euch davon überzeugen, dass wir Mr. Turner vertrauen können. Die Jungen bleiben bei uns und Ava und Eric fahren zu deiner Tante und sehen nach dem Rechten. Wenn es ihr gut geht und keine Gefahr besteht, dass ihr dort von Logans Leuten aufgespürt werden könntet, geht es für euch wie geplant weiter."

Eric sah Mason dankbar an. Diplomatie und Einfühlungsvermögen zählten nicht zu seinen Stärken.

„Das ist ein guter Vorschlag."

Auch Maria nickte zustimmend und beruhigte sich wieder.

„Wie lange brauchen wir noch ungefähr?", fragte Peter und wandte sich dabei an Oliver.

Der überlegte kurz.

„Ich schätze mal noch ungefähr vier bis fünf Stunden. Je nachdem wie schnell wir Spero dann auch finden."

Sie beschlossen weiterzufahren und Maria versprach, sofort Bescheid zu geben, sollte sich ihre Tante doch noch melden.

In den nächsten Stunden konnte keiner mehr dösen oder gar schlafen. Jeder stand unter Strom und die Spannung im Jeep war beinahe greifbar. Scarlett, Mason und Oliver beteten inständig, dass Spero ein sicherer Ort für sie alle wäre und Mr. Turner dort auch wirklich auf sie wartete, wie er es nur wenige Tage zuvor versprochen hatte.

Oliver fiel plötzlich auf, dass sich einige Autos zwischen ihrem Defender und dem von Ava befanden. Er wies Eric darauf hin, dass sie auf die anderen warten sollten, doch der winkte nur grinsend ab.

„Das ist Absicht. Die Wagen sehen genau gleich aus und es wäre zu auffällig, wenn wir direkt hintereinander herfahren würden."

„Oh. Ach so", erwiderte Oliver. Eric hatte recht. Mit den Defenders passten sie gut in den Westen. Doch hier im Süden prägten teure, moderne Marken das Straßenbild, in dem sie mit ihren robusten, schlicht funktionalen Jeeps auffielen.

Je näher sie dem Meer kamen, desto dichter wurde das Straßennetz und Oliver konnte Eric nicht mehr weiternavigieren. An das verwirrende Straßennetz im Süden konnte er sich nicht mehr bis ins kleinste Detail erinnern. Als sie an einer roten Ampel standen, ließ Scarlett das Fenster herunter und fragte eine ältere Dame, die gerade in ihr Auto am Straßenrand einsteigen wollte, nach dem Weg.

„Heiligenstätte Spero?", fragte diese leicht verwundert. Wahrscheinlich erwartete sie von einem jungen Mädchen nicht die Frage nach einer Heiligenstätte. Dann hob sie den Arm und deutete auf einen hügeligen Hang, der sich kurz hinter der Stadt nach oben zog und aus der Ferne bereits zu erkennen war.

„Fahren Sie den Hang nach oben, dann kommen Sie in eine kleine Senke mit Lavendelfeldern und einer Serpentinenstraße. Der folgen Sie bis zum Ende und Sie kommen direkt in Spero an."

„Vielen Dank", erwiderte Scarlett und lächelte der Dame freundlich zu.

Eric warf einen Blick in den Rückspiegel und trat aufs Gaspedal, als die Ampel auf Grün wechselte. Ava blieb ihnen an den Fersen, achtete dabei jedoch weiterhin auf einen sicheren Abstand. Es dauerte eine Zeit lang, bis sie die ersten Höhenmeter hinter sich ließen. Sie fuhren am Stadtrand eine Anhöhe hinauf, vor der sich direkt das Meer erstreckte. Oliver, Scarlett und Mason konnten sich an den brechenden Wellen mit ihren weißen Schaumkronen und den verschiedenen Blautönen des Wassers kaum sattsehen. Genau hier wollten sie ursprünglich hin. Auf ihrem Roadtrip, den sie nach ihrem Schulabschluss angehen wollten.

„Wahnsinn, ist das schön hier", murmelte Scarlett. Am liebsten hätte sie Eric darum gebeten, kurz anzuhalten, um in Ruhe auf's Meer sehen zu können. Andererseits spürte sie ihren Adrenalinpegel weiter steigen, denn Spero konnte nicht mehr weit sein. Sie sehnte sich geradezu nach einem sicheren Ort, an dem sie nur eine Minute zur Ruhe kommen konnte, um die letzten Wochen zu verarbeiten. Sie wusste, dass sie sich noch kaum mit dem Tod von

Emma und Liam befasst hatte. Sobald sie wieder ein gefestigtes Umfeld hatte, würde sie zusammenbrechen. Davor graute ihr.

„Wow! Schaut euch das an!", rief Oliver staunend aus.

Scarlett schüttelte den Kopf und murmelte, dass die Szenerie von einem Gemälde stammen könnte.

Vor ihnen breitete sich die Senke aus, von der die ältere Dame an der Ampel gesprochen hatte. Ein Meer aus Lavendel, der sich über weiche, auslaufende Hügelketten zog. Scarlett und Eric ließen die Fenster herunter und schon nach kurzer Zeit füllte der Lavendelduft das Innere des Wagens.

„Mann, riecht das intensiv", lachte Mason. Ihm gefiel die schöne Gegend genauso wie den anderen. Nur einer verzog keine Miene. Eric scannte hochkonzentriert das Gelände auf eventuelle Gefahren. Er war ständig wachsam und passte auf. Eine Eigenschaft, die sie wohl noch lernen mussten.

Sie folgten der immer enger werdenden Serpentinenstraße, die sich durch die Lavendelfelder schlängelte. Nachdem sie einen steilen Hügel erklommen hatten, erstreckte sich vor ihnen eine flache Hochebene. Die Straße wurde breiter und Eric fuhr rechts ran, um abzubremsen. Ava tat es ihm kurz danach gleich und stellte sich hinter ihn. Mason, Oliver und Scarlett saßen mit offenen Mündern im Auto.

Vor ihnen lag Spero.

Sie nahmen es zumindest an, denn die Straße verlief lediglich zur Heiligenstätte, ohne weitere Abzweigungen.

Spero war *riesig*. Mit seinem alten Mauerwerk erinnerte es an eine mittelalterliche Burg. Mehrere Gebäudetrakte waren durch die Mauer aus hellen Sandsteinen miteinander verbunden und glichen einer Festung. Aus dem Gelände ragte ein Turm empor. Von dort konnten sicherlich die gesamte Hochebene und das Meer auf der anderen Seite überblickt werden.

Genau das gefiel Eric überhaupt nicht. Er streckte seinen Kopf zum Fenster des Jeeps hinaus und drehte sich nach hinten.

„Wir sind hier wie auf dem Präsentierteller", wandte er sich an Ava.

„Aufteilen", antwortete sie kurz angebunden und Eric nickte zustimmend.

„Ihr bleibt hier und wartet. Sind wir in zehn Minuten nicht zurück oder wenn ihr Fahrzeuge ausrücken seht, haut ihr ab!"

Ava nickte abermals.

Eric wandte sich mürrisch an Scarlett zu seiner Rechten.

„Ich will hoffen, dass ihr euch nicht täuscht mit eurem Lehrer. Das da ist eine verdammte Festung und es gibt nur eine Fluchtrichtung."

Keiner von ihnen antwortete auf Erics Bedenken. Scarlett ballte ihre Hände vor Aufregung zu Fäusten und bohrte sich ihre Nägel in die Handflächen.

Eric lenkte den Jeep wieder auf die Straße und fuhr weiter auf Spero zu.

Den Eingang bildete ein großes zweitüriges Flügeltor aus Holz, verankert in einer langen Mauer, die die Gebäude miteinander verband. Eric fuhr langsam an das Tor heran, doch nichts geschah.

Als er das Auto anhielt und sich noch immer niemand blicken ließ, nickte er Scarlett kurz zu.

„An der Mauer ist eine Sprechanlage. Steig mit mir aus", sagte Eric bestimmt.

Als Oliver sich schon daran machte, seine Tür zu öffnen, wies ihn Eric zurecht, dass er gefälligst sitzen bleiben solle. Oliver gehorchte. Vor Eric und seinen Anweisungen hatte er Respekt.

Scarlett näherte sich der Sprechanlage. Sie musste noch nicht mal eine Klingel drücken. Über der Sprechanlage hörte sie ein leises Surren. Eine Kamera zielte direkt auf ihr Gesicht.

„Dem Seelenheil zum Gruße", meldete sich eine raue Stimme.

„Wie können wir Ihnen helfen?"

Scarlett räusperte sich nervös.

„Ähm, wir sind auf der Suche nach Mr. Turner. Er hat uns gesagt, dass wir ihn hier finden würden."

Kurze Stille.

„Und wer seid ihr?", fragte die Stimme, anstatt direkt auf Scarletts Frage einzugehen.

„Wir sind Schüler von Mr. Turner. Wir brauchen seine Hilfe. Bitte, ist er hier?"

„Wie viele seid ihr und woher kommt ihr?"

Die Person auf der anderen Seite der Kamera machte überhaupt keine Anstalten, ihr zu antworten.

„Ungeistlichen Seelen ist der Zutritt zu Spero nicht erla ..."

Scarlett schnitt der unerbittlichen Stimme einfach das Wort ab.

„Mr. Francis!", rief sie. „Mr. Turner meinte, wir sollen nach einem Mr. Francis fragen, wenn wir hier sind."

„Woher kennen Sie diesen Namen?", rief die Stimme plötzlich aufgebracht.

Eric zog misstrauisch die Augenbrauen hoch und sein ganzer Körper stand unter Spannung. Diese Unterhaltung lief nicht zu seiner Zufriedenheit.

Doch bevor Scarlett antworten konnten, hörten sie plötzlich, wie sich jemand auf der anderen Seite in das Gespräch einmischte.

„Mr. Cunningham, ich glaube, das Mädchen meint den bärtigen Mann, der gestern angekommen ist."

„Was für ein Mann?", brauste der Mann namens Cunningham auf.

„Gestern ist jema ..."

Anscheinend wurde die Gegensprechanlage deaktiviert, denn Scarlett und Eric hörten plötzlich nichts mehr von dem weiteren Gesprächsverlauf.

Eric brummte genervt.

„Wer ist dieser Mr. Francis, nach dem ihr fragen solltet?"

Scarlett zuckte mit den Achseln.

„Ich weiß es nicht. Liam hatte mit Mr. Turner telefoniert. Er bat Liam darum, nach einem Mr. Francis zu fragen, wenn wir hier ankämen."

„Was für ein Informationsdesaster", schüttelte Eric den Kopf.

„Wir hatten kein großes Zeitfenster in Lordan City!", verteidigte sich Scarlett.

Eric warf ihr einen strengen Blick zu, deutete auf die Kamera und zupfte dann einmal an seinem rechten Ohrläppchen. Scarlett entgegnete nichts mehr. Sie konnten nicht wissen, ob ihnen die Männer hinter der Kamera gerade zuhörten.

In der Sprechanlage knackte es und Scarlett atmete erleichtert aus, als sie eine ihr vertraute Stimme hörte.

„Scarlett?", hörte sie Mr. Turner fragen.

„Mr. Turner, ich bin so froh, dass Sie wirklich hier sind!"

„Bitte entschuldigt die Verwirrung. Ich bin gestern hier angekommen und nicht alle Mitarbeiter waren über die Lage informiert. Ihr dürft reinkommen. Ich komme euch gleich auf dem Innenhof entgegen."

„Danke", erwiderte Scarlett.

Sie drehte sich um und winkte zum Jeep. Oliver und Mason verstanden ihr Handzeichen und öffneten ihre Türen, um auszusteigen. Beide hatten zwar die Fenster zuvor heruntergelassen, um mithören zu können, doch es wehte ein ordentlicher Wind auf der Hochebene. Sie fingen nur einzelne Wortfetzen auf, aus denen sie kaum schlüssig wurden.

Oliver platzte fast vor Neugierde und humpelte so schnell er konnte auf Scarlett zu.

„Mr. Turner ist hier. Wir sehen ihn gleich!", rief sie aufgeregt.

Just in diesem Moment setzten sich die schweren Flügeltüren in Bewegung und öffneten sich automatisch in ihre Richtung.

Als sich die Türen weit genug geöffnet hatten, um einzutreten, blieben Scarlett, Oliver und Mason die Münder offen stehen. Auch Eric staunte beim Anblick des Innenhofs. Eine geteerte Straße führte in den Hof und zog um einen riesigen Springbrunnen einen Kreis. Hinter dem steinernen Brunnen verliefen lange Treppenstufen hin zum Eingang des größten Gebäudetraktes auf dem Gelände. Entlang enger Wege, die sich vom Innenhof hinter das Gebäude schlängelten, wuchsen gepflegte Sträucher, Büsche und Blumen jedweder Art.

„Das ist ein Paradies", murmelte Mason fasziniert und blickte auf die Farbenpracht. Der Osten, wo Mason aufgewachsen war, war geprägt von Niederschlag, Feuchtigkeit und kühlen, dunklen Wäldern. So viele bunte Blumen hatte er noch nicht gesehen. Auch die salzige Luft war ihm neu. So wie Scarlett und Oliver war er noch nie zuvor am Meer gewesen.

Sie blickten erwartungsvoll auf die Tür am Ende der Stufen, doch Mr. Turner musste aus einem seitlichen Eingang gekommen sein. Scarlett entdeckte ihn, als er sich ihnen auf einem der kleinen Parkwege näherte. Ihr ehemaliger Lehrer lächelte breit, als er sie entdeckte. Eric beäugte ihn misstrauisch.

Mr. Turner blieb vor ihnen stehen und breitete die Arme aus.

„Willkommen in Spero. Als ich ankam und Mr. Francis mir erzählte, dass noch keiner angekommen sei, habe ich mir schreckliche Sorgen um euch gemacht!"

Scarlett, Mason und Oliver blickten betreten drein.

„Tut uns leid, wir haben länger gebraucht als gedacht", antwortete Mason.

Mr. Turner sah sie verwirrt an.

„Wo sind Liam und Emma? Seid ihr nicht zusammen gekommen?"

Stille.

Die drei blickten ihn traurig an und versuchten, die richtigen Worte zu finden.

„Sie sind ...", murmelte Scarlett, doch es wollte ihr einfach nicht über die Lippen kommen.

Eric kam ihr zuvor.

„Die beiden sind tot."

Mr. Turner starrte Eric entsetzt an und blickte dann jedem einzelnen in die Augen. Ihm fielen auch die Würgemale an Scarletts Hals, das vollkommen entstellte Gesicht von Mason und die gekrümmte Haltung Olivers auf. Oliver nickte stumm, als er seinen Blick auffing.

„Das ist nicht wahr", flüsterte Mr. Turner.

„Wir mussten aus dem Westen fliehen und dabei sind die beiden ums Leben gekommen", führte Eric weiter aus.

„Und wer sind Sie?", fragte Mr. Turner.

„Eric Dillan. Ich habe ihnen aus ihrer Lage geholfen."

„Aus welcher Lage, verdammt nochmal!", fuhr Mr. Turner auf.

„Ihr drei müsst mir erklären, was passiert ist. Vor ein paar Tagen habe ich mit Liam telefoniert und er versprach, dass ihr euch auf den Weg hierher machen würdet. Was ihr nicht getan habt, denn du, Oliver, hast mich dann nochmal angerufen."

Oliver nickte.

„Da waren wir auf der Basis und ich habe Ihnen gesagt, dass wir nun aufbrechen würden. Ab da ist dann alles schiefgegangen."

Mr. Turner sah sie fassungslos an. Nach ein paar Sekunden fing er sich wieder.

„Ihr kommt am besten alle erst einmal rein und dann erzählt ihr mir genau, was passiert ist."

„Ich gebe Ava Bescheid", murmelte Eric und entfernte sich, um seiner Schwester per Handy Entwarnung zu geben.

„Wem?", fragte Mr. Turner verwirrt.

„Äh, wir sind ein paar mehr Leute. Insgesamt sind wir zu neunt", erklärte Oliver und Mr. Turner zog die Augenbrauen hoch.

„Wo seid ihr da bloß hineingeraten", schüttelte er den Kopf. „Und ihr seht alle drei aus, als wärt ihr durch den Reißwolf gezogen worden."

„Fühlt sich auch so an", murmelte Mason.

Kurze Zeit später hörten sie den Kies unter Avas Jeep knirschen, als sie scharf vor der Einfahrt abbremste. Sie stieg mit äußerst misstrauischem Blick aus und fixierte Mr. Turner mit Argusaugen. Als ihr Eric leicht zunickte, hob sie ihren Arm kurz nach oben und gab Maria, Peter, Daniel und Noel das Zeichen, dass sie aussteigen könnten.

Mr. Turner sah sehr verwundert drein, als er die drei Jungen aus dem Wagen steigen sah.

Als sich die Gruppe mit vorsichtigen Schritten zu ihnen gesellte, stellte Scarlett sie der Reihe nach vor.

„Das sind Peter, Daniel, Noel, Maria und Ava. Sie kommen alle von der Basis und haben uns hierher begleitet."

Mr. Turner schüttelte Maria und Ava die Hand und lächelte den drei Jungen freundlich zu.

„Ich heiße Ian Turner. Ihr könnt mich gerne einfach Ian nennen", sagte er. Dann nickte er Scarlett, Mason und Oliver lächelnd zu. „Das gilt auch für euch. Die Schule ist vorbei, ihr müsst mich nicht mehr mit Mr. Turner anreden."

Gerade als Scarlett etwas erwidern wollte, ging mit einem energischen Poltern die Eingangstür des Haupthauses auf. Heraus kam ein übergewichtiger, älterer Mann mit Halbglatze. Er trug eine weiße Leinenkutte mit einer braunen Kordel als Gürtel, über dem ein stattlicher Bauch spannte.

Mit hochrotem Kopf und zornigem Gesichtsausdruck eilte er die Treppenstufen hinunter.

„Großartig", murmelte Ian genervt.

„Überlasst mir das Reden", wandte er sich eindringlich an Scarlett, Mason und Oliver.

Das Tomatengesicht baute sich vor Ian auf und gestikulierte wild mit seinen Händen.

„So geht das nicht! Das ist heiliger Boden, auf den Sie einfach Leute einladen, wie es Ihnen in den Kram passt!"

Ian ging überhaupt nicht auf seine scharfe Begrüßung ein, sondern erklärte der Gruppe, wen sie da gerade vor sich hatten.

„Darf ich vorstellen, das ist Seelenvater Cunningham. Er leitet Spero."

Bevor jemand etwas erwidern konnte, explodierte Mr. Cunningham regelrecht, wobei sich sein Gesicht noch röter färbte.

„Das reicht! Es war die Rede von fünf Jugendlichen, nicht von einer Großfamilie!"

„Ich habe die ausdrückliche Erlaubnis von Mr. Francis", erwiderte Ian mit ruhiger Stimme.

„Hören Sie endlich damit auf, ihn so zu nennen, das ist respektlos!"

Ian schüttelte den Kopf.

„Ich kenne Mr. Francis seit meiner Kindheit und es ist sein ausdrücklicher Wunsch, dass ich ihn so nenne." Ohne den Seelenvater eines weiteren Blickes zu würdigen, drehte er sich zur Gruppe um.

„Wir gehen rein. Bitte folgt mir."

Es sah beinahe so aus, als würde Mr. Cunningham unter seiner langen Kutte mit dem Fuß aufstampfen.

„Das wird ein Nachspiel für Sie haben, Mr. Turner!" Er wedelte dabei mit der Faust und rauschte wutentbrannt zurück zum Hauptgebäude.

Ian schüttelte nur genervt den Kopf.

„Wir gehen besser zur Seite rein und suchen uns ein ruhiges Plätzchen."

Alle folgten ihm. Als sich das Tor hinter ihnen wieder mit einem lauten Knirschen schloss, zogen sich Erics Augenbrauen zusammen. Er und Ava fühlten sich auf dem Gelände der Heiligenstätte überhaupt nicht wohl. Sie waren nun innerhalb der Mauern eingeschlossen und auf sich gestellt. Zumindest hatten er und seine Schwester Waffen im Hosenbund versteckt, die keiner sehen konnte.

Ian führte sie den gleichen Schlängelweg entlang, auf dem er zuvor gekommen war. Wenig später standen sie vor einer massiven Holztür mit riesigem Messingknauf. Ian zog daran und ließ sie eintreten.

Scarlett, Mason und Oliver atmeten erleichtert durch, als sie die kühle Luft auf der Haut spürten. Sie liefen durch einen breiten, dunklen Gang mit spärlicher Beleuchtung. Ian übernahm die Führung und leitete sie zügig den Gang entlang, bis er plötzlich rechts in einen Raum trat.

„Wow!", rief Daniel begeistert, als er einen massiven Tisch sah, der fast den ganzen Raum ausfüllte.

„Dreihundert Jahre alt", erwiderte Ian lächelnd und verwies mit seinem Arm einladend auf die Stühle am Tisch.

Noel kletterte sofort auf einen der braunen, lederbezogenen Stühle, Peter und Daniel nahmen rechts und links von ihm Platz. Ava und Eric ließen zunächst misstrauisch den Blick schweifen, um den Raum zu erfassen. Als sie nichts Gefährliches entdecken konnten, nahmen sie ebenfalls Platz.

„Du hast nicht zufällig etwas zu trinken für uns?", fragte Maria und blickte dabei besorgt auf die drei kleinen Jungen.

Ian sprang sofort auf.

„Aber natürlich! Wie unhöflich von mir, das hätte ich längst fragen sollen. Ihr müsst alle vollkommen erschöpft sein von der langen Reise."

Er wandte sich an eine lange Holztafel an der Breitseite des Raumes und stellte einen schweren Krug auf den Tisch. Aus einem Unterschrank holte er Gläser für sie alle und befüllte eins nach dem anderen.

Sie waren tatsächlich sehr durstig. Allein Daniel trank drei Gläser hintereinander in einem Zug aus.

Ian wandte sich mit ernster Miene an Scarlett, Oliver und Mason.

„Ihr müsst mir alles erzählen. Von Anfang an. Ich muss wissen, wie es zu so einer Tragödie kommen konnte."

Scarlett nickte und begann zu erzählen.

Sie sprach darüber, wie sich alles veränderte, nachdem Liams Großvater gestorben war. Dass es Mord war und er im Sterben Liam einen Schlüssel hinterließ. Wie sie sich wochenlang den Kopf darüber zerbrachen, wozu der Schlüssel passen könnte.

„Und ich habe euch dann zum Containerplatz geführt", nickte Ian, als er sich an ihre Begegnung in der Bibliothek erinnerte.

„Richtig", sagte Oliver und fuhr fort.

Er erzählte vom Inhalt des Containers und wie sie endlich herausfanden, wonach sie suchen sollten.

Dass Liam nächtliche Anrufe von einem Unbekannten erhielt, der Grahams Geheimnis offensichtlich kannte. Und wie er es schlussendlich schaffte, den Mann davon zu überzeugen, dass sie ihn besuchen sollten.

„Ihr seid also nach eurem Schulabschluss zu diesem Unbekannten gefahren", versuchte Ian der Geschichte zu folgen.

Mason nickte.

„Habt ihr eigentlich eine Ahnung, wie gefährlich das war?"

Sie blickten ihren ehemaligen Lehrer betreten an, doch keiner erwiderte etwas.

„Tut mir leid. Erzählt weiter", ruderte der zurück und hörte wieder aufmerksam zu, als nun Mason weitersprach. Eric, Ava, Maria und die Jungen lauschten der Geschichte ebenso konzentriert wie Ian.

Als Mason aufklärte, dass es sich bei dem Unbekannten um Michael Jefferson handelte, einem der Forscher des Mittels, nickte Peter leicht. Er konnte sich nun an seinen Freund und Kollegen aus seinem damaligen Leben erinnern.

Ian riss entsetzt die Augen auf, als er vom Verrat der Berufsberaterin, Mrs. Green, erfuhr und zog scharf die Luft ein. Mason hob die Hand, um ihn davon abzuhalten, ihn zu unterbrechen.

Peter, Daniel und Noel bekamen große Augen, als Mason erzählte, wie sie aus dem Haus flüchten mussten und ihre Verfolger Michael Jefferson umbrachten. Ava und Eric zogen anerkennend die Augenbrauen hoch, als er ihre waghalsige Flucht beschrieb, während der sich Scarlett eine Kugel am Arm einfing.

Und Maria schüttelte ungläubig den Kopf, als Scarlett stolz einwarf, dass sie von Emma zusammengeflickt wurde. Sie führte weiter aus, wie sie in Lordan City ankamen und sich alle selbst auf einer LED-Wand wiedererkannten, auf der sie als Mörder angeprangert wurden.

„Und dann der Anruf von Liam", warf Ian ein.

Scarlett nickte.

„Wir mussten irgendwie aus dieser Stadt raus. Blöderweise sind wir direkt in einen Aufstand hineingesteuert."

Sie erzählte, wie sie von Polizisten gestellt wurden, wie die Situation durch die Demonstranten außer Kontrolle geriet und ihnen damit zur Flucht verhalf.

„Ihr wart also nicht wegen der Bewegung dort", warf Eric ein und lächelte schief. „Ich kann es nur wiederholen. Euer Liam war ein Redekünstler. Hat mich doch glatt davon überzeugt, ihr wärt deswegen in Lordan City gewesen."

„Ja. Er war der Beste", murmelte Mason leise.

Scarlett räusperte sich, nahm ein Schluck Wasser aus ihrem Glas und kam nun zu dem Teil, als sie es endlich auf Basis 29 schafften und von Eric und Ava gestellt wurden. Sie erzählte davon, wie sie dort gemeinsam auf den Gedanken kamen, dass das Mittel im Grab von Jared Flemming versteckt sein könnte. Und wie sie es schlussendlich auch dort fanden, als sie das Grab mitten in der Nacht aushoben. Sie beendete ihre Ausführungen damit, wie sie von Logan Grey erwischt wurden.

„Du meine Güte!", rief Ian laut aus und starrte auf Peter, Daniel und Noel, als Scarlett erklärte, um wen es sich bei den drei kleinen Jungen eigentlich handelte. Dass sie Logan Greys Weg waren, um an die Rezeptur des Mittels zu kommen.

Scarlett versuchte weiterzuerzählen, doch ihre Stimme brach. Oliver übernahm und schilderte den Kampf ums Überleben, als ihnen Logan Greys Rachedurst bewusst wurde und sie versuchten, vor ihm zu fliehen. Dass Eric und Ava entschieden, ihnen zu helfen und genauso rauszubringen wie Peter, Daniel, Noel und Maria.

Ian rang um Fassung, als er davon hörte, wie Emma und Liam gejagt wurden.

Eric fuhr fort und beschrieb ihre Flucht mit dem Helikopter und den Defenders.

Ian atmete tief durch und faltete die Hände vor seinem Gesicht. Er sah Scarlett, Mason und Oliver fassungslos an.

„Es tut mir so leid, dass ihr all diese schrecklichen Dinge erleben musstet. Dass ihr nun im ganzen Land für etwas gesucht werdet, was ihr nicht getan habt. Dass ihr Emma und Liam verloren habt. Dass es nun ein Mittel gibt, das anscheinend brandgefährlich ist."

Er seufzte tief.

„Ich habe einfach keine Worte für all das. Es ist zu schrecklich."

Scarlett hatte ihre Stimme wiedergefunden.

„Ich habe Emmas Eltern noch nicht angerufen und ich weiß nicht, wie ich es ihnen beibringen soll."

Ian legte tröstend seine Hand auf Scarletts.

„Das mit Emmas Eltern kriegen wir hin. Ich helfe dir dabei. Aber sie müssen es erfahren. Sie machen sich sicher schreckliche Sorgen, wo ihre Tochter steckt. Es wird immer noch landesweit nach euch gefahndet."

Scarlett nickte und schluckte schwer.

„Das Wichtigste ist, dass ihr erstmal hierbleiben könnt. Hier seid ihr sicher. Es gibt keinen sichereren Ort als eine Heiligenstätte."

Eric zog die Augenbrauen hoch.

„Ich glaube nicht, dass wir hier wirklich willkommen sind." Er bezog sich damit auf den rotgesichtigen Mr. Cunningham, der sie derart unfreundlich angefahren hatte im Innenhof.

Ian winkte ab.

„Lasst den mal meine Sorge sein. Wie gesagt, Mr. Francis hat hier das Sagen und er würde nie Kindern und Gestrandeten die Tür verschließen, wenn diese in Not sind."

„Wer ist dieser Mr. Francis?", warf Maria neugierig ein.

„Wenn ihr ihn seht, wisst ihr, wer er ist", erwiderte Ian lächelnd.

Sofort hatten Eric und Ava einen misstrauischen Gesichtsausdruck.

Maria sah nun schon zum fünften Mal nervös auf ihr Handy und sie warf Ava und Eric einen verzweifelten Blick zu. Eric verstand und nickte leicht.

„Wir müssen weiter", sagte er bestimmt und stand auf.

Ian sah ihn verwirrt an.

„Wo müsst ihr denn hin?"

„Diese Heiligenstätte hier war ihr Ziel", erwiderte Eric und warf Scarlett, Oliver und Mason einen Seitenblick zu.

„Wir wollten zu einer Verwandten von Maria, wo wir die Jungen in Sicherheit bringen können."

„Allerdings antwortet meine Tante mir schon seit Längerem nicht mehr. Ich mache mir große Sorgen um sie", ergänzte Maria und trommelte mit den Fingern auf ihrem Handybildschirm herum.

Ian sah sie mitfühlend an.

„Wo lebt deine Tante denn, Maria?", fragte er.

„Meine Tante lebt auch hier im Süden, sogar ganz in der Nähe von Spero", antwortete Maria. Sie schien schnell Vertrauen zu Ian Turner gefasst zu haben.

„Wir prüfen, ob alles in Ordnung ist", versicherte ihr Eric, sah jedoch besorgt auf die Jungen. Es widerstrebte ihm, sie hierzulassen. An einem Ort, dem er noch nicht vollständig vertraute. Ian spürte seine Bedenken.

„Sie sind hier sicher. Ich passe auf alle auf."

Eric und Ava tauschten einen Blick mit Maria, die ihnen leicht zunickte. Dann verließen sie den Raum eilig, um sich auf den Weg zu machen.

„Mr. Turner, äh Ian, wir benötigen so schnell wie möglich einen Laptop", warf Oliver ein.

„Ja natürlich kann ich euch einen Laptop geben", antwortete Ian prompt. „Aber meint ihr nicht, dass ihr vor allem erst einmal eine Dusche, Ruhe und Schlaf braucht? Und vor allem ärztliche Versorgung?"

Maria atmete erleichtert aus. Ian sprach das aus, was sie schon die ganze Zeit dachte, wenn sie Scarlett, Oliver und Mason betrachtete.

„Wenn es hier Wundmaterial gibt, kann ich das selbst übernehmen. An Mason hier mussten wir schon eine Notoperation durchführen und eine Kugel aus seinem Bein ziehen. Ich muss mir die Wunde dringend anschauen."

Ian riss die Augen auf.

„Du bist auch angeschossen worden?", rief er aufgebracht aus.

Mason nickte.

„Und der hier …", deutete Maria auf Oliver, „hat sich ein paar Rippen gebrochen."

Ian stöhnte laut auf.

„Ich bringe euch einen Rechner, aber bitte lasst euch jetzt erstmal versorgen! Darf ich fragen, warum der Laptop gerade oberste Priorität hat?"

„Ich muss die Systeme überwachen, ob Babys ohne Zeichen geboren werden. Und wenn dieser Fall eintritt, müssen wir sie retten, bevor sie von der Regierung getötet oder von Logan Grey entführt werden können."

„Ihr seid also überzeugt davon, dass diese Babys Emma und Liam sein müssen?" Ian sah sie zweifelnd an.

„Wir hoffen es zumindest", erwiderte Scarlett leise.

Ian nickte leicht.

„Kommt, ich zeige euch Spero und wo ihr schlafen könnt. Ihr braucht etwas zu essen und müsst medizinisch versorgt werden. Mr. Francis ist auf dem Weg hierher und ist sehr gespannt auf eure Geschichte."

„Uns interessiert aber auch noch, wie es dich hierher verschlagen hat", warf Mason ein und sah seinem ehemaligen Lehrer neugierig in die Augen.

Ian lächelte.

„Ich sehe schon, wir haben uns heute noch viel zu erzählen."

Vereinte Fronten

5 Ian verzichtete zunächst auf eine Führung durch das Haupthaus und geleitete sie durch die Haupthalle in einen Seitenflügel des Gebäudekomplexes. Dort befanden sich die Unterkünfte der Glaubensbrüder und der wenigen Angestellten Speros, wie Ian erklärte. Noel hätte sich am liebsten aufgemacht, Spero von vorne bis hinten zu durchforsten. Er fand das riesige Gebäude aus Sandstein wahnsinnig aufregend. In der Haupthalle legten sie alle fasziniert den Kopf in den Nacken, um die Deckenmalereien zu bewundern, welche die gesamte Decke des Eingangsbereichs zierten. Während sie ihrem ehemaligen Lehrer hinterherliefen, erzählte er, dass sich hier eine der ältesten Bibliotheken des Landes befand mit Büchern, die sogar erste Volkszählungen dokumentierten. Dann fuhr er fort, wie sie nun zu ihrer Schlafgelegenheit kämen.

„Ihr habt Glück. Es stehen einige Bediensteten-Wohnungen leer. Einigen Glaubensbrüdern wurden in der Vergangenheit eigene Heiligenstätten übertragen, um die sie sich kümmern und die sie wiederaufbauen sollten. Es gibt viele Heiligenstätten im Land, die zu verfallen drohen, wenn sie nicht aktiv genutzt werden. Mr. Francis sorgt dafür, dass auch kleine Gemeinschaften in ländlichen Gebieten wieder einen Glaubensbruder zugeteilt bekommen, der sich um einen aktiven Betrieb in der dortigen Heiligenstätte kümmert."

„Scheint ja ein sehr wichtiger Mann zu sein, dieser Mr. Francis", raunte Daniel Maria zu.

Ian hörte ihn jedoch und lächelte breit.

„Ja, das kann man wohl sagen."

Oliver ächzte. Seine Rippen schmerzten fürchterlich und der Weg durch den Gebäudetrakt war lang. Er hatte längst die Orientierung verloren, so oft wie sie bereits abbiegen mussten.

„Himmel, ist das kompliziert. Ich glaube, ich würde den Weg zurück nicht mehr finden", murmelte er vor sich hin.

Peter warf ihm einen verächtlichen Blick zu.

„Zweimal links, einmal rechts, geradeaus, um die Kurve und dann nochmal links."

Oliver sah ihn verärgert an.

„Ja, bist du nicht einer von der schlauen Sorte, was?"

„Ihr braucht echt ein Training. Ihr könnt ja gar nichts. Orientierungssinn ist überlebenswichtig, egal wo man ist", erwiderte Peter und hob dabei herausfordernd das Kinn.

„Klugscheißer", entgegnete Oliver. Scarlett drehte sich um und verdrehte die Augen über ihren kindischen Wortwechsel.

Ian blieb plötzlich vor einer weißen, schlichten Holztür stehen. Sie waren am Ende des Ganges angekommen, der mit einem großen Fenster abschloss, aus dem man einen grandiosen Ausblick auf die Lavendelfelder der Hochebene hatte.

Er schloss die Tür auf und ließ sie eintreten.

„Das ist ja mal hammerschön hier!", entfuhr es Scarlett. Sie standen in einer Art Aufenthaltsraum, der mit einer Küchenzeile, einem großen Holztisch in der Mitte und einer gemütlich aussehenden Couchecke ausgestattet war. Sogar einen Kamin gab es hier. Das Mobiliar war nicht das neueste oder modernste, doch es passte zum Charme der Heiligenstätte und verlieh dem Raum ein mediterranes Aussehen. Vom Aufenthaltsraum aus erstreckten sich rechts und links vom Kamin zwei Gänge.

„In jedem Gang findet ihr ein Badezimmer und drei Schlafzimmer mit jeweils zwei Betten", erklärte Ian.

„Es sollte für jeden einen Schlafplatz geben", führte er weiter aus und lächelte sie an.

Maria stand mit offenem Mund am Fenster und betrachtete die wogenden Wellen des Meeres, das sich am Fuß des flach auslaufenden Hanges in einiger Entfernung vor ihr erstreckte.

„Es ist sehr schön hier", murmelte sie. Ian trat neben sie und schmunzelte.

„Ja, es ist ein fantastischer Ausblick von hier."

„Und es geht wirklich in Ordnung, wenn wir eine Nacht bleiben?"

„Aber natürlich."

„Das ist sehr großzügig. Uns hier einfach so aufzunehmen. Obwohl es offensichtlich nicht üblich ist, wie wir vorhin gehört haben."

„Das stimmt. Aber mach dir mal keine Sorgen, das wird schon alles gutgehen. Schlussendlich hat Mr. Francis das letzte Wort."

Mit diesen Worten drehte er sich um und verkündete, dass er in drei Stunden wiederkomme, um sie zu holen. Bis dahin sollte Mr. Francis eingetroffen sein.

„Oliver, du kommst nochmal mit. Ich gebe dir einen Laptop, den du benutzen kannst."

Oliver nickte und folgte Ian zur Tür hinaus.

Maria wandte sich an Mason und Scarlett, die gerade die Bilder über der Couchecke betrachteten und leise miteinander sprachen.

„Was habt ihr für ein Bauchgefühl, was diesen Ort betrifft? Meint ihr, wir sind hier sicher?"

„Unserem Lehrer vertraue ich auf jeden Fall. Er ist schwer in Ordnung und hat uns schon zu Schulzeiten mehr unterstützt, als er gemusst hätte", antwortete Scarlett.

„Aber diesen Mr. Francis kennt ihr nicht, der nun schon öfters erwähnt wurde?"

Mason und Scarlett schüttelten den Kopf.

Maria seufzte.

„Ich hoffe, Eric und Ava sind bis heute Abend wieder zurück. Wir fühlen uns mit den beiden einfach sicherer."

In diesem Moment kam Oliver durch die Tür zurückgehumpelt. Unter seinem Arm trug er eine große, schwarze Laptoptasche.

Er steuerte eilig auf den Couchtisch zu und ließ sich ächzend in die Polster fallen.

Maria zog streng die Augenbrauen hoch und begann die Küchenschränke zu öffnen.

„Ihr müsst alle verarztet werden."

Unter der Spüle wurde sie fündig und zog einen Erste-Hilfe-Kasten heraus.

„Gar nicht schlecht", murmelte sie nachdenklich und durchsuchte das Material mit fachmännischem Blick.

Doch keiner achtete mehr auf sie. Peter, Daniel, Noel, Scarlett und Mason hatten sich um Oliver herum versammelt und blickten ihm über die Schulter, während er den Rechner hochfuhr.

„Und was machst du jetzt?", fragte Peter skeptisch.

Olivers Finger flogen regelrecht über die Tastatur.

„Ich versuche herauszufinden, ob in den letzten Tagen ein zeichenloses Baby auf die Welt kam."

„Und wie willst du das bitteschön herausfinden?"

„Indem ich mich in die die Zentrale der Krankenhäuser des ganzen Landes hacke und in die Polizeiprotokolle und Funksprüche. Wenn ich Befehle hinsichtlich Schlagwörtern hinterlege, bekomme ich eine Meldung, wenn einer oder mehrere der Begriffe auftauchen."

Maria kam zur Gruppe dazu und sah Oliver ungläubig an.

„Das ist unmöglich. Du bist doch noch grün hinter den Ohren. Wie kann es sein, dass du dich in staatliche Hochsicherheitssysteme hacken kannst?"

Oliver zuckte mit den Schultern und grinste vielsagend.

„Weil jedes System Sicherheitslücken hat. Hinter Computern sitzen Menschen und Menschen machen Fehler. Ich spüre die Lücken auf und hacke mich so ins System."

„Wo hast du das Programmieren gelernt?", fragte Daniel und warf Oliver einen bewundernden Blick zu.

„Habe es mir selbst beigebracht. Ich fing an, mich dafür zu interessieren, als ich ungefähr so alt war wie du."

Daniels Augen funkelten begeistert.

„Kannst du mir das beibringen?"

Oliver lachte kurz auf.

„Ich kann dir schon mal ein paar Tricks zeigen, aber über Nacht lernt man das nicht. Da musst du schon sehr tief in die Materie einsteigen. Aber jetzt hört mal für eine Sekunde auf, Fragen zu stellen. Ich muss mich konzentrieren."

Daniel klappte abermals den Mund auf, schloss ihn nach Olivers Anweisung jedoch wieder und verfolgte seine Tipperei gebannt.

„Was war er in seinem letzten Leben?", raunte Maria Scarlett und Mason leise zu.

„Kläranlagentaucher", murmelte Mason leise.

„Ernsthaft?"

„Ja. Aber sprich ihn besser nicht darauf an", ergänzte Scarlett.

Maria blickte sie fragend an.

„Schwieriges Thema. Frag nicht", flüsterte Scarlett und zwinkerte Maria freundlich zu.

„Oah, ernsthaft, 1, 2, 3, 4 …?", murmelte Oliver vor sich hin und schüttelte den Kopf.

Noel wurde ungeduldig. Er war neben Oliver auf das Sofa geklettert und starrte aufgeregt auf den Laptopbildschirm.

„Leute, das kann noch ein wenig dauern. Ich habe mich gerade mal in die Personalakten der zentralen Krankenhausverwaltung gehackt. Jetzt muss ich nach dummen Mitarbeitern suchen, durch deren Account ich in die internen Systeme gelange. Geht duschen, lasst Maria an euch herumdoktern, aber rückt mir vom Pelz."

Daniel und Noel murrten enttäuscht, sprangen vom Sofa und rannten in einen der Gänge, um sich ein Zimmer auszusuchen. Peter bedachte Oliver mit einem skeptischen Blick. Er glaubte, dass Oliver sich nur aufspielte und das, was er behauptete zu können, in Wirklichkeit gar nicht umsetzen konnte. Er folgte seinen Freunden wenig später.

Maria sah Scarlett und Mason streng an, schnipste mit dem Finger und deutete auf den Küchentisch mit dem Erste-Hilfe-Kasten.

„Können wir zuerst noch duschen?", fragte Scarlett.

Maria nickte seufzend.

Sie setzte sich an den Küchentisch und nestelte wieder nervös an ihrem Handy herum. Sie machte sich große Sorgen um ihre Tante. Ihre Tante war absolut zuverlässig und war einfach nicht der Typ, der sich plötzlich tagelang nicht mehr meldete. Schon gar nicht, wenn ihre Nichte sie um Hilfe und

Unterschlupf bat. Ein flaues Gefühl breitete sich in ihrem Magen aus und sie konnte kaum stillsitzen.

Sie stand auf und fing an auf und ab zu laufen.

Oliver schenkte ihr kaum Beachtung, so versunken war er in seine Arbeit.

Endlich! Über das Passwort einer Verwaltungsangestellten hatte er nun Zugang zum System.

Oliver schmunzelte.

„Start123. Sehr originell."

Maria trat neugierig näher.

„Bist du wirklich drin?", fragte sie und setzte sich neben ihn.

„Jap. Diese doofe Nuss hat ihr Start-Kennwort behalten, das man bekommt, wenn man zum ersten Mal den Rechner hochfährt. Einfach unglaublich."

Oliver hinterlegte im Backlog Schlagwörter und verband sie mit einem Softwaretool, das sofort Alarm schlagen würde, sobald einer der Begriffe in einer E-Mail, einem Dokument oder einem Telefonat vorkäme. Nachdem er beinahe dreißig Begriffe eingegeben hatte, startete er den ersten Suchdurchlauf.

Nach einer gefühlten Ewigkeit das Ergebnis: nichts. Oliver atmete erleichtert auf und betätigte die Begriffsüberwachung in Echtzeit.

„Nichts passiert?", fragte Maria, als sie seine entspannte Miene sah.

„Nein. Noch nicht. Wenn in der Krankenhauszentrale nichts aufgelaufen ist, dürfte auch im Polizeisystem nichts auftauchen. Aber ich prüfe es natürlich trotzdem zusätzlich."

„Du bist sehr gründlich."

„Was anderes haben Liam und Emma auch nicht verdient."

„Sie bedeuteten dir sehr viel", stellte Maria fest.

Oliver hielt kurz inne.

„Ja", antwortete er leise. „Liam war mein bester Freund. Er hat immer auf mich aufgepasst und war für mich da. Und Emma war einfach der liebste Mensch auf diesem Planeten. Sie konnte keiner Fliege was zu Leide tun. Auch zu mir war sie nett, obwohl ich sie oft aufgezogen habe."

Maria lächelte.

„Hört sich nach starken Freunden an."

Oliver nickte und blinzelte mehrmals, um seine aufsteigenden Tränen zurückzuhalten.

Maria legte ihm eine Hand auf den Arm.

„Ich hoffe von ganzem Herzen, dass ihr eure Freunde wiederfindet."

„Danke."

Maria sagte nichts weiter und Oliver konzentrierte sich darauf, als Nächstes Zugang zum Polizeisystem zu bekommen.

Mason und Scarlett gesellten sich wieder zu ihnen und sahen sehr gepflegt aus. Die Dusche hatten sie bitter nötig gehabt. Maria war froh um die Ablenkung und zitierte die beiden zum Küchentisch, um sie endlich fachmännisch verarzten zu können.

Mason zuckte immer wieder schmerzerfüllt zusammen, als sie sein Gesicht mit einer Alkohollösung abtupfte und desinfizierte.

„Das brennt wie Seuche!", beschwerte er sich.

„Muss sein. Wir wollen doch, dass die Wunden verheilen und sich nicht zusätzlich noch entzünden", erwiderte Maria gelassen.

„Sei kein Baby", frotzelte Scarlett, während sie an ihrem Armverband zupfte. Mason zwinkerte ihr zu. Zumindest versuchte er es mit seinen zugeschwollenen Augen.

Maria betrachtete Masons Gesicht und nickte zufrieden.

„Alles sauber und versorgt. Jetzt möchte ich noch deine Wunde am Bein sehen."

Mason murrte, dass er dafür die Hose ausziehen müsse und Scarlett witzelte, er solle sich nicht so haben. Ihm würde schon niemand etwas weggucken.

Nachdem er seine Hose widerwillig ausgezogen hatte, hievte er sein Bein mühselig auf den Stuhl und Maria bückte sich, um die Wunde zu untersuchen. Eine Kruste hatte sich über der Schusswunde gebildet. Kein Eiter, keine ungewöhnlichen Verfärbungen.

Maria säuberte auch diese Verletzung und wickelte einen frischen Verband um Masons Unterschenkel. Danach sah sie sich Scarletts ältere Schusswunde am Arm an. Doch hier musste sie kaum etwas machen.

„Deine Freundin hatte wirklich ein Händchen für die medizinische Versorgung. Die Wunde heilt problemlos."

Scarlett nickte.

Oliver seufzte zufrieden.

„Und?", fragte Mason.

„Nichts. Es ist nichts passiert die letzten Tage. Na ja, zumindest nichts bezogen auf Geburten. Der Aufstand in Lordan City ist ziemlich heftig vonstatten gegangen."

„Was ist passiert?", fragte Mason mit grimmiger Miene. An ihren Aufenthalt dort vor ein paar Tagen erinnerte er sich nur ungern zurück. Dieser Tag hatte ihr Leben vollkommen umgekrempelt, als sie ihre Gesichter in der veröffentlichten Fahndung sahen.

„Es gab mehr als fünfhundert Verhaftungen und beinahe zweihundert Schwerverletzte. Die Regierungspolizei hat eine offizielle Warnung herausgegeben, dass bei weiteren Aufständen mit noch mehr Härte gegen die Demonstranten vorgegangen wird."

„Noch mehr Härte? Das bedeutet Töten", warf Scarlett scharf ein.

Oliver nickte und stand auf.

„Kann jemand den Bildschirm im Blick behalten, solange ich weg bin? Wir dürfen ihn nicht mehr aus den Augen verlieren, falls eine Meldung eingeht. Dann müssen wir nämlich sofort handeln und losfahren."

Scarlett und Mason nickten und nahmen seinen Platz auf dem Sofa ein.

Oliver humpelte zum Badezimmer, um sich ebenfalls eine Dusche zu gönnen. Maria lief ihm hinterher und bot ihm an, beim Ausziehen der Kleidung zu helfen. Oliver warf sie empört aus dem Bad und wetterte, dass er kein alter Opa sei.

Maria kehrte grinsend zurück.

„Also eins muss man euch lassen. Ihr seid alle echte Charaktere. Richtig sture Esel."

Plötzlich vibrierte ihr Handy auf dem Küchentisch. Maria eilte zum Tisch und griff hektisch danach. Ihre Hände waren derart zittrig, dass sie das Handy beinahe fallen ließ.

„Eric?", antwortete sie hastig.

Maria wurde leichenblass und hielt sich an der Tischkante fest, als sie plötzlich wankte.

Scarlett sprang besorgt auf und lief zu ihr, um sie zu stützen.

„Verstanden", flüsterte Maria mit erstickter Stimme. Das Handy entglitt ihr, als sie ihre Hände vor das Gesicht schlug und zu schluchzen begann.

Scarlett hielt Maria im Arm und warf Mason einen bedeutenden Blick zu.

„Was ist passiert?", fragte sie vorsichtig.

Maria konnte zunächst nicht antworten.

„Sie haben dort auf uns gewartet. Leute von einer Basis hier im Süden. Logan muss geahnt haben, dass meine Tante jemand sein könnte, bei dem wir Zuflucht suchen würden. Sie …"

Marias Stimme brach.

Das laute Weinen hatte wohl die drei Jungen geweckt, denn sie stürmten regelrecht aus ihren Zimmern und umringten Maria.

„Was ist los, Maria?", fragte Daniel besorgt. Noel sah nervös aus. Er hatte Angst vor weiteren schlechten Nachrichten.

„Meine Tante ist tot", brach es aus Maria heraus und betroffenes Schweigen machte sich breit.

„Wie schrecklich, das tut mir so leid, Maria", flüsterte Scarlett entsetzt.

„Wie?", fragte Peter mit harter Miene. Er hatte Mitleid mit Maria, denn er mochte sie sehr gern. Doch sobald Eric nicht zugegen war, hatte er das Gefühl, Verantwortung übernehmen zu müssen.

Maria bedachte den kleinen Noel mit einem besorgten Blick.

Er war noch zu jung für solch brutale Ereignisse. Allein von ihrer Flucht im Helikopter war er mit Sicherheit traumatisiert.

„Noel, setz dich doch zu Mason und hilf ihm ein bisschen."

Noel schüttelte vehement den Kopf.

„Nein! Dir geht es nicht gut. Ich habe Angst."

„Die brauchst du nicht zu haben. Dir passiert nichts."

„Aber wenn die bösen Männer zu uns kommen? Und sie uns das Gleiche antun?"

„Nein, Noel. Keine Sorge, du bist hier sicher. Geh zu Mason und leiste ihm Gesellschaft."

Noel sah noch immer widerwillig aus, gehorchte jedoch und lief zu Mason. Der beobachtete die Situation von der Couch aus mit ernster Miene.

„Und?", bohrte Peter nach und sah Maria fragend an.

„Sie wurde erschossen", presste Maria mühsam hervor und unterdrückte einen weiteren Schluchzer.

„Das ist schrecklich. Mir fehlen die Worte", erwiderte Scarlett außer sich.

Maria fuhr mit zittriger Stimme fort. Ihre Lippen bebten.

„Ava und Eric sind in einen üblen Nahkampf geraten. Das Haus wurde überwacht und gerade als sie es betreten hatten und meine Tante tot auffanden, überfielen ihre Verfolger sie hinterrücks."

Peter riss die Augen auf.

„Ist ihnen etwas passiert?"

„Nein, sie haben den Kampf gewonnen, mussten jedoch schleunigst von dort verschwinden. Sie sind auf dem Rückweg."

Maria liefen ungehemmt Tränen über das Gesicht.

„Das Schlimmste ist, dass ich nicht mal hinkann, um mich von ihr zu verabschieden! Nicht mal beerdigen kann ich sie!"

Maria schüttelte es und Scarlett nahm sie tröstend in den Arm.

„Shhhh."

Peters Miene war hart geworden. Er dachte nach.

„Logan ist sehr wütend", stellte er trocken fest.

Maria hob den Kopf und nickte leicht.

„Ava, Eric und auch ich haben ihn verraten. Und euch haben wir mitgenommen. Glaub mir, er tobt."

„Ihr habt niemanden verraten. Es ist vollkommen normal, sich von einem Verrückten abzuwenden!", schnaubte Scarlett.

„Aber was passiert nun mit deiner Tante?", warf Daniel mitfühlend ein.

Maria wischte sich die Tränen von ihren bereits rot geschwollenen Wangen.

„Eric hat von einer Telefonzelle aus bei der Polizei angerufen und einen anonymen Hinweis hinterlassen. Ich hoffe, dass sie jemanden aus meiner übrigen Verwandtschaft ausfindig machen können, damit meine Tante eine würdige Beerdigung bekommt."

Maria atmete tief durch und flüsterte: „Das ist alles meine Schuld. Ich hätte sie da nicht mit hineinziehen dürfen. Das war so leichtsinnig und dumm!"

„Das ist verdammt nochmal nicht deine Schuld!", wetterte Scarlett aufgebracht. „Du kannst nichts dafür, dass Logan jemanden damit beauftragt hat, deine Tante umzulegen!"

„Er wird dafür bezahlen. Das verspreche ich dir", ergänzte Peter mit harter Miene.

„Wer wird für was bezahlen?"

Oliver humpelte herein. Seine Haare standen wie Igelstacheln in alle Richtungen ab und waren noch nass vom Duschen. Er blickte verwirrt in die Runde und runzelte die Stirn, als er Marias verweintes Gesicht sah.

„Ava und Eric haben ihre Tante gefunden", sagte Scarlett und sah Oliver vielsagend an.

„Sie ist tot."

Olivers Lippen formten sich zu einem dünnen Strich. „Logan."

„Seine Handlanger. Aber ja, Logan", antwortete Scarlett.

„Dieses Arschloch. Maria, das tut mir sehr leid für dich."

Maria nickte und stand auf.

„Ich brauche einen Moment allein. Es ist noch ein wenig Zeit, bis euer Lehrer zurückkommt."

„Du musst doch nachher nicht mitkommen. Ruh dich aus", meinte Scarlett und legte ihr eine Hand auf die Schulter.

„Nein. Ich trage die Verantwortung für Peter, Daniel und Noel. Ich lasse sie nicht zu einem Treffen mit einem fremden Mann gehen, den wir noch nicht kennen. Ava und Eric würden das missbilligen."

Darauf konnte Scarlett nichts entgegnen, denn Maria hatte recht. Nur weil sie Ian Turner kannten, hieß das nicht, dass Spero ein sicherer Ort für sie war. Zumal mindestens eine Person nicht mit ihrem Aufenthalt einverstanden war.

Maria schleppte sich den Gang entlang zum Badezimmer. Kurz darauf hörten sie das Wasser laufen und ihr unterdrücktes Schluchzen.

Noel hatte sich an Mason gelehnt. Mason legte ihm einen Arm um die kleinen Schultern.

„Sie tut mir so leid", sagte Mason leise.

Oliver humpelte zum Sofa und trug den Laptop zum Küchentisch.

„Logan wird für all das bezahlen, was er tut."

Er sah bedeutend in die Runde.

„Wir dürfen diesen Laptop nicht mehr aus den Augen lassen. Sobald das System Alarm schlägt, geht es los. Wir müssen zu jedem Zeitpunkt bereit sein."

Mason stand vom Sofa auf und sah auf den Bildschirm.

„Geht klar. Wir teilen uns Schichten ein."

„Sobald Ava und Eric zurück sind, arbeiten wir einen Schlachtplan aus", ergänzte Peter und reckte grimmig das Kinn.

Mr. Francis

6 Mit anbrechendem Sonnenuntergang, der das Meer orange leuchten ließ, klopfte es an der Tür. Ian trat ein und lächelte freundlich. Bis auf Maria saßen alle am Küchentisch und unterhielten sich leise. Maria beobachtete am Fenster den Sonnenuntergang.

Ian spürte, dass sich die Stimmung verändert hatte. Er sah bedrückte Mienen und Maria sah aus, als hätte sie geweint.

„Was ist los? Ihr seht alle aus, als hättet ihr einen Geist gesehen", stellte er fest.

Mason stand auf, nahm ihn am Arm und zog ihn ein wenig auf die Seite. Er erklärte ihm leise, was in den letzten Stunden vorgefallen war. Ian starrte ihn entsetzt an. Er wandte sich ab und durchquerte den Raum mit großen Schritten. Ian nahm Marias Hände in seine und sah sie mitleidig an.

„Das ist schrecklich. Ich kann mir nicht vorstellen, was du gerade fühlst. Mein aufrichtiges Beileid."

Maria nickte leicht und erwiderte seinen Händedruck.

„Es war eine sehr dumme Idee, dorthin fahren zu wollen. Wer weiß – vielleicht war Spero sogar unser Schicksal. Mir wird schlecht, wenn ich daran denke, was den Jungen hätte passieren können, wären wir direkt dorthin gefahren."

„Ihr seid hier sicher, dafür sorge ich. Spero ist ein heiliger Ort und Gewalt hat hier nichts verloren. Ihr könnt wirklich gerne hierbleiben. Das wird euch auch Mr. Francis versichern."

„Vielen Dank, Ian. Ist er denn nun hier?", fragte Maria.

Ian nickte.

„Deswegen bin ich gekommen. Er erwartet uns bereits."

Er sah Maria besorgt an.

„Bist du sicher, dass du mitkommen möchtest? Es macht keine Umstände, Essen hierherzubringen."

Maria schüttelte den Kopf.

„Nein, ich möchte diesen Mr. Francis kennenlernen."

Ian lächelte.

„Ihr werdet nicht enttäuscht werden. Was ist mit Ava und Eric? Wisst ihr, wann sie eintreffen werden? Wie stark verletzt wurden sie?"

Maria zuckte die Achseln.

„Sie meinten, es gehe ihnen gut. Sie sind auf dem Rückweg, aber sie werden sicher einige Umwege nehmen, um sicherzugehen, dass sie nicht verfolgt werden."

„In Ordnung, dann können sie natürlich dazukommen, wenn sie hier sind. Lasst uns keine Zeit verlieren. Mr. Francis muss morgen früh wieder weg."

Als Oliver den Laptop hochhob und damit zur Tür humpelte, fragte Ian stirnrunzelnd, warum er das Ding mitnehmen müsse.

„Falls die Babys kommen, müssen wir das in Echtzeit mitbekommen."

Ian schüttelte ungläubig den Kopf.

„Du musst mir nachher unbedingt erklären, wie du das angestellt hast, in die Systeme zu kommen. Das ist unglaublich."

„Ich weiß. Ich bin der Hammer", grinste Oliver selbstzufrieden.

Ian führte sie durch die verwinkelten Flure zurück zur Haupthalle und öffnete dann zwei Flügeltüren, die zur Bibliothek führten.

Ihnen klappten gesammelt die Kinnladen herunter, als sie Unmengen an Büchern sahen, die sich auf alten, hölzernen, massiven Regalen bis unter die Decke stapelten. Beinahe an jedem Regal befand sich eine Leiter, da die Wände sehr hoch waren und in einem schönen Gewölbe mündeten. Viele der Bücher sahen sehr alt aus. Manche davon befanden sich in einem Glaskasten, um sie vor äußeren Einflüssen zu schützen. Scarlett schluckte. Sie konnte sich kaum ausmalen, wie viel der gesamte Raum wert sein musste.

„Sind die versichert, falls es hier mal brennt?", platzte Oliver raus und sprach damit ihren Gedankengang aus.

Ian lächelte.

„Versichert schon, aber was hier an Zeitgeschichte vernichtet würde, kann mit Geld nicht aufgewogen oder bemessen werden."

„Besser hätte ich es nicht sagen können."

Oliver ließ beinahe den Laptop fallen, als er sah, wer da mit einem breiten Lächeln und ausgebreiteten Armen auf sie zukam.

„Heilige Seelenkacke", flüsterte Mason ehrfürchtig. Scarlett blieb einfach nur der Mund offen stehen, denn das Gesicht war ihr aus den Medien nur zu gut bekannt.

Maria riss die Augen entsetzt auf und stellte sich sofort schützend vor Peter, Daniel und Noel.

Ian lächelte, als er ihre Reaktionen sah.

„Darf ich vorstellen: Oberster Seelenmeister Franklin Cisco."

„Mr. Francis", flüsterte Mason leise.

Der Seelenmeister nickte freundlich.

„Eine Kombination aus Vor- und Nachnamen. Diesen Namen kennen nur meine engsten Freunde und Vertraute."

„Sie sitzen im obersten Beratungsstab der Lordan-Familie", äußerte sich Maria mit grimmiger Stimme. Man sah ihr deutlich an, dass sie die Jungen am liebsten gepackt hätte und verschwunden wäre. Was nicht verwunderlich war. Sie hatten jahrelang für eine oppositionelle Untergrundorganisation gearbeitet und standen nun dem Religionsoberhaupt gegenüber, dessen Stellung schon seit Jahrhunderten eng mit der Regierung verbunden war.

Ian hob beschwichtigend die Hände.

„Maria. Vertrau mir. Bitte. Euch droht keine Gefahr."

Peter schüttelte vehement den Kopf.

„Das wird Eric gar nicht gefallen. Er wird außer sich sein vor Wut." Er warf Oliver, Scarlett und Mason einen wütenden Blick zu.

„Wir haben euch vertraut!"

Oliver blitzte Peter wütend an.

„Wir konnten auch nicht wissen, dass wir dem obersten Seelenmeister vorgestellt werden würden!"

Gerade als Peter zu einer Antwort ansetzen wollte, hob Mr. Francis eine Hand und keiner traute sich mehr etwas zu sagen. Trotz weißgrauer Haare und Falten, die sein Gesicht durchzogen, strahlte er mit seinen stählernen, blauen Augen und seiner kräftigen, sehnigen Statur eine Autorität aus, die den Raum füllte.

Sein Blick ruhte auf Scarlett, Mason und Oliver.

„Ich weiß, dass ihr eine schreckliche Verfolgungsjagd seitens der Regierung hinter euch habt und man muss mich in keiner Weise davon überzeugen, dass ihr keinen Mord begangen habt. Ian hat sich mit eurer Geschichte an mich gewandt und mich um Hilfe gebeten. Seine Schützlinge sind auch meine Schützlinge."

Scarlett, Mason und Oliver sahen ihren ehemaligen Lehrer staunend an. Woher kannte er bloß den obersten Seelenmeister und genoss derart sein Vertrauen und seinen Schutz? Ian schien ihre Gedanken zu erraten, denn er lächelte.

„Lasst uns gemeinsam essen und dabei werden wir einige Lücken füllen und Fragen beantworten."

Peter verzog unsicher das Gesicht und sah Maria an. Keiner sagte etwas, bis der kleine Noel das Schweigen brach.

„Ich hab Hunger."

Mr. Francis sah den kleinen Noel begeistert an und klatschte lachend in die Hände.

„Na dann lasst uns keine Zeit verschwenden. Wie heißt du, junger Mann?"

Noel wurde bei *junger Mann* sofort ein paar Zentimeter größer.

„Noel, oberster Seelenmeister."

Mr. Francis ging auf ihn zu, ging auf die Knie und nahm Noels Hände in seine.

„Nenn mich Mr. Francis, Noel. Es freut mich sehr, dich kennenlernen zu dürfen."

Noel nickte ehrfürchtig.

Mr. Francis stand auf und schüttelte nun nacheinander jedem die Hand. Peter und Maria zögerten, wollten jedoch nicht unhöflich sein und erwiderten den Händedruck.

Mr. Francis hatte Charisma und verhielt sich äußerst höflich und charmant. Man konnte nicht umhin, sich in seiner Gegenwart wohlzufühlen. Oliver schätzte ihn auf Ende sechzig, trotzdem hatte er ein vitales und schwunghaftes Auftreten, das sehr ansteckend wirkte.

Der oberste Seelenmeister führte sie weiter durch die Bibliothek, bis sie an einer riesigen Glasfront ankamen. Sie bot eine gigantische Aussicht auf das offene Meer. Drehte man sich um, konnte man die Bibliothek beinahe vollständig erfassen. Vor der Glasfront stand ein großer, langer, schwerer Holztisch. Ähnlich dem, an dem sie heute zusammen mit Ian gesessen hatten nach ihrer Ankunft.

Was jedoch allen das Wasser im Mund zusammenlaufen ließ, waren die Köstlichkeiten, die sich auf dem Tisch in Hülle und Fülle boten. Es gab allein vier Salatsorten, gemischte Vorspeisenplatten, einen großen dampfenden Topf mit Suppe und mehrere Körbe gefüllt mit hellen und dunklen Brotsorten.

Masons Magen knurrte unüberhörbar laut.

Mr. Francis lächelte und wies auf die gemütlichen Ledersessel am Tisch.

„Bitte, seid meine Gäste, nehmt Platz und lasst es euch schmecken."

Mr. Francis nahm an der Stirnseite des Tisches Platz.

„So und jetzt bringt mich auf den neuesten Stand. Es scheint, als hätte ich einiges noch gar nicht mitbekommen."

Sein Blick schweifte dabei über Peter, Daniel, Noel und Maria.

Ian nickte und erzählte ihm, was seit Liams Anruf aus Lordan City weiter passiert war.

Maria sah aus, als würde sie Ian am liebsten mit einem Stück Brot bewerfen, als er von der oppositionellen Basis erzählte und ihrer Flucht vor Logan Grey.

Mr. Francis hingegen bekam einen sehr ernsten Gesichtsausdruck, als er von dem Mittel erfuhr, Logans grausamen Plan und ihrer waghalsigen Flucht aus dem Westen. Er sah die Jungen voller Mitleid an, als er erfuhr, warum sie damals zur Basis gebracht wurden und dort aufwachsen sollten. Als er von Marias getöteter Tante hörte, schüttelte er traurig den Kopf und sah sie ruhig an.

„Das ist furchtbar. Es tut mir so leid, dass jemand aus deinem Umfeld sterben musste."

Maria antwortete nicht, sondern starrte auf ihren Teller. Sie hatte sich zwar von dem Essen etwas genommen, es jedoch kaum angerührt.

Die kurze Stille wurde nur von Olivers Tastaturgeräuschen unterbrochen, als er ein paar Befehle eintippte. Ian warf ihm einen missbilligenden Blick zu. Oliver wandte sich entschuldigend an Mr. Francis.

„Wir möchten unsere Freunde wiederfinden, verstehen Sie?"

Mr. Francis neigte interessiert den Kopf und lächelte Oliver an.

„Gut, dass du es ansprichst, denn ich bin sehr neugierig. Wie genau gedenkst du sie mit deinem Laptop zu finden?"

Oliver sah unsicher in die Runde und entschied, vorsichtig in seiner Wortwahl zu bleiben.

„Sagen wir mal so, ich habe meine Methoden und kann damit Leute ausfindig machen. Sobald unsere Freunde wiederauftauchen, werde ich es wissen. Das kann allerdings zu jedem nur denkbaren Zeitpunkt passieren. Daher muss ich leider so unhöflich sein und das Ding mit zum Essen nehmen."

Mr. Francis nickte verständnisvoll und bedachte ihn gleichzeitig mit einem verwunderten Gesichtsausdruck.

„Du scheinst über erstaunliche Fähigkeiten zu verfügen, wenn du Menschen auf diese Weise ausfindig machen kannst. Warst du in deinem letzten Leben Informatiker?"

Oliver schüttelte den Kopf.

„Nein, ich war Kläranlagentaucher und Computer haben mich überhaupt nicht interessiert."

Mr. Francis runzelte die Stirn und blickte auf Peter.

„Wenn ich das aus eurer Erzählung richtig verstanden habe, dann bist du einer aus dem Forscherteam, das dieses Mittel entwickelt hat?"

Peter nickte langsam.

„Seit wann erinnerst du dich an deine Vergangenheit?"

„Vor zwei Jahren haben die ersten Erinnerungen angefangen. Und vor ein paar Tagen habe ich die letzten Lücken füllen können."

Mr. Francis wollte eine weitere Frage stellen, doch Scarlett unterbrach ihn mit einem leisen Räuspern.

„Sie wissen nun über alles Bescheid, was passiert ist. Wir brauchen nun ebenfalls ein paar Antworten. Zum Beispiel, woher Sie Ian kennen und warum wir bis jetzt noch nicht festgenommen wurden, wo Sie doch im engsten Beraterkreis der Regierung arbeiten?"

Mr. Francis nickte anerkennend.

„Du kommst gleich zum Punkt und stellst die richtigen Fragen. Scarlett, richtig?"

Scarlett nickte, verzog dabei jedoch keine Miene.

„Ich kenne Ian, seit er ein kleiner Junge ist. Damals war ich noch ein Seelenbruder und war in einer kleinen Heiligenstätte im Westen verpflichtet. Er kam weniger gern wegen der Andachten, sondern eher wegen der vielen Bücher, die wir in unserer

Sammlung hatten. Er verschlang bis zu zehn Bücher in nur einem Monat."

Ian grinste verlegen.

„Tja, eine Bücherei gab es im Ort keine und das war der einzige Ort, an dem man kostenlos Bücher lesen konnte."

„Und ungestört schreiben konnte. Ian schrieb gerne Kurzgeschichten und verfasste seine eigenen Zeitungsartikel zu unterschiedlichsten Themen. Als es eine Zeit lang eine regelrechte Plage mit Waschbären gab, die nachts Mülltonnen in der Umgebung ausräumten, hat Ian alles zu Waschbären recherchiert und einen Artikel geschrieben, dass man hätte meinen können, es gäbe eine Waschbären-Mafia in der Kleinstadt."

Ian und Mr. Francis lachten beide laut auf, als sie an die gemeinsame Erinnerung dachten. Dann wurde Mr. Francis' Gesicht ernst.

„Mir fiel früh auf, dass der Junge Talent hatte und ich erkundigte mich nach seinem vorherigen Leben."

„Ich war ein regierungskritischer Journalist", führte Ian weiter aus.

„Habe in der Universität eine geheime Zeitung gegründet, die ich überall in der Stadt verteilte. In meinen Artikeln habe ich das Handeln und die politischen Entscheidungen des Regimes hinterfragt und vor allem die unverhältnismäßige Polizeigewalt angeprangert."

Mason zog hörbar die Luft ein.

„Das kam nicht gut an, oder?"

„Oh nein. Ich wurde mit Anfang dreißig geschnappt und mehrere Monate lang gefoltert, bevor ich starb."

Stille. Alle starrten Ian fassungslos an.

„Es dauerte fünf Jahre, bis ich wiedergeboren wurde. Man hätte meinen können, dass mein Körper und meine Seele sich abgestoßen hätten, dass meine Seele geschwächt wäre und ich mich mit anderen Interessen entwickelt hätte. Doch dem war nicht so. Sobald ich einen Stift in der Hand hatte, begann ich meine Worte zu malen. Nicht zu schreiben, sondern zu malen. Für mich war es von Anfang an eine Passion, Geschichten zu erzählen und nach der Wahrheit zu suchen."

„Aber wie bist du dann an unserer Schule gelandet?", fragte Oliver.

Ian sah Mr. Francis an und dieser fuhr fort:

„Als Ian ins Teenageralter kam, fiel mir zum ersten Mal auf, dass ein Wagen mit zwei Männern immer wieder an der Heiligenstätte vorbeifuhr, um sich an der nächsten Kurve zu positionieren und das Gebäude zu beobachten. Ich wurde unruhig, da es eigentlich nie Ärger in meiner Heiligenstätte gab. Bis mir auffiel, dass die Männer immer dann auftauchten, wenn Ian auf seinem Fahrrad ankam und sie verschwanden, sobald Ian wieder nach Hause fuhr. Das war der Punkt, an dem ich anfing, mir Sorgen zu machen."

„Wir hatten damals lange Gespräche darüber, wie meine Zukunft aussehen könnte. Natürlich kamen im Laufe meiner Kindheit die schrecklichen

Erinnerungen an mein vorheriges Dasein zurück. Daher wusste ich, was mir blühte, wenn ich mich wieder der kritischen Schreiberei hingab. Mr. Francis schrieb ein Empfehlungsschreiben, mit dem ich bei meiner Berufsberatung damals tatsächlich ein Lehramtsstudium aufnehmen durfte. Während meines Studiums erzählte mir mein zuständiger Professor eines Tages, dass er Besuch von zwei Männern bekommen habe, die ihn zu den Inhalten meiner Hausarbeiten befragten und ob ich für die Universitätszeitung tätig sei."

„Die klebten dir am Hintern", stellte Oliver schnaubend fest.

Ian nickte.

„Als gegen Ende meines Studiums eine Stelle im Osten an eurer Schule frei wurde, nahm ich sie sofort an. Ich wollte nur noch weg aus der Hauptstadt und hoffte, dass man mich im Osten endlich in Ruhe lassen würde. Was dann auch geschah. Nach meinem Umzug wurde ich nicht mehr verfolgt."

„Danke, dass du zu uns gekommen bist", warf Oliver aufrichtig ein. „Du bist wirklich einer von den guten Lehrern."

„War."

„Was?"

„Ich habe gekündigt. Nachdem die ganzen Regierungsbeamten in unserer Stadt auftauchten, wurde ich nervös. Ich wurde viel befragt und die Polizisten griffen tatsächlich schon wieder Hintergründe aus meinem letzten Leben auf und bohrten, was das Zeug hielt. Als ich euch im Fernsehen sah mit dem

Fahndungsaufruf und mich Liam vollkommen verzweifelt anrief, beschloss ich, mich nicht weiter zu verstecken. Ihr seid in ein riesiges Komplott reingezogen worden, das schon seit Jahrzehnten existiert und für das Menschen ihr Leben lassen müssen. In meinem früheren Leben habe ich solche Komplotte aufgedeckt und habe alles darangesetzt, die Wahrheit herauszufinden und den Menschen mitzuteilen. Für mich fühlt es sich schrecklich an, einfach die Augen zuzumachen und zu schweigen."

Mr. Francis seufzte.

„Ich bin sehr beunruhigt über das, was ich nun alles gehört habe. Das Mittel hört sich nach einer sehr gefährlichen Waffe an. Und die rohe Brutalität von Logan Grey ist besorgniserregend. Dass er aus Rache einfach zwei unschuldige Jugendliche umbringt – unfassbar."

Mr. Francis schüttelte den Kopf und legte seinen Zeigefinger an die Schläfe.

„Ist es nicht eigentlich Ihre Aufgabe, all das an Ephraim Lordan weiterzugeben? Sie beherbergen hier gesuchte Mörder und oppositionelle Widerstandskämpfer", platzte Maria plötzlich heraus. Sie konnte sich kaum entspannen während des Gesprächs.

Mr. Francis sah nicht verärgert aus. Er blickte ihr ruhig ins Gesicht und überlegte kurz.

„Warum wohl arbeitet die Regierung nicht allein?", fragte er in die Runde.

Oliver zuckte mit den Schultern und auch die anderen erwiderten nichts darauf.

„Weil sie ihre Macht sonst nicht halten könnten. Eine Regierung braucht immer auch eine Exekutive, das Militär. Das Militär schützt die Regierung und sorgt für die Einhaltung der Regeln und Gesetze. Doch genauso muss die Regierung mit den Heiligenstätten zusammenarbeiten. Ich würde behaupten, dass ungefähr drei Viertel unserer Bevölkerung gläubig sind. Sie ziehen Hoffnung aus unserem Glauben. Und Hoffnung sollte den Menschen niemals genommen werden. Nimmt man einem Menschen den Glauben und seine Hoffnung, hat er nichts mehr zu verlieren und wendet in seinem Frust Gewalt an. Das ist der Grund, warum die Regierung auf uns Glaubensvertreter angewiesen ist. Wir wahren Frieden in der Gesellschaft und glätten die Wogen, wenn nötig."

„Die Wogen können jedoch nicht mehr geglättet werden! Viele von uns sind wütend und wollen endlich eine Veränderung", erwiderte Maria und hob herausfordernd das Kinn.

„Und da stimme ich dir voll und ganz zu", sagte Mr. Francis mit voller Überzeugung in der Stimme.

Das nahm Maria den Wind aus den Segeln.

„Aber …", wollte sie entgegnen, doch Mr. Francis unterbrach sie, indem er seinen Stuhl zurückschob und aufstand. Er trat an die Fensterfront und blickte nachdenklich in den Sternenhimmel.

„Die Körper und Seelen der Menschen waren sich noch nie so uneins wie in diesen Zeiten. Menschen, die wiedergeboren werden und sich als dieselbe Person empfinden wie im letzten Leben, sind selten geworden. Und das ist tragisch und gegen unsere Natur. Körper und Seele müssen in Harmonie miteinander leben, damit wir uns wieder völlig mit uns selbst identifizieren können."

Mr. Francis wandte interessiert den Kopf.

„Gibt es hier jemanden in diesem Raum, der ehrlich von sich sagen kann, dass er sich als den gleichen Menschen wahrnimmt wie im letzten Leben?"

Schweigen. Scarlett, Mason und Oliver schüttelten resigniert den Kopf. Auch Maria verneinte.

„Wir können uns noch nicht erinnern", sagte Daniel kleinlaut und deutete dabei mit dem Kopf auf Noel, der neben ihm saß und Mr. Francis' Worten gebannt folgte.

Mr. Francis lächelte.

„Die Erinnerungen werden sicher bald kommen. Und es wundert mich nicht, dass mir von euch keiner widersprochen hat. Diese Entwicklung der Seelen bereitet uns Seelenbrüdern, -vätern und auch mir große Sorgen. Durch die vielen totalitären Einschränkungen passiert nun genau das, was am Anfang eines jeden Bürgerkrieges steht: Die Menschen verlieren ihre Hoffnung und ihren Glauben."

„Und genau diese Menschen gehen jetzt auf die Straße und fordern mehr Gerechtigkeit", sagte Maria.

„Das ist auch gut so", erwiderte Mr. Francis.

Maria hob verwirrt die Augenbrauen.

„Auf wessen Seite stehen Sie eigentlich?"

„Auf der des Glaubens. Auf der Seite der Hoffnung. Auf der Seite unserer Seelen. Meine Aufgabe besteht darin, der Regierung beratend zur Seite zu stehen, wenn es darum geht, den Frieden im Land zu wahren. Doch genau in diesem Punkt stoßen meine Ratschläge und damit die Belange der Glaubensgemeinschaft innerhalb der Lordan-Familie auf taube Ohren. Sie spüren den wachsenden Unmut in der Bevölkerung und bekämpfen ihn wie sonst auch: mit militärischer Gewalt."

„Und Sie sehen dabei einfach zu und haben nicht das Bedürfnis, etwas zu unternehmen?", rief Maria entrüstet.

Mr. Francis sah wieder aufs Meer hinaus.

„Im Gegenteil. Es ist an der Zeit, dass sich in diesem Land etwas ändert. Der Krieg hat bereits begonnen und kann nicht mehr aufgehalten werden. Logan Grey ist aus der Versenkung aufgetaucht. Er hat die Opposition jahrelang im Untergrund aufgebaut und hat nun eine Waffe gefunden, mit der er sich an eine Revolution herantraut."

Mason atmete erregt aus. Er ballte seine Hände zu Fäusten.

„Er ist keinen Deut besser als Ephraim Lordan. Er lässt Jugendliche für sich auf den Straßen kämpfen, für ein Leben ohne Gewalt, ohne erzwungenen Lebenslauf, für faire Lebensbedingungen und tötet dabei selbst Unschuldige und hat vor, die Lordan-Familie abzuschlachten. Er würde diesem Land keine bessere Regierung bescheren, wenn er an die Macht käme."

Mr. Francis stimmte Mason mit einem langsamen Nicken zu.

„Damit hast du völlig recht. Ich denke auch nicht, dass Logan Grey ein besserer Anführer wäre. Er kämpft gegen Ephraim Lordan, indem er sich genauso verhält wie er."

„Aber was denken Sie, können wir gegen beide unternehmen?", fragte Mason.

„Vorerst gar nichts", erwiderte Mr. Francis ruhig.

„Der Krieg hat bereits begonnen. Er wird blutig und viele werden ihr Leben verlieren. Wenn Logan Grey eine derartige Waffe in der Hinterhand hat, bleibt es abzuwarten, wer wohl den Krieg gewinnen wird. Regierung oder Opposition?"

„Und Sie werden einfach zusehen und nichts tun?", warf Scarlett erzürnt ein. Sie verstand nicht, welche Rolle Mr. Francis in diesem Gefüge spielte beziehungsweise spielen wollte.

„Ihr habt alle Unterricht in Geschichte gehabt, oder?", fragte Mr. Francis und sah Ian dabei mit hochgezogenen Augenbrauen an.

„Ich habe ihnen so viel wie möglich beigebracht", lachte Ian verteidigend.

„Dann wisst ihr ja, dass die Heiligenstätten vor dreihundert Jahren gegen die Lordan-Dynastie aufbegehrten, weil es zu viele Hungersnöte im Land gab. Der damalige Seelenmeister zettelte einen Bürgerkrieg gegen das Regime an. Die Bewegung zählte weit mehr Männer und Frauen als die treuen Regierungsanhänger. Doch es fehlte an Waffen, mit denen sie sich in gleicher Stärke hätten messen können. Es endete in einem Blutbad. Viele Heiligenstätten wurden damals abgebrannt, verboten und wurden durch

Schließungen schlicht dem Verfall überlassen. Um diesen Verfall kümmern wir uns noch heute und öffnen eine nach der anderen wieder, um die Glaubenskultur wieder in jeder Region dieses Landes aufleben lassen zu können."

„Und Ephraim Lordan lässt euch einfach gewähren?", fragte Maria skeptisch.

„Das Aufbegehren der Heiligenstätten ist sehr lange her. Meine Stärke ist die Diplomatie und Ephraim Lordan vertraut mir. Was er niemals vergessen wird ist, dass seine Familie den Widerstand damals nur niederschlagen konnte, weil sie das Militär auf ihrer Seite hatte. Die Mehrzahl der Bürger jedoch nicht. Wodurch die Regierung immer mehr Regulierungen und Einschränkungen einführen konnte, um das Volk Schritt für Schritt stärker zu unterdrücken. Seiner Treue konnte sie sich schließlich nicht mehr sicher sein."

„Das heißt also, dass sich die Heiligenstätten nicht mehr trauen, sich erneut gegen die Familie zu erheben", schlussfolgerte Oliver, der den Ausführungen des obersten Seelenmeisters gebannt gelauscht hatte.

Mr. Francis lächelte.

„Im Gegenteil. Ich denke, es ist an der Zeit für eine neue Revolution. Doch die Regierung hat eine sehr starke Position. Sie hat noch immer das Militär auf ihrer Seite. Sie muss geschwächt werden, bevor ich etwas unternehmen kann. Daher würde ich es sogar begrüßen, wenn Logan Grey endlich einen Vorstoß wagt."

Maria riss die Augen auf. Ihr dämmerte langsam, worauf Mr. Francis hinauswollte.

„Sie wollen, dass sich die beiden die Köpfe einschlagen."

„Richtig. Sollen die beiden ruhig ihren Machtkampf austragen und dabei ihre Ressourcen aufbrauchen. Die Heiligenstätten werden während dieser Zeit zum Ort der Hoffnung. Eine Zufluchtsstätte, in der Menschen Schutz suchen können, verarztet werden, ein tröstendes Wort bekommen und Ruhe finden. Ruhe, die es auf den Straßen in der nächsten Zeit sicher nicht geben wird. Während sich Ephraim Lordan und Logan Grey bekämpfen, können wir uns formieren. Es ist einfacher gegen einen geschwächten Feind vorzugehen als gegen zwei starke Feinde. Wir haben nur dann eine Chance, wenn wir uns im Hintergrund aufbauen und erst dann angreifen, wenn wir der Situation auch gewachsen sind."

Schweigen. Jeder ließ zunächst das Gesagte sacken. Der oberste Seelenmeister saß jede Woche am Beratertisch der Lordan-Familie und plante innerlich eine Revolte gegen sie. Er wollte dieses Mal jedoch besonnener vorgehen als sein Vorgänger vor mehr als dreihundert Jahren.

Mr. Francis setzte sich seufzend wieder und sah in die Runde.

„Was mir allerdings wirklich Sorgen bereitet ist dieses Mittel. Wenn es dahingehend eingesetzt werden kann, Seelen von Menschen zu töten, wird es eine noch stärkere Politik der Angst unter Logan Grey geben, als sie jetzt bereits besteht. Gegen solch eine Massenvernichtungswaffe kann kaum jemand etwas ausrichten."

„Massenvernichtungswaffe ist übertrieben ausgedrückt. Das geht gar nicht", entgegnete Peter kopfschüttelnd.

Alle sahen ihn verblüfft an.

„Wie meinst du das?", fragte Mr. Francis.

„Weil es sehr viel Zeit braucht, um das Mittel herzustellen. Meine damaligen Kollegen und ich haben über zehn Jahre gebraucht, um es überhaupt zu entwickeln. Die Herstellung ist sehr kompliziert und dauert mehrere Monate. Das liegt vor allem am Gift der *Armadeira*, einer der giftigsten Spinnen dieser Welt. Sie ist schwer ausfindig zu machen und vom Aussterben bedroht. Ohne ihr Gift ist das Mittel jedoch nicht herstellbar."

Scarlett, Oliver und Mason sahen sich verwundert an. Das wussten sie tatsächlich nicht. Sicher verbarg sich diese Information in einer der komplizierten Formeln in den alten Büchern aus Grahams Container, die sie durchforstet hatten. Doch ihnen hatte sich die Herstellung des Mittels nicht erschlossen. Das konnte nur jemand wissen, der es selbst entwickelt hatte. Peter.

„Wie viele Ampullen können pro Jahr hergestellt werden?", fragte Ian.

„Das kommt auf die Anzahl der Spinnen an. Sie sind wie gesagt sehr selten und schwer zu finden. Hat man das Gift, dauert allein die Herstellung einige Wochen und ist sehr kompliziert. Ein kleiner Fehler und es geht schief."

„Das heißt, Logan Grey kann noch überhaupt nicht über genug von diesem Mittel verfügen, um die gesamte Lordan-Familie auszulöschen."

Peter schüttelte vehement den Kopf.

„Auf gar keinen Fall."

„Deswegen hält er sich also noch bedeckt", murmelte Mr. Francis nachdenklich.

„Wir müssen die Basis finden, auf der sie das Mittel versuchen herzustellen", warf Maria ein.

„Und wir müssen die zeichenlosen Babys retten, sobald sie geboren werden. Sie dürfen nicht getötet werden, wie sie es mit Jared Flemming getan haben", ergänzte Scarlett.

Mr. Francis rieb sich das Kinn und sah sie alle nachdenklich an.

„Mich interessiert auch sehr, wie sich die Entwicklung eines zeichenlosen Menschen zeigen würde. Was es bedeutet, wenn ein Mensch ohne Seele geboren wird."

Er seufzte und sah Ian ernst an.

„Wir sollten zusammenarbeiten."

Ian nickte.

„Wir wären eine gute Mischung. Durch dich hätten wir zumindest bis zu einem gewissen Grad Schutz. Ich könnte Artikel schreiben und mich um die Verbreitung dessen kümmern, was wir im richtigen Moment rausgeben möchten. Oliver ist ein technisches Ass, wie ich feststellen muss. Und die Jungen hier kennen die Bestandteile des Mittels."

„Ava und Eric können kämpfen und kennen sich in der Durchführung von Operationen aus", meinte

Mason, während Scarlett Maria einen bedeutenden Blick zuwarf.

„Und wir haben eine Medizinerin hier. Sie kann uns wieder zusammenflicken, wenn wir lädiert sind", sagte sie und hob dabei ihren Arm, an dem ihre zugenähte Schusswunde zu erkennen war.

Maria riss ihre Augen weit auf und auch Peter rutschte unbehaglich auf seinem Stuhl herum. Es gefiel ihnen nicht, welche Richtung das Gespräch nahm. Mr. Francis bemerkte ihre ablehnende Haltung und hob beruhigend die Hand.

„Es wäre eine gute Basis für eine Zusammenarbeit. Ich denke, dass sich unsere Ziele gegenseitig sehr gut ergänzen. Ihr möchtet die Basis der Mittelherstellung finden, eure Freunde retten und ich möchte dem Land endlich den Frieden geben, den es schon so lange nicht mehr gibt. Mit der Expertise jedes Einzelnen in diesem Raum können wir das erreichen."

Daniel nickte begeistert. Er hatte gebannt den Ausführungen des obersten Seelenmeisters gelauscht und war Feuer und Flamme. Noel war noch zu klein, um alles vollständig zu verstehen. Doch er mochte Mr. Francis und fühlte sich in seiner Gegenwart sehr wohl. Er hatte das Gefühl, in Spero sicher zu sein.

In diesem Moment öffneten sich die Flügeltüren zur Bibliothek und herein kam Seelenvater Cunningham, gefolgt von Ava und Eric. Alle drei sahen verdrießlich drein. Mr. Cunningham konnte seine Verärgerung kaum verbergen, dass er die beiden durch die heiligen Reihen der Bibliothek zum obersten Seelenmeister bringen musste. Sein Kopf hatte schon wieder eine gefährlich rote Farbe.

Ava und Eric sahen aus, als kämen sie direkt vom Schlachtfeld. Ava hatte Blut auf ihrem Oberteil und ihrer Hose. Sie schien jedoch nicht verletzt zu sein, da sie normal laufen konnte. Es musste also fremdes Blut auf ihrer Kleidung sein.

An Erics rechtem Oberarm hing ein großer Stofffetzen seines Oberteils herunter. Der Stoff war blutdurchtränkt.

Als Eric den obersten Seelenmeister am Tischende sitzen sah, reagierte er in Sekundenschnelle.

Er packte Mr. Cunningham hinten am Kragen seiner Kutte und zog ihn brutal zurück. Gleichzeitig zog er blitzschnell ein Klappmesser aus einer Seitentasche seiner Hose und hielt es dem Geistlichen an den Hals. Auch Ava hatte den Seelenmeister erkannt und positionierte sich mit einem ihrer Wurfsterne in Kauerhaltung vor ihrem Bruder und betrachtete ihr Ziel mit Argusaugen.

Mr. Cunningham japste verzweifelt nach Luft und riss voller Angst die Augen auf.

Alle sprangen entsetzt von ihren Stühlen auf. Oliver lief es eiskalt den Rücken herunter. Ava sah aus wie ein Raubtier. Bereit, auch nur im Bruchteil einer Sekunde zuzuschlagen. Eric sah sehr wütend aus.

„Was wird hier gespielt?", knurrte er außer sich.

Maria hob beschwichtigend ihre Hände.

„Eric, bitte, beruhige dich. Nimm das Messer weg."

„Halt deinen Rand. Warum hast du mich nicht informiert, was hier läuft? Du hättest die Jungen packen und verschwinden sollen!"

„Lass mich los, du Sadi…", rief Mr. Cunningham und versuchte sich aus Erics Griff zu befreien, doch der drückte das Messer so tief ins Fleisch, dass der erste Bluttropfen austrat.

„Peter, Daniel und Noel – kommt her und stellt euch hinter mich. Wir verschwinden von hier!"

Peter gehorchte sofort und war in ein paar wenigen Schritten an Erics Seite. Daniel und Noel rührten sich nicht. Noel nahm Marias Hand und sah mit ängstlichen Augen zu ihr auf.

„Bitte. Nimm das Messer runter und hör uns zu. Wir haben keine bösen Absichten", sagte Ian mit ruhiger Stimme.

Ava schnaubte. Ihr einziger verbaler Beitrag. Zwischen ihren Fingern rotierte bedrohlich der Wurfstern.

„Halt deinen Mund! Mit dir rede ich nicht!", fuhr ihn Eric zornig an.

„Ihr!", rief er und sah Scarlett, Oliver und Mason dabei an.

„Großartige Falle, in die ihr uns hier gelockt habt! Die Regierungssöldner sind wahrscheinlich bereits auf dem Weg hierher!"

Oliver wurde nun ebenfalls sauer.

„Wir vertrauen unserem Lehrer. Er würde uns nicht schaden wollen."

Mr. Francis hatte sich bisher zurückgehalten, denn er wollte nicht, dass die Situation mehr eskalierte, als es bereits der Fall war. Doch nun schritt er ein. Er hob beschwichtigend seine Hand.

„Den Kindern geht es gut. Allen ging es bisher gut. Sie haben zu essen bekommen und wir haben uns über unsere gemeinsamen Ziele unterhalten und wie wir uns dabei helfen können, sie zu erreichen."

„Wir haben keine gemeinsamen Ziele!", zischte Eric.

„Doch, die haben wir. Und wenn ihr möchtet, könnt ihr euch meiner Bewegung anschließen, die ich aufbauen möchte."

„Was für eine Bewegung?"

„Die Bewegung des Friedens."

„Ich arbeite nicht für die Regierung!", rief Eric aufgebracht.

„Ihr arbeitet auch nicht für die Regierung, sondern für mich. Für die Heiligenstätten und den Glauben. Für die Seelen der Menschheit. Drückt das nicht auch das Zeichen da auf deinem Arm aus? Die Vereinigung von Körper und Seele?"

Mr. Francis' Blick war an dem Zeichen auf Erics Unterarm hängengeblieben.

Eric zögerte.

„Lass das Messer sinken und hör zu. Bitte", sagte Maria leise und sah Eric eindringlich an.

„Sie haben fünf Minuten", sagte er an Mr. Francis gewandt und ließ von Mr. Cunningham ab.

„Mehr brauche ich nicht", antwortete Mr. Francis und lächelte.

*

Das Abendessen war nun bereits drei Tage her. Dass seither noch immer nichts passiert war, zehrte an ihren Nerven. Mason hatte sich zwischenzeitlich zu Oliver und Scarlett auf die Couch gesellt und hatte die andere noch freie Hand seiner Freundin ergriffen. So saßen sie nun zu dritt auf dem Sofa und starrten auf den Bildschirm des Laptops.

Mr. Francis hatte es am Abend vor drei Tagen tatsächlich geschafft, Eric und Ava davon zu überzeugen, für ihn zu arbeiten. Es blieben allerdings auch keine nennenswerten Alternativen. Sie hatten kein großes Netzwerk mehr hinter sich. Um gegen Logan vorgehen zu können, brauchte es Manpower. Unter dem Schutz des obersten Seelenmeisters zu stehen, war nicht der schlechteste Weg. Sie handelten aus, welche Ressourcen ihnen zur Verfügung gestellt werden konnten. Sie konnten vorerst in Spero bleiben.

Eric teilte zwei Teams ein, sollte ein Baby ohne Zeichen geboren werden. Er wollte vermeiden, dass sie sich alle gleichzeitig auf den Weg machen würden, um das Baby zu retten. Sollte während der Aktion das andere Baby ebenfalls geboren werden, hätten sie niemanden mehr übrig, der sich dem zweiten Fall annähme.

Das erste Team leitete Ava an. Sie wurde unterstützt von Maria und Mason. Eric hingegen übernahm das zweite Team, bestehend aus Peter und Scarlett. Mason gefiel der Gedanke überhaupt nicht, dass er von Scarlett getrennt sein sollte und sich seine Freundin auf eine ebenso gefährliche Mission begab. Doch ihnen war beiden klar, dass Eric und Ava sie eher als lästig denn nützlich erachteten.

Oliver würde mit Ian, Daniel und Noel in Spero bleiben und ihnen die technische Unterstützung im Hintergrund bieten. Mit seinen gebrochenen Rippen wäre er im Einsatz vor Ort keine große Hilfe. Mason und Scarlett konnten zumindest einigermaßen mitlaufen und unterstützen. Mason humpelte zwar noch wegen seiner Schusswunde in der Wade, dennoch konnte er sich einigermaßen schnell vorwärtsbewegen. Oliver hatte bei jedem Atemzug Schmerzen und war sich dessen bewusst, dass er am Laptop eher eine Hilfe wäre als unterwegs.

Ian versprach Maria hoch und heilig, dass er gut auf Daniel und Noel Acht geben würde. Maria wollte eigentlich selbst in Spero bleiben, doch sie verfügte über Kampferfahrung, während Ian zugeben musste, dass er sich zwar noch daran erinnerte, wie man eine Waffe lud, jedoch in diesem Leben noch keine abgefeuert hätte. Eric sah man seine Verärgerung über die schwache Unterstützung derart an, dass es beinahe beleidigend war.

In den folgenden Tagen erhielten Mason und Scarlett Unterricht in Waffenkunde von Eric und Selbstverteidigung von Peter und Maria. Ava hielt sich zurück. Sie misstraute Spero und Mr. Francis und wurde noch verschlossener, als sie es bereits war. Selbst mit Eric wechselte sie kaum noch ein Wort.

Olivers Augen wurden groß, als sich plötzlich ein Fenster auf seinem Bildschirm öffnete mit dem Hinweis, dass gerade ein Telefongespräch stattfand, in dem Schlüsselwörter fielen, welche er vorab ins System eingegeben hatte.

In diesem Moment betrat Eric den Aufenthaltsraum und sah die drei mit hochgezogenen Augenbrauen an, wie sie da Händchen haltend auf dem Sofa saßen. Scarlett bedeutete ihm leise zu sein und winkte ihn zu sich heran.

Eric stand sofort unter Strom und verfolgte gebannt das Gespräch, in das sich Oliver nun live dazuschaltete.

„… äußerst extreme Komplikationen, die wir nicht mehr unter Kontrolle bekamen. Die Mutter ist bei der Geburt gestorben", sagte eine männliche Stimme gerade.

„Das Krankenhaus ist versichert. Waren alle vorgeschriebenen Personen anwesend? Ein Arzt, eine Hebamme, eine Krankenschwester?"

„Ja, natürlich. Wir haben alle Regeln befolgt, aber …", wollte der Mann fortfahren, doch er wurde von der schnarrenden Stimme am anderen Ende unterbrochen.

„Dann sehe ich hier kein Problem. Dr. Polanc, kriegen Sie den Ehemann unter Kontrolle und sorgen Sie dafür, dass wir keine Klage an den Hals bekommen. Das Baby hat zumindest überlebt und er kann es mitnehmen."

„Aber das ist ja das Problem! Ich habe so eine Geburt noch nie erlebt. Das Baby hat sich derart gewunden, das war unglaublich. Und das Baby, es hat ... also es hat kein Zeichen auf dem Arm."

Stille.

„Bitte was?!"

„Ich schwöre Ihnen, dass dieses Baby keine Zeichnung hat! Wir können hier nichts einscannen."

„Das ist absoluter Blödsinn! Dr. Polanc, haben Sie getrunken? Jeder Mensch kommt mit einem Zeichen auf die Welt! Wahrscheinlich ist es nur nicht stark ausgeprägt und ..."

Dieses Mal wurde die schnarrende Stimme von Dr. Polanc unterbrochen.

„Nein. Wir haben das Baby von oben bis unten abgesucht, es ist kein Zeichen vorhanden. Auch den Scanner haben wir auf nur jede mögliche Hautstelle gehalten, er konnte ebenfalls nichts finden. Wir müssen das melden!"

„Warten Sie damit noch. Ich möchte das mit eigenen Augen sehen."

„Ich hätte Sie nicht an Ihrem freien Tag angeklingelt, wenn es nicht dringend wäre", betonte Dr. Polanc eindringlich.

„Ich bin auf dem Weg. Ich bin allerdings gerade in meinem Wochenendhaus und brauche ungefähr eine Stunde."

„Solange kann ich den Ehemann hinhalten, dass wir noch Untersuchungen vornehmen müssen."

„Gut. Bis gleich."

Das Gespräch brach ab.

Oliver war blass geworden.

„Das ist unser erstes Baby. Keine Frage. Wo ist das Krankenhaus?", fragte Eric.

Oliver tippte auf der Tastatur und stellte nach kurzer Zeit fest, dass es sich dabei um ein Kreiskrankenhaus im Western Territory handelte.

„Sogar ziemlich nah an der Grenze zum Süden."

„Wir dürfen keine Zeit verlieren. Mein Team übernimmt das. Scarlett, weck Peter, damit wir sofort loskönnen."

Scarlett nickte und stand hastig auf. Mason packte sie beunruhigt am Arm und sah von unten zu ihr auf.

„Bitte lass mich fahren. Bleib hier."

Scarlett schüttelte den Kopf.

„Wir haben die Teams aufgeteilt. Wenn das zweite Baby kommt, machst du deinen Job und fährst bei Ava mit."

Mason biss sich auf die Lippe. Er machte sich große Sorgen um seine Freundin und wollte sie nicht gehen lassen. Doch sie brauchten zwei Teams. Er nickte. Scarlett bückte sich zu ihm herunter und nahm sein Gesicht in ihre Hände.

„Es wird gutgehen, Mason."

Team Eric

7 Scarlett versuchte auf der Rückbank verzweifelt ihr Waffenarsenal zu beladen, doch es schleuderte sie immer wieder an den Türrahmen, sobald Eric in eine Kurve ging. Er düste die Serpentinenstraße, welche sie genommen hatten, um nach Spero zu gelangen, mit einem Tempo hinunter, dass es sich für Scarlett teilweise so anfühlte, als würden ihre Innereien durcheinandergerüttelt werden. Sie war froh, dass sie keinen empfindlichen Magen hatte.

Peter drehte sich um und schüttelte den Kopf.

„Warte damit, bis wir auf einer geraden Strecke sind."

Scarlett gab resigniert auf und fluchte leise.

Eric musste sich beeilen. Sie brauchten, wenn sie in diesem Tempo weiterfahren würden, ungefähr zwei Stunden zum Krankenhaus. Da sie wahrscheinlich zeitgleich mit dem Mann losfuhren, den Dr. Polanc anrief, würden sie eine Stunde nach dessen Ankunft eintreffen. Es blieb abzuwarten, wie schnell der Herr eine weitere Entscheidung traf. Der nächste Schritt wäre mit ziemlicher Sicherheit, dass er die Behörden informierte.

Scarlett seufzte frustriert, dass sie eigentlich keine Chance hätten, rechtzeitig anzukommen. Die örtlichen Behörden wären doch in Minutenschnelle vor Ort.

„In so einem Fall werden nicht die örtlichen Behörden verständigt, sondern die Krankenhauszentrale in Lordan City. Und die informiert die Militärzentrale, die den Staatsgefährdungsschutz auf den Weg schickt", erklärte Eric.

„Ja Scheiße, wie sollen wir denn gegen die ankommen? Die kommen wahrscheinlich auch noch in voller Kampfmontur, oder?"

Eric lächelte.

„Willkommen in einer echten oppositionellen Bewegung. Hochgefährlich und immer mit dem Risiko verbunden, dabei zu sterben."

„Großartig", murmelte Scarlett verdrießlich.

Peter drehte sich um und sah sie spöttisch an.

„Hast du Angst vorm Sterben?"

Scarlett verstand in diesem Moment, warum sich Oliver so häufig mit Peter anlegte. Der kleine Scheißer war wirklich ein Besserwisser mit seinen gerade mal zwölf Jahren.

„Ich glaube, jeder kackt sich ein wenig ein, wenn er stirbt, oder?"

Peter schüttelte den Kopf.

„Ich habe keine Angst. Wenn man Angst hat, macht man keinen guten Job."

„Aha", antwortete Scarlett nur und verdrehte die Augen.

Sie hatte ein flaues Gefühl im Bauch und ja, auch Angst. Ihre Schusswunde von der Verfolgungsjagd nach Michaels Besuch konnte sie überwinden. Dann würde sie auch das hier schaffen. Emma und Liam zuliebe. Als sie an ihre toten Freunde dachte, bekam sie wieder einen Kloß im Hals. Sie hatte tatsächlich weniger Angst vor dem Einsatz als davor, keinen ihrer Freunde in dem Baby wiederzuerkennen.

„Bedeck die Waffen", unterbrach Eric ihren Gedankengang scharf.

Scarlett warf schnell ihre Jacke über die Waffen neben sich und sah zum Fenster hinaus. Eric drosselte das Tempo, da sie an eine Straßenkontrolle durch Regierungspolizisten kamen. Sie hatten es anscheinend auf Transporter abgesehen, da bereits drei Modelle am Straßenrand standen und von mehreren Polizisten durchsucht wurden. Scarlett hielt angespannt den Atem an. Ihr Herz rutschte in die Hose, als ein Polizist ein Zeichen gab, anzuhalten.

Eric stoppte den Wagen und ließ das Fenster hinunter.

„Wohin sind Sie unterwegs?", fragte der Polizist und warf dabei einen Blick in den Wagen.

„Mein Sohn braucht ein neues Surfboard. Sein altes hat gestern den Geist aufgegeben."

Eric lächelte und verwuschelte Peter auf dem Beifahrersitz die Haare. Der strahlte den Polizisten mit gespielter Begeisterung an.

„Wow, ich will auch mal Polizist werden!"

Der Uniformierte musste bei Peters Schmeichelei ein Lächeln unterdrücken. Es gefiel ihm sichtlich, von dem Jungen als Held betrachtet zu werden.

„So, ein neues Surfboard also. Und wo darfst du dir das aussuchen?"

„Wir wären ins Zentrum gefahren. Da gibt es einen guten Laden mit gebrauchten Boards, die noch nicht so alt sind."

„Ach, bei Billy's, oder? Ja, der hat gute Boards", erwiderte der Polizist.

Als sich ein Kollege von ihm näherte, winkte er ab.

„Passt. Fahren Sie weiter. Viel Spaß beim Boardkaufen, Kleiner."

Der Polizist lächelte und Peter strahlte ihn an.

„Danke, Sir!"

Eric fuhr vorsichtig an und blickte immer wieder in den Rückspiegel.

„Was für ein Idiot", murmelte Peter und sah grimmig in den Seitenspiegel.

„Ihr seid echt hartgesotten", raunte Scarlett vom Rücksitz, die ungewollt viel schwitzte nach der Situation von eben. Obwohl ihr der Polizist ins Gesicht gesehen hatte, erkannte er sie nicht. Vielleicht hatte ihre Frisur dazu beigetragen. Sie trug ihre Haare in einem strengen Zopf, durch den sie deutlich anders aussah als auf dem Foto, mit dem nach ihr gefahndet wurde.

Eric grinste schief und gab wieder Gas. Sie kamen in keine weitere Kontrolle und Eric schaffte es ohne Stau durch die Stadt, da sie früh dran waren. Der Berufsverkehr hatte noch nicht begonnen.

Scarlett mochte den Süden zwar wegen des Klimas und das Meer faszinierte sie. Doch die Menschen hier unterschieden sich vom Osten vollkommen. Teure Kleidung, schicke Autos und Luxus, wohin man auch sah. Restaurants mit Kellnern, die alle fein gekleidet waren, Edelfrisöre, Boutiquen und Schmuckläden. Was Scarlett am wenigsten verstand, waren die Handtaschenhunde, die hier wohl im Trend waren. Sie entdeckte einige Frauen, die die kleinen Tiere in ihrer Handtasche mit sich trugen. Einige trugen kleine Mäntelchen in knalligen Farben und glitzernde Halsbänder.

Scarlett kannte Hunde nur dahingehend, dass sie als Nutztiere eingesetzt wurden. Zum Beispiel, um eine Schafherde oder einen Hof zu bewachen.

Doch im Osten hielt sich kaum jemand einen Hund zum Kuscheln, da die Unterhaltskosten für das Tier vielen zu hoch waren. Futter, Tierarzt, Impfungen – einfach nicht machbar. Und hier gab es offenbar sogar Frisöre speziell nur für Hunde. Scarlett schüttelte verdattert den Kopf. Sie schnitt sich schon seit mehreren Jahren ihre Haare selbst. Einen Frisörbesuch hätte sich ihre Mutter niemals für sie leisten können bei fünf Kindern.

Sie dachte wehmütig an ihre kleinen Schwestern. Solange sie eine gesuchte Mörderin war, konnte sie nicht in den Osten zurückkehren und ihre Familie sehen. Ihre Mutter war ihr egal. Doch um ihre Schwestern tat es ihr leid. Sie hatten sie angehimmelt und ihren Rat gesucht, wenn sie Probleme in der Schule hatten. Scarlett vermisste sie. Obwohl ihr früheres Leben nur ein paar Wochen zurücklag, fühlte es sich für sie an, als wären Monate vergangen. Alles hatte sich verändert.

Scarlett betrachtete die Waffen auf dem Polster neben sich und begann seufzend damit, sie mit Patronen zu laden. Eric warf ihr einen nachdenklichen Blick zu im Rückspiegel. Sie spürte, dass er nur darauf wartete, wann sie in Panik verfallen würde, um aus der Mission auszusteigen. Doch darauf konnte er lange warten.

*

Oliver bewegte sich keine Sekunde vom Laptop weg. Er verfolgte gebannt den kleinen roten Punkt auf der Karte, der Erics Handy darstellte. Damit wusste Oliver, wo sich das Team gerade entlangbewegte. Als Ava und die anderen mitbekommen hatten, dass das erste Baby geboren worden war und sich Eric, Peter und Scarlett auf den Weg gemacht hatten, stand plötzlich jeder unter Spannung. Denn mit einem Mal war die Situation greifbar gefährlich geworden. Jeder von ihnen fieberte mit.

Als Ian an ihre Tür klopfte, wurde er sogleich von Maria und Ava beschlagnahmt, die leise auf ihn einredeten. Ian nickte und verschwand mit den beiden.

„Wo gehen die denn jetzt hin?", fragte Mason, der im Zimmer nervös auf und ab marschierte.

Oliver zuckte die Achseln. Er hatte dem Geschehen um sich kaum Beachtung geschenkt.

Daniel spielte unterdessen Karten mit Noel, nachdem die beiden von Oliver verscheucht worden waren. Es nervte ihn, wenn so viele Nasen über seine Schultern atmeten, während er konzentriert arbeitete.

Oliver überlegte fieberhaft. Eric, Scarlett und Peter waren vor über einer Stunde losgefahren. Was bedeutete, dass die Meldung an die Krankenhauszentrale in Lordan City jede Minute eingehen könnte. Der Mann, welcher von Dr. Polanc angerufen wurde, müsste in diesem Moment im Krankenhaus im Western Territory angekommen sein. Oliver brauchte eine Verzögerungstaktik. Eric war mit einem Wagen unterwegs. Sobald der Staatsgefährdungsschutz von dem Baby Wind bekam, rückten vermutlich Helikopter aus, die bei weitem schneller vorankämen.

Er musste Eric also Zeit verschaffen. Einen Virus in die Krankenhauszentrale oder gar in das Polizeisystem einzuschleusen war auf die Schnelle nicht machbar. Das würde zwar dafür sorgen, dass die Meldung im Trubel des Virus zunächst unterginge, doch für eine derartige Aktion bräuchte er Stunden, wenn nicht sogar Tage an Programmierung. Oliver weitete die Augen.

Das System des Provinzkrankenhauses wäre jedoch eine Option. Olivers Atem wurde schneller und er fluchte leise, als er sich mehrmals vertippte.

Die Webseite des Krankenhauses sah aus, als wäre sie vor über zehn Jahren einmal erstellt und seither nicht mehr angefasst worden. Nicht mal eine Datenschutzerklärung wies die Seite auf. Oliver seufzte. Er brauchte gerade mal zehn Minuten und hatte bereits Zugriff auf sensible Patienteninformationen.

„Unglaublich", murmelte er kopfschüttelnd.

Oliver überlegte, ob er den gesamten Strom im Krankenhaus kappen sollte, entschied sich jedoch schnell dagegen, denn er wollte ungern eine laufende Operation gefährden, was einen Menschen vielleicht sogar das Leben kosten könnte. Internet und Telefonleitung sollten reichen.

Plötzlich öffnete sich ein neues Fenster auf dem Laptop: Von der gleichen Nummer wie zuvor wurde die Krankenhauszentrale in Lordan City angewählt.

„Scheiße!", rief Oliver und tippte noch schneller.

Mason lief zu ihm und lehnte sich gespannt über die Sofalehne.

„Lordan City – Landesweite Krankenhausverwaltung, wie kann ich Ihnen helfen?", nahm eine junge Frau das Gespräch an.

„Hier spricht Douglas Bosch, Leiter des ..."
Geschafft.

Oliver wischte sich eine Schweißperle von der Stirn. Gerade noch so hatte er es tatsächlich fertiggebracht, die Leitung zu kappen.

„Alter, was hast du gemacht?", fragte Mason.

„Telefonleitung und Internetverbindung unterbrochen. Ihre Firewall ist erstmal beschäftigt."

„Was, wenn sie mit dem Handy anrufen?"

„Dagegen kann ich nichts machen. Ich hoffe, dass sie zumindest für kurze Zeit abgelenkt sind."

Mason sah Oliver staunend an.

„Es wäre eine Verschwendung, dich in Scheiße rumtauchen zu lassen, Mann."

Oliver grinste von einem Ohr zum anderen. Er und Mason verstanden sich immer besser, seit Oliver ihm und Scarlett das Leben gerettet hatte. Mason schien ihn mit einem Mal nicht mehr als dünnen, vorlauten Nerd zu betrachten, sondern als jemanden, der wirklich etwas bewirken konnte und ein echter Freund war, dem man sogar sein Leben anvertrauen konnte.

Plötzlich öffnete sich die Tür und Ian kehrte mit Maria und Ava zurück. Ava trug eine Puppe aus Plastik und ein Wickeltuch mit sich. Sie warf sie achtlos auf den Küchentisch und Noel ließ vor lauter Schreck seine Karten fallen.

„Wofür brauchen wir die Puppe?", fragte Mason interessiert und trat an den Tisch heran, um das Plastikbaby zu begutachten.

Maria lächelte vielsagend.

„Wir gehen an unsere Mission ein bisschen mehr mit Frauentaktik heran. Eric ist eher ein Typ des Angriffs und der Konfrontation. Ava eigentlich auch, aber sie ist der Meinung, dass wir zu zweit weit unterlegen wären und eher mit einer falschen Fährte arbeiten sollten."

Mason hob beleidigt den Kopf und sah Ava verdrießlich an.

„Zu zweit? Ernsthaft? Ich komme schon noch mit, oder?"

Ava zog nur die Augenbrauen hoch und sah ihn ausdruckslos an.

„Du bist keine große Hilfe für sie und es nervt sie, dass du mitkommen sollst", warf Daniel belustigt ein.

„Danke für die Übersetzung", erwiderte Mason.

„Wäre schön, wenn Ava mir sowas auch mal selbst ins Gesicht sagen würde."

Ava antwortete nicht darauf, drehte sich um und ging zu Oliver hinüber. Sie hob fragend die Augenbrauen und deutete auf den Laptop. Oliver gab ihr ein Update, was bis jetzt vorgefallen war. Als er fertig geredet hatte, sah sie ihn nachdenklich an.

„Du hast eine Telefonleitung und eine Internetverbindung gekappt?"

Alle drehten sich zu Ava um. Wenn die weißhaarige junge Frau mit den verschiedenfarbigen Augen den Mund aufmachte, verstummten Gespräche schlagartig, da es so selten vorkam.

Oliver nickte verwundert.

„Ja, und?"

„Gute Arbeit", antwortete Ava nur, drehte sich um und verschwand auf ihr Zimmer.

Daniel drehte sich auf seinem Stuhl um und lächelte Oliver vielsagend an.

„Sie mag dich. Das kommt selten vor."

Oliver lief rot an und winkte ab.

„Nonsens."

„Schlüssel?", unterbrach Maria die beiden und wandte sich an Ian hinter sich.

Der drückte ihr zwei Schlüssel in die Hand und sah sie mit hochgezogenen Augenbrauen an.

„Und du bist sicher, dass ihr mit den Maschinen zurechtkommen werdet?"

Maria nickte zuversichtlich.

„Ja, werden wir. Ava und ich können Motorräder fahren, keine Sorge. Wir sind damit einfach viel wendiger unterwegs als mit dem Defender."

Mason verstand schon wieder nur Bahnhof.

„Wir werden mit Motorrädern unterwegs sein? Ich kann so ein Ding aber nicht fahren!"

Maria griff sich das Baby vom Tisch und drückte es lachend an seine Brust.

„Ava und ich fahren. Du wirst hinter mir sitzen und auf das Baby aufpassen!"

Mason riss seine Augen auf.

„Auf das da?! Ich soll mir eine Plastikpuppe umschnallen?"

„Nein, das echte Baby."

„Was?"

„Ava wird die Puppe nehmen."

„Ich kapier gar nichts."

„Falsche Fährte legen, Mason. Denk nach."

Mason schwieg. Es dämmerte ihm nun, was Ava und Maria planten. Deswegen auch die beiden Motorräder. Sollten sie verfolgt werden, wollten sich die beiden trennen und ihre Verfolger mit einer Babyattrappe ablenken.

Ian lachte, als er sah, wie bei Mason der Groschen fiel.

„Ganz schöne Powerfrauen!"

Er warf Maria einen bewundernden Blick zu und die grinste.

„Es geht los!", unterbrach Oliver sie aufgeregt.

„Was geht los?", fragte Noel, ließ seine Karten fallen und lief zu Oliver hinüber.

Oliver hob den Blick und sah ernst in die Runde.

„Die Meldung ist beim Staatsgefährdungsschutz eingegangen. Die rücken jetzt sicher aus."

„Wie lange werden Eric, Peter und Scarlett noch brauchen?", fragte Maria.

„Ungefähr dreißig Minuten. Sie dürften beinahe zeitgleich mit den Regierungssoldaten eintreffen."

Oliver griff zum Handy.

*

„Wir ziehen eine verdammte Mauer hoch! Ich will den Pöbel ein für alle Mal abriegeln. Der Norden und der Osten müssen vom Süden und Westen abgetrennt werden! Und ich will, dass diese Aufstände unter Kontrolle gebracht werden!"

Ephraim Lordan lief aufgebracht vor der großen Bildschirmleinwand auf und ab, während sein Beraterstab um den großen Konferenztisch verteilt saß und ihm dabei zusah, wie er sich in Rage redete. Der Beraterstab bestand aus zehn Personen. Oberst Williams war zuständig für Gesundheitsfragen, Oberst Baldwin erledigte alles, was mit Presse und Medien einher ging.

Torry trug die gesamte Militärverantwortung, während McMillan sich um die Regierungssöldner in Lordan City kümmerte. Finanzoberst Walsh und Wirtschaftsoberst Bosch gerieten häufig aneinander, wenn es um geplante Staatsausgaben ging. Oberst Collins war für den Bildungsbereich im Land zuständig. Den Westen repräsentierte O'Sullivan, der die Interessen der Landwirtschaft seines Territory vertrat. Laughlin kümmerte sich um alles, was mit Recht und Gesetz zu tun hatte.

Das Schlusslicht bildete die Glaubensvertretung mit Franklin Cisco, der am anderen Ende des Tisches saß und innerlich seufzte. Sobald Ephraim Lordan einmal losgelegt hatte, ließ er sich von niemandem mehr unterbrechen.

„Und was war das für ein Helikopter im Western Territory? Wer steckte da dahinter?"

Militäroberst Torry räusperte sich.

„Der Helikopter erschien mehr als zehn Minuten auf unserem Radar, dann landete er wieder. Als wir dort ankamen, war keiner mehr aufzufinden. Der Helikopter war leer."

„Was ist dort in der Nähe? Das kann doch nicht sein, dass ein Helikopter mitten im Nichts gestartet wird, um zehn Minuten durch die Wüste zu fliegen und im Nirgendwo wieder zu landen!"

„Da ist ein Lager in der Nähe für schwer erziehbare Jugendliche, aber das war's dann auch schon", antwortete der Militäroberst hastig.

Ephraim Lordan stutzte und starrte Torry wütend an.

„Wie bitte? Sagen Sie das nochmal!"

„Eine Anstalt für schwer erziehbare Jugendliche und sonst nichts."

„Sie verscheißern mich. Und keiner war dort?"

„Ja doch, schon. Aber wir gehen nicht davon aus, dass von dort ein Militärhubschrauber gestartet ist."

Ephraim Lordan schlug mit voller Wucht auf den Konferenztisch.

„Das war vor fünfzig Jahren noch eine Basis des Regierungsmilitärs, das von der Opposition infiltriert wurde, Sie Idiot! Die Machenschaften auf diesem Gelände wurden damals ausgemerzt und seitdem lag das Gelände lange Zeit brach, bis es in eine Anstalt für Jugendliche umfunktioniert wurde!"

Militäroberst Torry sah Ephraim Lordan unsicher an. Er hatte von der Vergangenheit dieser Gegend nichts gewusst. Er verstand den Wirbel um eine Jugendanstalt nicht.

„Aber was …", wollte er ansetzen, doch Lordan ließ ihn nicht zu Wort kommen.

„Wenn dort ein Hubschrauber in einer verlassenen Gegend herumfliegt, heißt das, dass dort schon wieder irgendwas läuft, von dem wir nichts wissen. Ich will, dass dieses Gelände auf den Kopf gestellt wird, haben Sie das verstanden?!"

Torry nickte.

Ephraim Lordan sah ihn zornig an und donnerte seine Faust abermals auf den Tisch.

„Was sitzen Sie hier noch herum, verdammt nochmal! JETZT GLEICH!"

Hastig sprang der Militäroberst auf und lief aus dem Raum.

„Ich habe das Gefühl von vollkommener Inkompetenz umgeben zu sein!", polterte Lordan weiter.

„Mr. Lordan, denken Sie wirklich, dass eine Mauer eine gute Lösung ist, um dem Land wieder Frieden zu bringen?", warf Cisco ein.

Alle am Tisch bedachten ihn mit teils bewundernden als auch abschätzigen Blicken. Er gehörte zu den Wenigen, die Ephraim Lordans Respekt genossen. Ephraim Lordan war selbst gläubig und legte Wert auf Franklin Ciscos Meinung. Er verdrehte diese jedoch auch häufig zu seinen Gunsten und legte den Glauben dahingehend aus, dass er damit seine politischen Entscheidungen rechtfertigte.

„Es hat sich ein Widerstand formiert und ich dulde das nicht! Meine Politik und meine Familie werden in Frage gestellt und damit unsere gesamte Landesordnung. Dagegen bete ich nicht an! Bei sowas hilft nur noch der Schlagstock."

Franklin Cisco atmete hörbar aus. Es war schwer, mit einem Choleriker zu verhandeln. Die Aufstände in Lordan City gerieten momentan außer Kontrolle. Die Gewalt war brutal und die Einwohner der Stadt trauten sich kaum noch auf die Straßen. Viele besaßen Feriendomizile im Süden und flüchteten dorthin, um den unschönen Szenen zu entgehen.

„Wenn ich einen Vorschlag machen darf?", warf Bildungsoberst Collins ein.

Ephraim Lordan sah ihn mit geblähten Nasenflügeln an und machte eine wegwerfende Handbewegung, dass es ihm gleichgültig sei.

„Ich würde die diesjährige Wunschlotterie der Jugendlichen absagen. Mit der Begründung, dass es keine Wunschausbildungen für aufmüpfige Heranwachsende gäbe, die durch die Straßen ziehen und gegen unsere Politik wettern."

Ephraim Lordan nickte zustimmend.

„Das ist eine gute Idee. Machen Sie das. Können Sie das gleich heute noch veröffentlichen?", wandte er sich an den Medienchef Baldwin. Der fuhr sich nervös durch seine wallende schwarze Haarmähne, die bereits einige silberne Strähnen aufwies.

„Aber natürlich. Ich werde beim Sender gleich im Anschluss der Sitzung alles in die Wege leiten."

Lordan klatschte in die Hände.

„Sehr gut! Und Sie sorgen auch gleich noch dafür, dass alle Tauschbörsen für dieses Jahr dicht gemacht werden. Zumindest für den Norden und den Osten. Die Bevölkerung aus dem Süden und Westen muss nicht unter dem Verhalten der Unterschicht leiden. Aber für alle anderen gibt es keine Tauschjobs mehr! Mir reicht es jetzt endgültig!"

Bildungsoberst Collins machte sich auf seinem Block eine Notiz und murmelte, dass er sich sofort darum kümmern würde.

„Das wird die Aufständischen nur noch wütender machen", warf Cisco besorgt ein.

Ephraim Lordan blitzte den Seelenoberst aufgebracht an.

„Wir waren gütig und haben den Armen eine Chance geboten, zumindest in ihrer Schicht etwas anderes machen zu können. Aber das reicht ihnen natürlich nicht! Sie wollen immer mehr! Man gibt ihnen den kleinen Finger und sie grapschen nach der ganzen Hand."

Der Beratungsstab um den Konferenztisch lachte höflich über Lordans letzte Bemerkung. Alle lachten bis auf Franklin Cisco. Die heutigen Entscheidungen lenkten in eine Richtung, die ihm Sorgen bereitete. Das würde der Verzweiflung im Volk noch mehr Nährboden geben.

Plötzlich öffnete sich die Tür zum Konferenzraum und Militäroberst Torry erschien wieder. Er war blass um die Nase.

„Was ist denn noch?", knurrte ihn Lordan an.

„Der Staatsgefährdungsschutz rief mich soeben an. Es wurde ein Baby ohne Zeichen im Western Territory geboren. Sie sind bereits auf dem Weg dorthin. Aber wir brauchen eine direkte Anweisung von Ihnen, ob wir das Neugeborene noch vor Ort eliminieren oder lebend hierherbringen sollen."

Ephraim Lordan hatte es die Sprache verschlagen. Er sah aus, als stünde er kurz vor einem Schlaganfall.

Der gesamte Beraterstab blieb still. Jeder versuchte das eben Gehörte zu verdauen. Nur zwei Menschen am Beratertisch wussten davon, dass es vor fünfzig Jahren schon einmal ein Baby ohne Zeichnung gegeben hatte.

Einer davon war Polizeichef McMillan, welcher bereits Ephraim Lordans Vater gedient hatte und damals der Operation angehörte, die das Neugeborene ohne Zeichnung eliminierten. Er war sich dessen bewusst, dass er damals einer geheimen Operation angehörte, die niemals an die Öffentlichkeit geraten durfte. Dazu zählte auch die Eliminierung beteiligter Personen wie dem leitenden Arzt, der Hebamme und des Ehemanns der verstorbenen Gebärenden.

Zweiter Mitwisser war Franklin Cisco, der von dem Baby erst wenige Tage zuvor erfahren hatte, nachdem ihm sein Zögling Ian und dessen Schützlinge Oliver, Scarlett und Mason ihre Geschichte erzählt hatten. Natürlich wusste keiner vom Beratungsstab, dass er über dieses Wissen verfügte.

McMillan und Lordan tauschten einen bedeutungsvollen Blick aus.

„Lebend. Ich will diese Missgeburt lebend. Bringen Sie sie hierher!", zischte Lordan. Seine Stimme bebte. Ihm schossen mehrere Gedanken gleichzeitig durch den Kopf. Er musste mit McMillan unter vier Augen sprechen. Der Polizeichef von Lordan City war damals dabei, als das sonderbare Baby auf die Welt kam. Ephraim Lordan verurteilte seinen Vater dafür, dass er das Baby einfach hatte töten lassen, anstatt es zu untersuchen. Denn wie sich herausstellte, waren auch noch Söldner der Opposition stark an dem Baby interessiert und lieferten sich einen unerbittlichen Nahkampf mit den Regierungspolizisten. Als sie durch Folter von den Machenschaften der Opposition auf Basis 29 erfuhren, ließ Ephraim Lordans Vater das Gelände ausräuchern. Sie stießen dabei auf Labore und Dokumentationen, die belegten, dass ein Putschversuch gegen die Regierungsfamilie geplant war mit einem chemischen Mittel. Die Entwickler des Mittels schafften es zu flüchten. Ein Zusammenhang zwischen dem Mittel und dem sonderbaren Neugeborenen konnte nicht mehr hergestellt werden, da sein Vater es unmittelbar töten ließ.

Töricht, dachte Ephraim Lordan grimmig. Diesen Fehler würde er nicht begehen.

Militäroberst Torry wollte gerade wieder verschwinden, doch Ephraim Lordan hielt ihn zurück.

„Kein Wort davon darf diesen Raum verlassen! Sie sind alle an Ihre Geheimhaltung gebunden. Wenn auch nur irgendetwas von diesem Vorkommnis nach draußen gelangen sollte, haben Sie keine Familien mehr!"

Betretene Stille. Ephraim Lordan schielte bei seinen Worten insbesondere zum Medienchef Baldwin hinüber. Der kratzte sich unbehaglich am Kopf und fuhr sich wieder durch seine schwarze Wallemähne. Man sah ihm an, dass ihm einige Fragen unter den Nägeln brannten. Ein Baby ohne Zeichen? Das hatte es noch nie gegeben und musste medial verbreitet werden!

Baldwin nickte jedoch brav, so wie alle anderen. Lordan gab Torry ein Zeichen, dass er gehen konnte.

*

„Danke", antwortete Eric kurz angebunden auf Olivers Info, dass sie sich auf gefährlichen Besuch vor Ort einstellen sollten.

Er legte auf und setzte Peter und Scarlett ins Bild.

„Also wird es einen ordentlichen Kampf geben?", fragte Peter.

„Ich hoffe nicht", erwiderte Eric grimmig.

„Dafür sind wir nicht genügend Leute."

Scarlett spürte seinen Blick im Rückspiegel und schob beleidigt die Unterlippe vor.

Eric drückte nochmal ordentlich aufs Gas und fegte mit zweihundert Sachen über eine Landstraße, der sie bereits eine Weile folgten. Ein Vogelschwarm, der rechts von ihnen über einem Feld flog, sah aus, als würde er in der Luft stehen, so schnell ließen sie ihn hinter sich.

„Peter, schau mal im Handschuhfach nach, was du da an Ausweisen findest und such einen passenden heraus", wies Eric Peter an, der sich sofort seiner Aufgabe widmete und das Handschuhfach aufklappte. Scarlett beugte sich nach vorn, um zu sehen, was Peter alles zutage förderte. Sie staunte nicht schlecht, als er insgesamt zwölf verschiedene Ausweise mit unterschiedlichsten Behördenlogos herauszog. Auf allen davon waren entweder Eric oder Ava abgebildet. Scarlett bekam Gänsehaut. Sie hatte sich noch nie gefragt, wie viele Operationen Eric und seine Schwester bereits durchgeführt hatten. Die Jeep Defenders aus dem geheimen Fuhrpark hatten sie jedenfalls nicht per Zufall ausgewählt.

„Ha!", rief Peter triumphierend aus und hielt Eric ein Exemplar vor die Nase.

„Staatsgefährdungsschutz!"

Eric nickte zufrieden.

„Sehr gut. Das Bild ist schon uralt, aber das wird gehen."

Eric grinste Scarlett durch den Rückspiegel an.

„Schade, dass du rote Haare hast. Sonst hättest du einen Ausweis von Ava haben können."

„Äh, sicher nicht. Ich habe einfarbige Augen", entgegnete sie und dachte dabei an Avas Augen, von denen eines braun und das andere blau war, wobei sie sich gestochen scharf von ihrem weißblonden Bob abhoben.

Peter schüttelte den Kopf und zeigte ihr einen der Ausweise, auf dem Ava braune Augen aufwies.

„Ava hat meistens Kontaktlinsen drin, damit sie einfarbige Augen hat. Sonst könnte man sich zu leicht an sie erinnern."

„Aha."

Nach zwanzig Minuten warf Eric das Handy nach hinten auf die Rückbank und bat Scarlett darum, Oliver anzurufen, wie weit der Abstand zwischen ihnen und der Truppe vom Staatsgefährdungsschutz sei.

Oliver nahm bereits nach dem ersten Klingeln ab.

„Fünf Minuten", sagte er, bevor Scarlett auch nur ein Wort herausbrachte.

„Du meinst, in fünf Minuten sind sie da?", fragte Scarlett erschrocken.

„Nein, der Heli ist fünf Minuten hinter euch. Ihr habt nur wenige Minuten an Vorsprung."

„Okay, danke Oliver."

Scarlett legte auf.

„Die sind uns im Nacken. Wir haben fünf Minuten Vorsprung."

Ein breites Lächeln zog über Erics Gesicht.

„Das ist ja Luxus!", rief er aus. „Perfekt, das sollte reichen."

„Bitte was?!", rief Scarlett perplex aus.

„Halt den Schnabel und hör jetzt genau zu", sagte Eric barsch.

„Du bleibst mit Peter vor dem Krankenhaus. Ihr kommt nicht mit rein. Ihr kümmert euch um einen Ersatzwagen, mit dem ihr fliehen könnt."

Eric zog ein dickes Bündel Geld aus seiner Jackentasche.

„Das sollte reichen für Benzin. Fahrt so viele Schleichwege wie möglich, nehmt keine Hauptstraßen!"

Scarlett lief es eiskalt den Rücken herunter.

„Was redest du da? Willst du uns etwa allein zurückschicken?"

„Ich gehe rein und hole das Baby von der Station. Ihr wartet mit dem geklauten Wagen am Hintereingang. Bitte parkt dort auch den Jeep. Sobald ich bei euch bin, nehmt ihr das Baby und fahrt los. Aber langsam! Erregt kein Aufsehen und versteckt das Neugeborene so gut ihr könnt!"

Peter schien das überhaupt nicht aufzuregen. Es sah eher danach aus, als wäre er Erics Vorgehensweise gewöhnt.

„Vergiss die Ausweise nicht Peter, wir wollen ja nichts im Defender hinterlassen, womit sie uns ohne Umschweife identifizieren könnten."

„Eh klar. Wohin wirst du fahren?", fragte Peter interessiert.

„Ich werde ordentlich Staub aufwirbeln, damit sie mir folgen und nicht euch. Macht euch keine Sorgen, ich werde die schon los", zwinkerte Eric gelassen, als er Scarletts Kinnlade nach unten klappen sah.

„Und wie sollen wir den zweiten Wagen bekommen?", fragte Scarlett, obwohl sie die Antwort bereits erahnte.

„Tja, wie ich aus euren Geschichten mitbekommen habe, bist du eine begnadete Autoknackerin. Das solltest du hinkriegen, oder?"

Scarletts Atem ging sofort einen Tick schneller.

„Aber dafür brauche ich einen Draht!"

„Alles im Kofferraum, meine Liebe. Sobald ich ausgestiegen bin, fährst du zum Hintereingang und dann musst du schleunigst ein zweites Fahrzeug ausfindig machen."

Scarlett nickte nervös und schluckte.

„Und wir sollen dann einfach nach Spero zurückfahren?"

„Ja. Lasst euch dabei Zeit und seht zu, dass ihr unauffällig bleibt."

„Und du?", fragte Scarlett besorgt.

„Ich werde sehr viel länger zurückbrauchen", lachte Eric. „Den Wagen werde ich nicht für lange behalten können und muss auf ein anderes Gefährt umsatteln. Ich benötige sicher mit Umwegen mehrere Stunden, wenn nicht sogar einen Tag, bis ich wieder bei euch bin."

„Pass auf, dass sie keinen Nervenzusammenbruch bekommt", raunte er Peter mit einem Blick auf Scarlett leise zu.

Der nickte wichtigtuerisch.

Sie erreichten den Ortsrand und entdeckten kurz darauf das erste Schild, das die Richtung des Krankenhauses ankündigte.

„Eine Minute, haltet euch bereit. Vergiss das Handy nicht, damit du den anderen Bescheid geben kannst, wenn ihr unterwegs zurück nach Spero seid."

Scarletts Herz klopfte so schnell, dass sie meinte, es spränge ihr sogleich aus der Brust heraus. Mit zitternden Händen schob sie sich das Handy in die Hosentasche.

*

„Sie sind da!", rief Oliver aufgeregt, als er auf seinem Laptop den roten Punkt von Erics Handy vor dem Krankenhaus halten sah.

Mason saß neben ihm und ballte die Fäuste. Ian, Ava, Maria, Daniel und Noel: Sie alle hatten sich um das Sofa herumgestellt und verfolgten gebannt den roten Punkt.

*

Eric hielt vor dem Krankenhaus, ließ sich von Scarlett ein Sturmgewehr reichen, steckte den von Peter zuvor ausgewählten Ausweis ein und stieg aus dem Defender. Die Augen zweier Besucher, die vor dem Krankenhaus rauchten, weiteten sich panisch, als sie Eric mit seinem Sturmgewehr auf den Eingang zusteuern sahen. Er hielt es zwar lässig mit nur einer Hand fest und zielte damit auf den Boden, dennoch sah er mehr als bedrohlich aus.

„Staatsgefährdungsschutz", sagte Eric mit ruhigem Tonfall, als er an der Empfangsrezeption anlangte und hielt der erschrocken dreinblickenden Dame hinterm Tresen seinen Ausweis vor die Nase.

„Wo finde ich Mr. Bosch, den Leiter dieser Einrichtung?"

Die Frau sah ihn und seine Waffe verdattert an. Sie nahm mit zitternden Händen seinen Ausweis in die Hand und warf einen längeren Blick darauf. Da sie nicht in einen panischen Anfall verfiel, musste sie wohl von Dr. Polanc oder Mr. Bosch informiert worden sein, wer hier aufkreuzen würde.

„Sie bringen mich besser sofort zu ihm, denn mein Team hat sich vor der Tür positioniert und wir möchten das Gebäude ungern stürmen. Also, kooperieren sie!"

Die Frau nickte und kam hastig hinter ihrem Tresen hervor. Als sie am voll besetzten Wartezimmer vorbeikamen, fingen ein paar der Patienten zu schreien an und versteckten sich hinter ihren Stühlen.

Die Empfangsdame hob beschwichtigend die Hände.

„Nur das Militär, kein Grund zur Sorge!"

Als die Frau bei den Aufzügen auf den Knopf drücken wollte, schüttelte Eric entschieden den Kopf.

„Nein, Treppen."

Sie erwiderte nichts, sondern gehorchte und hielt ihm die seitliche Tür zum Treppenhaus auf.

Im zweiten Stock gelangten sie direkt auf den Flur der Geburtsstation. Ein großes Schild wies den Weg zur Entbindungsstation.

Die Frau wies auf ein Büro neben dem Schwesternzimmer, auf dem *Mr. Douglas Bosch* in großen silbernen Lettern zu lesen war.

Sie klopfte ein paar Mal an die Tür.

„Herein!"

„Mr. Bosch, hier ist ein Mr. Dillan vom Staatsgefähr …"

„Danke, Sie können gehen", unterbrach Eric sie ungeduldig und schob sich an ihr vorbei zur Tür herein.

Die Frau zog sich hastig zurück und suchte schleunigst das Weite.

Als Mr. Bosch Erics Sturmgewehr sah, wich alle Farbe aus seinem Gesicht.

„Du meine Güte, müssen Sie gleich so schwer bewaffnet hier aufkreuzen? Sind Sie allein hier?" Mr. Bosch sah misstrauisch auf den Ausweis, den ihm Eric hinhielt.

„Mr. Bosch, das Gebäude ist umstellt. Ich bin allein hereingekommen, damit wir den Krankenhausbetrieb so geringfügig wie möglich stören und es kein großes Aufhebens um das Neugeborene gibt. Sie verstehen sicher, dass die Lage absoluter Geheimhaltung unterliegt!"

Mr. Bosch nickte hastig und winkte jemanden heran, der hinter einer geöffneten Seitentür zu einem angrenzenden Nebenraum stand.

Ein großer, hagerer Mann mit Nickelbrille und weißem Arztkittel kam zum Vorschein. Auf seinem Namensschild konnte Eric den Namen *Dr. Polanc* ablesen. Also der Mann, dessen Telefongespräch sie zuvor mitgehört hatten.

Eric musste sich beeilen. Er hatte vermutlich nur noch eine Minute, bis der echte Staatsgefährdungsschutz hier aufkreuzte.

Er trat auf Dr. Polanc zu und hob beide Ärmchen des Babys nach oben. Eindeutig. Kein Zeichen. Weder auf dem linken noch auf dem rechten Unterarm, wo es sich normalerweise bei jedem Menschen befand.

„Dieses Baby stellt eine Bedrohung für unseren Staat dar, daher müssen wir es sofort mitnehmen."

Dr. Polanc zögerte und wollte ihm das Neugeborene nicht überlassen.

Eric seufzte innerlich. Also musste er doch noch ein bisschen Angst einjagen. Er griff mit beiden Händen an das Sturmgewehr, lud es mit einem lauten Klicken durch und bedachte Dr. Polanc und Mr. Bosch mit einem gefährlichen Blick.

„Geben Sie mir sofort das Neugeborene, oder ich muss Sie beide erschießen! Sie haben alles richtig gemacht, indem Sie uns informiert haben, aber hier geht Ihre Bürgerpflicht zu Ende!"

Mr. Bosch sah Dr. Polanc streng an und befahl ihm, das Baby zu überreichen.

Während des Wortwechsels fing das Baby nicht einmal an zu schreien oder zu weinen. Es verfolgte die Situation mit großen, interessierten Augen und blieb ruhig. Auch als Dr. Polanc Eric vorsichtig das Baby in den linken Arm legte, schien es kein Problem mit dem Ortswechsel zu haben.

Eric hielt das Sturmgewehr in seiner rechten Hand und bewegte sich langsam rückwärts zur Tür hinaus.

„Im Namen der Lordan-Regierung und des Staatsgefährdungsschutzes danke ich Ihnen für die Kooperation und bitte Sie darum, sich für Zeugenaussagen in den kommenden Tagen bereitzuhalten."

„Selbstverständlich", antwortete Mr. Bosch. Dr. Polanc hingegen blieb stumm. Er sah Eric weiterhin misstrauisch an.

Der wandte sich um und lief den Flur entlang in Richtung hinterstes Treppenhaus. Das sollte ihn zum Hinterausgang des Krankenhauses führen, vor dem Scarlett hoffentlich bereits wartete. Gerade als er die Tür zum Treppenhaus aufstieß, hörte er das Dröhnen eines Helikopters über sich. Nun ging es nur noch um Sekunden.

*

Nachdem Eric im Haupteingang verschwunden war, kletterte Scarlett hastig auf den Fahrersitz und fuhr den Defender zum Hintereingang des Krankenhauses. Dort wendete sie und stellte den Wagen so ab, dass Eric direkt vom Krankenhausgelände starten konnte. Peter und sie sprangen gleichzeitig aus dem Wagen. Scarlett öffnete in Windeseile den Kofferraum, aus dem Peter eine Rolle Draht aus einer Werkzeugkiste kramte. Scarlett entdeckte einen kleinen Schraubenzieher, den sie sich ebenfalls einsteckte. Damit machten sie sich auf den Weg in Richtung Besucherparkplatz. Scarlett lief der Schweiß in Strömen herunter. Sie brauchte ein älteres Modell, bei dem die Türen noch mit einem zentralen Knopf am Fenster verriegelt wurden, den sie mit einer Drahtschlaufe nach oben ziehen konnte, um den Wagen zu öffnen.

Zumindest um eines mussten sie sich kaum Gedanken machen: Vor dem Krankenhaus befanden sich derart viele mächtige, dicht gewachsene Bäume, dass der Besucherparkplatz nicht vollständig einsehbar war. Die Befürchtung hatte Scarlett gehabt. Dass sie jemand von einem Fenster aus bei ihrem Tun beobachten und Alarm schlagen könnte.

Peter deutete auf einen silbernen, unscheinbaren Toyota Corolla am Rande der dritten Parkplatzreihe, dessen Fensterscheibe einen Spalt breit offen stand. Scarlett nickte zufrieden. Am Wagen wickelte sie ein längeres Stück Draht von der Rolle, knotete eine Schlaufe und fädelte den Draht durch den offenen Fensterspalt bis zum Knopf. Peter gab ihr Rückendeckung und stellte sich direkt hinter sie. Scarlett fluchte leise, als sie den Verriegelungsknopf dreimal verfehlte.

Geschafft! Beim vierten Versuch hatte Scarlett den Knopf erwischt und ein surrendes Klicken ertönte.

Musik in meinen Ohren, dachte Scarlett. Sie öffnete hastig die Fahrertür und setzte sich in den Wagen. Nun musste sie ihn kurzschließen.

Als sie erst vor ein paar Tagen den Dodge in Lordan City geknackt hatte, hatte sie mit der Abdeckung unterhalb des Lenkrades Glück gehabt, da diese nur mit Klammern befestigt war. Doch viele Abdeckungen werden auch mit Schrauben gehalten, für die man einen Schraubenzieher benötigte. So auch hier. Scarlett zog den kleinen Schraubenzieher, den sie zuvor aus der Werkzeugkiste im Kofferraum gefischt hatte, aus ihrer Hosentasche und bearbeitete damit die kleinen Schrauben an der Abdeckung. Dafür brauchte sie nicht lange und schon nach kurzer Zeit ließ sich die Abdeckung entfernen. Über die Kabelbaumverbindung kam sie an die Kabel hinter der Zündung heran.

Scarlett zog die beiden roten Kabel heraus, legte sie blank und drehte sie an den oberen Enden zusammen. Eines der Kabel bedeutete die Hauptstromversorgung für den Zündschalter. Das andere war die Verbindung der Stromkreise des Fahrzeugs, die beim Drehen des Zündschlüssels Strom erhielten.

Nun fehlte nur noch das braune Zündkabel. Scarlett entfernte ein Stück der Isolierung und berührte mit dem freiliegenden Ende die beiden Enden der roten Kabel. Es brauchte auch hier mehrere Versuche, doch dann sprang der Motor endlich an.

Peter, der zwischenzeitlich neben ihr auf dem Beifahrersitz Platz genommen hatte, pfiff anerkennend.

„Du bist ganz schön auf Zack."

Scarlett grinste und lenkte den Wagen vorsichtig aus der Parklücke.

„So schnell will ich das aber nicht mehr machen."

„Musst du aber", erwiderte Peter.

„Was? Aber wir haben doch jetzt einen Wagen!"

„Ja, aber der wird sicher im Laufe des Tages als gestohlen gemeldet und wir haben keine Ersatzkennzeichen dabei. Wenn die merken, dass Eric das Baby nicht bei sich hat und ihnen gemeldet wird, dass am selben Krankenhaus ein Wagen gestohlen wurde, zählen die eins und eins zusammen und schreiben ihn zur Fahndung aus. Glaub mir, wir müssen nochmal den Wagen wechseln."

Scarlett stöhnte laut auf, was jedoch von einem dröhnenden Geräusch übertönt wurde. Peter sah zum Beifahrerfenster hinaus.

„Verdammt, gib Gas! Sie sind da und landen gleich!"

Scarlett beschleunigte ein wenig und steuerte den Toyota vom Parkplatz. Just in dem Moment, als sie auf den Hintereingang zusteuerte, hastete Eric mit einem kleinen Bündel auf dem einen Arm und seinem Sturmgewehr in der anderen Hand aus dem Hintereingang.

„Heilige Scheiße", flüsterte Scarlett und ließ das Fenster herunter. Der Helikopter war inzwischen auf dem Dach des Krankenhauses gelandet.

Eric bewegte sich im Laufschritt auf sie zu und reichte ihr das Bündel durch das Fenster.

Scarlett hielt das Baby in ihren Armen und sie starrten sich beide mit verwundertem Gesichtsausdruck an. Zwei braune Augen blinzelten Scarlett entgegen.

„Wir haben keine Zeit für emotionale Momente", zischte Peter und nahm ihr das Bündel aus dem Arm. Er legte es in den Fußraum vor seinem Sitz und breitete seine Jacke darüber aus.

„Fahrt ganz langsam vom Gelände. Ich überhole euch dann, damit die im Heli gleich mir nachsteuern und euch nicht beachten!"

„Eric!", rief Scarlett ihm nach. Der drehte sich nochmal ungeduldig um.

„Pass auf dich auf", meinte Scarlett.

Eric antwortete nur mit einem schiefen Grinsen.

„Fahr los!", forderte sie Peter ungeduldig auf.

Scarlett fuhr langsam rückwärts aus dem Bereich des Hintereingangs hinaus. Just in diesem Moment traten zwei Rettungssanitäter aus dem Gebäude, die Eric vorwurfsvoll darauf hinwiesen, dass sein Defender in diesem Bereich nichts zu suchen hätte. Als sie Erics Sturmgewehr sahen, machten sie schleunigst auf dem Absatz kehrt und liefen wieder ins Gebäude zurück.

Scarlett wendete mit dem Toyota zügig und fuhr zur Krankenhausausfahrt.

Eric sprang währenddessen in seinen Wagen, startete den Motor, drückte das Gaspedal durch und fuhr mit quietschenden Reifen los.

Im Rückspiegel sah Scarlett mindestens zehn schwer bewaffnete, in Sicherheitswesten gekleidete Gestalten aus dem Hintereingang brechen. Sie nahmen Erics wegbrausenden Jeep sofort ins Visier und schossen auf seinen Wagen. Sie trafen ihn jedoch nur noch am Heck, da er sich zu schnell entfernte.

Einer der Männer brüllte irgendetwas, was Scarlett nicht verstand und die Truppe rannte wieder ins Gebäude. Wahrscheinlich, um zum Helikopter zurückzugelangen, mit dem sie den Jeep verfolgen würden. Als Eric am Toyota vorbeiraste, blieb Scarlett ruhig und bog hinter ihm langsam auf die Straße. Eric war nach wenigen Sekunden bereits außerhalb ihres Sichtfeldes. Scarletts Herz klopfte ihr bis zum Hals.

„Denk daran, ganz normal zu fahren. Wir dürfen jetzt keine Aufmerksamkeit erregen!", warnte sie Peter nochmals eindringlich.

Scarlett nickte.

„Kannst du deine Jacke nicht wenigstens vom Gesicht des Babys ziehen?", fragte Scarlett, die sich bereits Sorgen machte, dass das Baby im Fußraum unter der Jacke zu wenig Luft bekäme.

Peter rollte mit den Augen, tat jedoch wie geheißen. Er legte das kleine Gesicht mit den braunen Kulleraugen frei.

„Komisch, dass es gar nicht schreit", murmelte er.

Scarlett gab ihm zwar insgeheim recht, war jedoch nicht gerade unglücklich darüber, dass das Baby nicht lauthals zu plärren anfing.

Scarlett fädelte sich in den Verkehr auf der Hauptstraße, die durch den kleinen Ort führte und steuerte in Richtung Ortsrand. Dann hörten sie über sich das drohende Geräusch des herannahenden Hubschraubers. Scarlett atmete erleichtert auf, als dieser einfach über sie hinwegflog, ohne ihnen jegliche Beachtung zu schenken.

Bis zu diesem Punkt war Erics Idee genial gewesen. Als die Truppe des Staatsgefährdungsschutzes aus dem Krankenhaus gestürmt war, hatten sie natürlich in erster Linie das Auto ins Auge gefasst, das mit quietschenden Reifen geflüchtet war und hatten vermutlich nicht mal Notiz vom silbernen Toyota genommen, der gerade aus der Einfahrt herausgefahren war.

„Und wie will Eric die nun abschütteln?", fragte Scarlett zweifelnd.

Peter grinste von einem Ohr zum anderen.

„Erinnerst du dich an den langen Tunnel, durch den wir gefahren sind?"

Scarlett runzelte die Stirn.

„Wir sind durch ein paar gefahren, welchen meinst du?"

„Den letzten."

„Okay und was soll mir das jetzt sagen? Ich kapier's nicht."

„Wundert mich nicht."

Scarlett hatte langsam genug von Peters besserwisserischen Art.

„Mach den Mund auf oder du fängst dir eine, Kleiner."

Peter lachte leise in sich hinein.

„Süß, dass du glaubst, du könntest das."

Scarlett sah ihn wütend von der Seite an.

„Okay, okay. Ich sag's ja schon", hob Peter beschwichtigend die Hände.

*

Er musste es nur bis zum Tunnel schaffen. Der kleine Vorsprung, welchen er bekommen hatte, als die Staatstruppe wieder aufs Dach hatte zurücklaufen müssen, reichte gerade mal bis zur Ortsgrenze. Eric stand mit seinem Fuß vollständig auf dem Gaspedal und jagte in halsbrecherischer Geschwindigkeit über die Landstraße. Hinter sich hörte er den Helikopter nahen. Er biss sich auf die Lippe. Mitten auf einer Freifläche ohne jeglichen Schutz rundherum, dachte er innerlich fluchend. Bis zum Tunnel waren es noch ein paar Meilen. Bis dahin musste er es schaffen.

Der Helikopter befand sich nun über ihm und schwenkte nach links, um den Defender seitlich im Visier zu haben. Als Eric den Kopf wandte, blickte er in mehrere Maschinengewehrläufe, allesamt auf ihn gerichtet. Vier Männer knieten in Kauerposition an der geöffneten Ausstiegsluke. Eric machte sich auf eine Salve gefasst und begann in Schlangenlinien zu fahren.

Drei Schüsse wurden abgefeuert und drangen in die Türen. Der Defender hatte munitionssichere Fenster und verstärkte Türen, durch die keine Kugel ihren Weg fand. Doch mit den Reifen musste Eric aufpassen. Trafen sie einen davon, hatte er verloren.

Ein paar weitere Schüsse prasselten auf den Wagen ein, doch Eric machte es ihnen mit seinen Manövern nicht leicht. Er wunderte sich, warum sie keine Salve abfeuerten. Mit den Maschinengewehren wäre das kein Problem für sie. Eric runzelte die Stirn. Man könnte fast meinen, die wollen mich nicht töten, dachte er.

Oder sie wollten das Baby nicht töten. Wenn sie ihn töteten, würde er einen Unfall bauen und das Baby – von dem sie glaubten, es sei im Wagen – könnte sterben.

Eric riss verwundert die Augen auf. Nachdem noch ein paar Kugeln mit einer Vorsicht abgefeuert wurden, dass es wirklich verdächtig war, war er sich sicher: Die Regierung wollte das Baby lebend.

Eric grinste und griff mit seinem rechten Arm nach seinem Sturmgewehr auf dem Beifahrersitz. Er lud es durch und ließ das Fenster herunter. Mit den Oberschenkeln drückte er gleichzeitig von unten gegen das Lenkrad, um es zu stabilisieren. Er packte seine Waffe mit beiden Armen und zielte auf den Helikopter.

Er feuerte eine Salve ab, zog die Waffe schnell zurück und begann sofort wieder mit Schlangenlinien. Sein Manöver wurde wütend erwidert. Sie trafen die Dachträger, die Fenster und die Türen, doch die Reifen hatten sie noch nicht erwischt. Mit Maschinengewehren stünden der Truppe pro Mann 750 – 1000 Schuss mit einem Magazin zur Verfügung. Mit einem zusätzlichen Aufsatz sogar bis zu 5000 Schuss. Trotzdem feuerten sie auf ihn, als wäre er Bambi, auf das keiner so richtig schießen möchte.

Nun hatten sie ihre erste Gelegenheit jedoch verpasst, denn er passierte gerade das Schild zur nächsten Ortschaft und befand sich wenig später zwischen Wohnhäusern.

Passanten sprangen erschrocken aus dem Weg, als er mit 200 Sachen über einen Zebrastreifen raste.

Der Pilot des Helikopters erhielt wohl Anweisung, eine andere Flugposition einzunehmen. Er klebte ihm nun im Nacken und flog nicht mehr seitlich neben ihm. Zwei Männer lehnten sich seitlich aus den Luken – vermutlich hatten sie sich mit Karabinerhaken eingehängt – und zielten auf sein Heck.

Eric fluchte laut. Er hatte nicht damit gerechnet, dass sie in der Ortschaft schießen würden, mit all den Menschen auf den Straßen.

Hier konnte er außerdem nicht Schlangenlinien fahren, ohne auf die viel befahrene Gegenfahrbahn zu geraten. Genau das wussten sie und nutzten die Situation zu ihren Gunsten.

Mist. Er musste nun ordentlich Rabatz machen. Der Tunnel war nicht mehr weit weg. Er lag kurz hinter der Ortschaft.

Ein ohrenbetäubender Kugelhagel erging auf das Heck des Jeeps, wobei auch sein linker Spiegel getroffen wurde. Mit einem lauten Knall zersplitterte der Spiegel in seine Einzelteile und ein Loch klaffte an seiner Stelle.

Draußen schrien Menschen panisch und rannten um ihr Leben. Viele der Kugeln prallten vom Fahrzeug ab und wurden zu gefährlichen Geschossen für die Bürger der Kleinstadt. Eric konnte nicht langsamer fahren, da seine Reifen sonst mit ziemlicher Sicherheit getroffen worden wären. Er verpasste eine scharfe Kurve, durch die die Hauptstraße jedoch weiterverlaufen wäre und raste mitten in eine Fußgängerzone mit mehreren Marktständen. Die Menschen hechteten ihm aus dem Fahrtweg. Erneut hagelte eine Salve auf ihn herunter. Der Helikopter war ihm dicht auf den Fersen und flog gefährlich tief. Eric musste mit dem Jeep vollständig in einen Marktstand steuern, da er weder rechts noch links ausweichen konnte.

Er winkte ungeduldig, damit dessen Besitzer endlich zur Seite sprang. Der brüllte verzweifelt und wedelte abwehrend mit den Händen, bis er aufgab und in letzter Sekunde aus der Gefahrenzone hechtete.

Holz splitterte, Obst flog durch die Luft und der Motor des Jeeps ächzte. Eric wurde ordentlich durchgeschüttelt, doch der Defender pflügte mit seinem Stoßfänger durch den Stand wie ein Nashorn. Als seine Verfolger erneut schossen, prallte eine der Kugeln seitlich vom Heck ab und knallte in die Fensterscheibe eines Cafés, die mit einem hässlichen Splittern vollständig zerbrach.

Eric riss das Lenkrad herum und lenkte den Wagen aus der Fußgängerzone heraus auf eine Seitenstraße, die in ein Wohngebiet führte. Hier standen die Häuser dicht beieinander und der Pilot des Helis war gezwungen wieder höher zu fliegen. Da! Das erste Schild, das auf den Tunnel verwies. Eric musste dafür an der kommenden Kreuzung nach rechts abbiegen, wobei er beinahe mit einem anderen Wagen kollidierte. Seine Reifen drehten durch und er trat vollständig das Gaspedal durch. Nur noch ein paar Häuserreihen und er war wieder auf freier Fläche.

Geschafft! Eric konnte den Tunneleingang bereits erkennen. Es war nicht mehr weit.

Nachdem er wieder auf einer geradlinigen Straße fuhr, konnte er den kurzen Zeitslot nutzen, um das Lenkrad erneut mit den Oberschenkeln zu stabilisieren. Gerade rechtzeitig, denn der Helikopter tauchte seitlich neben ihm auf. Eric ließ das Fenster herunter und gab eine Salve ab. Tatsächlich traf er einen der Männer, der nach vorne zu fallen schien und plötzlich merkwürdig in der Luft hing. Lediglich seine Einhängung am Türrahmen hielt ihn davon ab, in die Tiefe zu stürzen. Seine Kameraden zogen ihn ins Innere des Helis zurück und feuerten auf den Defender. Die Salve war weniger zimperlich als zuvor, dachte Eric grimmig.

Plötzlich verschwand der Heli aus seinem Sichtfeld und Eric lauschte dem Dröhnen der Rotorblätter über ihm.

Scheiße! Sie wechselten die Seite. Sie mussten bemerkt haben, dass er keinen Beifahrer hatte und schwenkten nun auf die rechte Seite. Von dieser Position aus konnte Eric schlecht auf seine Verfolger zielen. Schlangenlinien fahren kam hier auch nicht mehr in Frage, da einige Autos unterwegs waren. Sowohl auf seiner Spur als auch auf der Gegenfahrbahn. Er musste immer wieder Autos überholen, wodurch er keine Ablenkungsmanöver mehr wagen konnte.

Weniger als eine halbe Meile lag noch vor ihm.

Komm schon, dachte er zähneknirschend.

Wieder prasselten Kugeln auf ihn ein. Eric trieb den Jeep bis zum Äußersten.

Treffer. Einer der Schützen traf seinen rechten Hinterreifen wohl mit einem Streifschuss. Die Anzeige leuchtete warnend auf, dass sein Reifen Luft verlor. Der Jeep wurde schwerfälliger.

„Argh, jetzt komm schon du blödes Scheißding!", brüllte er.

Nur noch ein paar Sekunden. Die Einfahrt des Tunnels wurde größer.

Die Anzeige blinkte unaufhörlich.

Eric sah aus dem Augenwinkel, wie der Helikopter abdrehte und nach oben zog.

Geschafft! Er befand sich im Tunnel.

Er würde es allerdings nur noch ein paar hundert Meter weit schaffen. Eric schaltete seine Warnblinkanlage an und fuhr rechts auf den Standstreifen. Dann stieg er schnell aus und hob den rechten Daumen.

Er hatte keine Ahnung, ob die Truppe des Staatsgefährdungsschutzes nun vor dem Tunnel landen würde, um ihn zu stürmen oder auf der anderen Seite auf ihn wartete. Hatten sie ihren Treffer am

Reifen mitbekommen? Er hatte es schließlich noch in den Tunnel ohne auffälliges Schlingern geschafft.

Nach ein paar Minuten erbarmte sich der Fahrer eines Pick-ups und fuhr rechts ran.

Eric ging mit großen Schritten auf den Pick-up zu und beugte seinen Kopf zum heruntergelassenen Fenster.

„Reifen hin?", fragte ein bärtiger Mann um die vierzig vom Fahrersitz.

„Ja und mein Handy hat hier keinen Empfang. Könnten Sie mich zur nächsten Tankstelle mitnehmen, damit ich von dort aus Hilfe rufen kann?"

„Klar, steigen Sie ein", erwiderte der Mann und nickte ihm freundlich zu.

Eric stieg ein und grinste innerlich von einem Ohr zum anderen.

„Danke, Mann."

„Kein Problem."

Der bärtige Typ fuhr los, beschleunigte und lenkte seinen Wagen wieder auf die Fahrspur.

Es waren nicht viele Autos unterwegs, doch zumindest ein paar. Bis die kapiert haben, dass der Defender nicht mehr aus diesem Tunnel kommt, bin ich längst über alle Berge, dachte Eric zufrieden.

Nach ein paar Meilen wurde es wieder heller und das Ende des Tunnels zeichnete sich ab.

Als der Pick-up nach draußen fuhr, zog der Helikopter vor dem Tunnelausgang große Kreise. Er wartete auf den Jeep wie ein Adler auf seine Beute.

„Sowas", murmelte der bärtige Mann.

„So einen Kampfhubschrauber habe ich hier noch nie in der Gegend gesehen. Was der hier wohl will?"

Eric zuckte mit den Achseln.

„Wahrscheinlich eine Militärübung."

Im Seitenspiegel sah er, wie der Helikopter kleiner wurde.

*

„Peter, jetzt nimm das Baby bitte auf den Arm! Wir haben wirklich schon einige Meilen hinter uns gebracht."

Scarlett sah besorgt zum Fußraum hinüber, in dem das Neugeborene lag. Sie hatten mittlerweile den Wagen gewechselt und fuhren nun in einem alten Geländewagen weiter. Trotzdem hatte Peter das Baby wieder in den Fußraum gelegt.

Peter hob das kleine Bündel widerwillig hoch und legte es sich auf den Schoß. Er sah sehr unbeholfen aus.

„Du musst den Kopf halten. Das kann ein Neugeborenes noch nicht", ermahnte ihn Scarlett.

Peter legte seine rechte Hand unter den Kopf des Babys und hob ihn an.

Scarlett schüttelte entsetzt den Kopf.

„Alter, du siehst aus, als würdest du einen Bauklotz hochheben! Jetzt nimm das Baby bitte mit beiden Armen und stütz dabei den Kopf ab. Das kann doch nicht so schwer sein!"

Peter schnaubte verärgert, tat jedoch wie ihm geheißen.

„Woher weißt du so viel über Babys und wie man sie hält?"

„Ich habe fünf Geschwister."

„Oh, das sind aber viele."

„Jap. Ich vermisse sie auch. Und Emma und Liam."

Scarlett sah traurig aus und betrachtete das Baby, so oft sie konnte. Sie wusste, dass es schwachsinnig war, doch sie suchte nach Ähnlichkeiten zwischen dem Neugeborenen und ihren verstorbenen Freunden.

„Ist es ein Junge oder ein Mädchen?", fragte Peter zweifelnd.

„Hmm. Ich bin mir, um ehrlich zu sein, auch nicht sicher. Magst du mal nachschauen?"

„Was? Spinnst du?"

Scarlett grinste.

„Ja, mit Waffen und euren super wichtigen und super geheimnisvollen Operationen markierst du den großen Macker. Aber kaum hast du ein Baby auf dem Schoß, bist du ein kleiner Feigling!"

„Stimmt gar nicht!", brauste Peter entrüstet auf und fing an, das Baby aus seinem Wickelkokon zu schälen. Das Neugeborene sah Peter und Scarlett dabei abwechselnd neugierig und mit großen braunen Kulleraugen an. Es hatte noch nicht geweint, geschrien, gelacht oder sonstige Emotionen gezeigt. Doch es war wach und beobachtete alles um sich herum.

Peter war an der Windel angekommen, öffnete sie und schloss sie genauso schnell wieder.

„Ein Mädchen", murmelte er und begann wieder den Strampler zuzuknöpfen.

„Dann nennen wir die Kleine Emma", sagte Scarlett und ihre Augen leuchteten begeistert.

„Aber wenn das gar nicht deine Freundin ist?", fragte Peter.

„Ich glaube ganz fest daran, dass sie das ist."

„Das Baby hat kein Zeichen."

Peter hielt beide Ärmchen von Emma in die Luft.

Scarlett blickte zur Seite und starrte auf die nackten Unterarme. Sie hatte so etwas noch nie gesehen. Nach kurzer Zeit fing sie sich wieder.

„Ist mir egal. Das ist Emma."

„Soll mir recht sein", grinste Peter und legte Emma wieder in seine Arme.

„Wirst schon besser darin, du kleiner Softie", grinste Scarlett.

„Halt die Klappe. Wir sollten in Spero anrufen und Bescheid geben, dass wir auf dem Rückweg sind."

Team Ava

8 Oliver nickte.
„Seid bitte vorsichtig an der Grenze."
Leises Gemurmel. Oliver nickte wieder und legte auf. Er sah in die gespannten Gesichter von Mason, Maria, Ian, Ava, Daniel und Noel. Er lächelte.

„Sie haben das Baby."

„Wie geht es Scarlett? Sind sie sicher?", fragte Mason besorgt.

„Sie werden zumindest nicht verfolgt und haben noch einmal das Auto gewechselt. Jetzt müssen sie es nur noch über die Grenze schaffen. Mit einigen Umwegen sind sie in ein paar Stunden hier."

Oliver zeigte dabei wie zur Bestätigung auf den sich bewegenden roten Punkt am Bildschirm. Scarlett hatte Erics Handy eingesteckt, wodurch Oliver beobachten konnte, wo sie sich mit Peter und dem Baby gerade befand. Was Eric betraf, so war er nun blind.

„Geht es dem Baby auch gut? Hat es wirklich kein Zeichen?", fragte Maria.

Oliver lächelte wieder.

„Ja, es geht ihm gut und nein, es hat wirklich kein Zeichen. Scarlett hat sie übrigens Emma genannt."

„Natürlich hat sie das", seufzte Mason.

Ian runzelte die Stirn.

„Ich frage mich, was mit den Eltern ist."

Oliver zuckte mit den Schultern.

„Na ja, die Mutter ist anscheinend bei der Geburt gestorben. Den Vater gibt es natürlich noch, aber dem wollten doch dieser Dr. Polanc und dieser Mr. Bosch erzählen, dass das Baby gestorben sei, damit der Staatsgefährdungsschutz es einfach mitnehmen kann."

„Der arme Vater", murmelte Ian.

„Wird einfach das Kind weggenommen."

„Na ja, er hätte es so oder so nicht behalten können. Die Regierung hätte es doch sowieso getötet und wenn er einen Aufstand gemacht hätte, wäre er wahrscheinlich einfach erschossen worden", erwiderte Maria.

„Emma wird es gut mit uns haben", sagte Mason leise.

„Was ist mit Peter und Eric?", fragte Daniel und sah dabei besorgt aus.

„Peter ist mit Scarlett auf dem Weg hierher und ihm geht es auch gut. Eric hat sich wohl vom Helikopter der Regierung verfolgen lassen. Scarlett weiß nicht, wie das ausgegangen ist."

„Wird Eric wiederkommen?", fragte Noel und sah Maria mit großen Augen an.

Die drückte ihn sanft und wollte gerade antworten, doch Ava kam ihr zuvor.

„Ja", sagte sie mit fester Stimme. Ava machte den Mund nur auf, wenn sie es für notwendig hielt. Ihre unerschütterliche Miene ließ keinen Zweifel zu.

„Eric, Scarlett und Peter hatten Glück, dass das Baby so nah zur südlichen Grenze geboren wurde. Was machen wir, wenn das zweite Baby am Arsch der Welt geboren wird? Im Norden oder im Osten?", wandte sich Mason mit gerunzelter Stirn an Maria und Ava.

„Mr. Francis hat zugesichert, dass ihr entweder im Transporthubschrauber mitfliegen könnt oder im Schnellzug mitfahrt", antwortete ihm Ian stattdessen.

„Was für ein Transporthubschrauber?", fragte Mason.

„Spero ist verantwortlich für viele Heiligenstätten im ganzen Land und liefert regelmäßig Essen aus, um den Bedürftigen zu helfen. Dafür benutzen sie einen alten Transporthubschrauber. In dem wären zwei Motorräder kein Problem und ihr kämt unerkannt schnell in ein anderes Territory."

Mason bekam Gänsehaut. Er wollte nicht schon wieder in einem Hubschrauber sitzen. Beim letzten Flug bekam er eine Kugel in die Wade.

„Und was ist mit dem Schnellzug?", fragte er hastig.

„Dort ist grundsätzlich ein Abteil für Vertreter von Heiligenstätten reserviert."

„Aber würde dort nicht unser Zeichen ausgelesen werden, wenn Fahrscheine kontrolliert werden?", warf Maria zweifelnd ein.

Ian schüttelte lächelnd den Kopf.

„Ihr wisst schon, wie viel Einfluss ein Berater des Lordan-Clans hat, oder? Mr. Francis hat dafür gesorgt, dass ihr Vertreterstatus bekommt. Ihr steht unter seinem Schutz und werdet ganz sicher nicht kontrolliert."

Mason schüttelte vehement den Kopf.

„Ich werde gesucht, Ian. Nach mir wird gefahndet."

„Ach, so schnell erkennt dich schon keiner. Mit Ava und Maria wird wahrscheinlich keiner auf dich achten."

Ian sah dabei Maria an und grinste.

Mason sah fast beleidigt aus.

„Vielen Dank auch."

Ian ging nicht auf seinen Kommentar ein.

„Der Transporthubschrauber fliegt nur einmal täglich raus. Da müsst ihr Glück haben, dass ihr ihn passend erwischt. Der Schnellzug fährt mehrmals am Tag und fährt nur die Hauptbahnhöfe der jeweiligen Territorien ab. Dazwischen hält er nirgends."

Mason hakte nicht weiter nach. Er hatte zwar ein mulmiges Gefühl dabei, sich in einem öffentlichen Zug zeigen zu müssen, doch immer noch besser, als wieder in einen Hubschrauber steigen zu müssen.

Maria begann damit, ein schwarzes Wickeltuch um Ava zu binden. Ava hielt sich dabei die Babypuppe auf den Rücken. Maria stellte sicher, auch den Kopf der Puppe halbseitig zu umwickeln, damit man nicht sofort erkannte, dass es sich um eine Attrappe handelte. Ava hüpfte ein paar Mal auf und ab. Die Puppe verrutschte keinen Zentimeter. Maria nickte zufrieden.

„Das hält."

Dann kam sie mit einem zweiten Tuch auf Mason zu. Der riss entsetzt die Augen auf.

„Nein, wir müssen das nicht anprobieren! Das wird schon passen!"

Oliver lachte laut auf.

„Haha, Mason wird Mama!"

Noel und Daniel kicherten belustigt.

Mason wich Maria und dem schwarzen Tuch aus.

„Mason, ich muss fahren. Du wirst das Baby an deine Brust binden, damit es zwischen meinem Rücken und deiner Frontseite sicher ist."

„Ja, aber das können wir doch machen, wenn es so weit ist", jammerte Mason.

Oliver lachte so sehr, dass er sich den Bauch halten musste.

„Jetzt stell dich doch nicht so an, Mason!", rief Maria verärgert aus, formte aus dem Tuch eine Schlinge und fing Mason damit, als wäre er ein bockiges Pferd.

Der gab resigniert auf, ließ sich von Ava das Baby an die Brust halten und von Maria das Tuch umwickeln. Noel und Daniel glucksten begeistert. Mason hatte einen sehr leidenden Gesichtsausdruck angenommen.

„Ihr hört jetzt auf zu lachen oder ich ziehe euch die Ohren lang!", zischte Maria und bedachte die beiden Jungen mit einem verärgerten Seitenblick.

Oliver war nicht so leicht zu beeindrucken und zückte sein Handy, um ein Foto zu machen. Mason war sehr groß und muskulös, wodurch er mit der umgeschnallten Puppe einfach zu komisch aussah.

„Ach, leck mich doch am Arsch, Oliver!", rief Mason wütend, als er vom Fotoblitz abgelenkt wurde.

Maria verdrehte genervt die Augen.

„Wartet nur, bis ihr mal eigene Kinder habt, dann ist das plötzlich ganz normal."

Mason wickelte sich verärgert das Tuch von der Brust, wobei die Puppe auf den Boden fiel.

„Kannst du bei dem Baby bitte besser aufpassen? Die sollten nicht so oft auf den Boden fallen", fuhr ihn Maria an. Sie hob die Puppe hastig vom Boden auf und packte sie in einen schwarzen Rucksack, den ihr Ian gegeben hatte.

„Oh nein. Nein. Nein. Nein!", rief Oliver plötzlich entsetzt aus und fing hastig auf seiner Tastatur an zu tippen.

„Was ist?", fragten Ian und Maria gleichzeitig und liefen zum Sofa.

„Arrrrrgh!", rief Oliver wütend aus.

„Oliver, jetzt sag doch, was los ist!", rief Mason ungeduldig.

„Das zweite Baby ist da! Und die Meldung konnte vom System nicht rausgefiltert werden, da sie wohl über eine bombensichere Leitung einging! Das Krankenhaus muss sich direkt an den Staatsgefährdungsschutz gewandt haben. Scheiße!"

Oliver wurde rot im Gesicht. Es ging ihm absolut gegen den Strich, dass ihm etwas entgangen war.

Ian schüttelte verwirrt den Kopf.

„Ja und woher weißt du nun, dass das zweite Baby da ist?"

„Internes Memo zwischen dem Leiter des Staatsgefährdungsschutzes und dem Einsatzleiter der Kampftruppe …", murmelte Oliver vertieft.

„Scheiße!", fluchte er nochmal laut.

„Was denn?", fragte Daniel aufgeregt, der sich mit dem kleinen Noel zwischen die Erwachsenen gedrängt hatte und Oliver beim Tippen zusah.

„Lordan City Central", sagte Oliver und warf Mason, Maria und Ava einen bedeutenden Blick zu.

Maria stöhnte.

„Das schaffen wir nie rechtzeitig! Der Staatsgefährdungsschutz ist im Zentrum!"

„Die sind vor allem bereits auf dem Weg", ergänzte Oliver. „Das Memo sagt, dass die Einsatztruppe gerade ausgerückt ist."

Mason schlug die Hände über dem Kopf zusammen. „Wir müssen das Baby holen! Wir müssen einfach!"

Während sie weiter diskutierten, hatte sich Ian ans Fenster zurückgezogen und telefonierte leise. Er nickte mehrmals, stellte Fragen und beendete das Gespräch nach nicht mal zwei Minuten.

„Der Transporthubschrauber kam gerade von einem Flug aus dem Northern Territory zurück. Er wartet auf euch. Ihr braucht von hier nicht mal zehn Minuten zum Flugplatz mit den Motorrädern", sagte Ian.

„Mit wem hast du telefoniert?", fragte Maria.

„Mr. Francis. Er saß gerade mitten in einer Beraterrunde, als diese plötzlich aufgelöst wurde wegen des ersten Babys im Western Territory. Und jetzt ist wohl die Hölle losgebrochen, nachdem ein zweites Baby ohne Zeichen gemeldet wurde. Ihr sollt sofort los!"

Ava verengte ihre Augen zu Schlitzen. Es war unverkennbar, dass sie einer Anweisung vom obersten Seelenmeister nicht gerne Folge leisten wollte.

Maria bedachte Ava mit einem fragenden Blick. Ava runzelte die Stirn, nickte dann jedoch kurz.

„Aber Scarlett ist noch nicht wieder zurück", sagte Mason mit besorgter Miene.

„Wir müssen los. Jetzt sofort", schüttelte Maria bedauernd den Kopf und warf sich den Rucksack auf den Rücken. Daniel und Noel kamen hinter dem Sofa hervorgelaufen und umarmten Maria zum Abschied.

Sie streichelte ihnen lächelnd über den Kopf.

„Ich komme wieder. Macht euch keine Sorgen."

„Versprochen?", fragte Noel und sah sie mit großen Augen an.

„Ja, versprochen."

„Dann los", meinte Ian und ging schnellen Schrittes zur Tür.

Mason warf Oliver noch einen letzten Blick zu.

„Pass auf dich auf, Mann", sagte Oliver.

„Mach ich."

„Ich meine es ernst. Scarlett braucht dich."

Mason nickte.

Sie tauschten noch einen kameradschaftlichen Blick aus, dann lief Mason den anderen eilig hinterher.

*

Scarlett atmete erleichtert auf, als die großen sandsteinfarbenen Umrisse von Spero vor ihnen auftauchten. Sie hatten einige Umwege genommen und damit dreimal so lange gebraucht, wie die Fahrt ohne Sonderwege gedauert hätte.

Emma schlief in Peters Armen friedlich vor sich hin.

An der Pforte ließ sie ein äußerst feindselig gesinnter Mr. Cunningham passieren. Scarletts Danke hörte er gar nicht mehr, so schnell schloss er die Gegensprechanlage. Erics brutaler Angriff einige Tage zuvor lag ihm sicher sauer im Magen.

In der Garage nahm Scarlett Emma sofort auf den Arm.

„Hey, Emma. Kleines, wir sind in Sicherheit. Niemand Böses kann dir hier etwas antun, das verspreche ich dir."

Emmas Augen öffneten sich müde, fielen ihr jedoch sofort wieder zu.

Peter rollte mit den Augen.

„Ich hab Hunger, könnt ihr oben weiterschmusen?"

Scarlett ignorierte ihn. Er hatte keine Ahnung, wie viel es ihr bedeutete, ihre mutmaßliche Freundin in Sicherheit gebracht zu haben.

Als sie die Tür zur Wohnung öffneten, landeten sie in einer hektischen Schaltzentrale: Ian hing am Telefon, Oliver standen Schweißperlen auf der Stirn und er hatte den Kopf so nah vor dem Laptopbildschirm, dass man meinen konnte, er würde gleich davon eingesaugt werden.

Alle blickten auf und verstummten, als sie Scarlett sahen.

Ian beendete hektisch sein Telefonat und kam mit offenen Armen auf Scarlett und Peter zu.

„Bei meiner Seele, geht es euch gut?"

Er blieb vor Scarlett stehen und betrachtete Emma, die gerade ihre Augen öffnete.

„Hallo Emma, ja bist du nicht goldig?", fragte Ian und nahm sie Scarlett aus den Armen.

Daniel und Noel rannten sofort zu Ian und versuchten einen Blick auf das Baby zu erhaschen.

„Hat es wirklich kein Zeichen?", fragte Daniel aufgeregt.

„Ich möchte es sehen!", rief Noel und hüpfte auf und ab.

Scarlett sah sich nervös im Raum um. Sie suchte nach Mason. Ihr Magen zog sich beunruhigt zusammen.

„Scarlett, ich kann nicht aufstehen!", rief ihr Oliver aufgeregt entgegen. „Bring Emma zu mir, ich möchte sie sehen!"

Ian setzte sich auf die Couch und alle beugten sich über Emma, um sie zu begutachten. Emma war nun vollständig wach und beobachtete sie mit großen Augen. Sie gab keinen Laut von sich. Olivers Augen schielten im Sekundentakt zwischen dem Laptopbildschirm und Emma hin und her. Als er Emma seine Hand hinhielt, griff sie mit ihrer kleinen

Hand nach seinem Zeigefinger, wodurch er vollständig den Faden verlor.

Oliver schluckte.

„Hey, Emma. Schön, dass du wieder da bist."

Er räusperte sich und gab sich sichtlich Mühe seine feuchten Augen wegzublinzeln. „Du musst wieder auf mich aufpassen, ich rauche wie ein Schlot", fügte er witzelnd hinzu.

„Oliver", unterbrach ihn Scarlett unruhig. „Was ist hier los? Wo sind Mason, Ava und Maria?"

„Das möchte ich auch wissen", ergänzte Peter, der sich zu ihnen gesellt hatte.

„Das zweite Baby ist gekommen. Sie sind unterwegs", sagte Oliver und sah Scarlett bedeutungsvoll an.

„Wo?", fragte Scarlett atemlos.

„Lordan City."

„Scheiße verdammt!", fluchte sie. „Da wimmelt es von Regierungssöldnern!"

„Mach dir keine Sorgen", warf Peter zuversichtlich ein. „Ava leitet die Operation und sie hat bis jetzt noch nie etwas vergeigt. Sie ist ein Ass."

Scarlett fing dennoch an unruhig auf und ab zu tigern. Sie machte sich große Sorgen.

„Wow, es hat wirklich kein Zeichen!", rief Daniel fasziniert aus, als Ian vorsichtig Emmas Ärmchen noch oben hielt, um sie zu begutachten.

„*Es* heißt Emma!", zischte Scarlett.

„Heilige Scheiße!", entfuhr es Oliver plötzlich.

Ian sah stirnrunzelnd auf seinen Bildschirm.

„Was passiert da?"

Oliver hatte sich mühselig in die Kameras des Lordan City Central Krankenhauses eingehackt sowie in verschiedene Verkehrskameras in den umgebenden Zufahrtstraßen. Er wollte damit sicherstellen, dass er sah, wenn die Regierungstruppe auftauchte. Was er sah, war jedoch ein kleiner, untersetzter Mann mittleren Alters, der mit einem kleinen Bündel an sich gedrückt aus dem Haupteingang des Krankenhauses rannte.

„Der haut mit dem Baby ab!", rief Oliver und schaltete zwischen den Kameraeinstellungen hin und her.

„Wahrscheinlich der Vater", vermutete Ian und beobachtete den sichtlich verzweifelten Mann, wie er mit dem Bündel die Zufahrtstraße des Krankenhauses hinunterrannte.

In diesem Moment erhielt Oliver ein Signal, dass ein Anruf an den Staatsgefährdungsschutz abgesetzt wurde. Oliver klinkte sich sofort mit ein.

„… läuft in Richtung Fluss mit dem Baby! Er hat sich das Neugeborene einfach geschnappt und ist abgehauen – wir konnten nichts tun!"

Wütende Erwiderungen, wie das Krankenhaus so fahrlässig sein konnte und dass mit Konsequenzen zu rechnen sei. Die Person am Telefon stammelte noch ein paar Entschuldigungen, dann wurde das Gespräch abrupt beendet.

„Wo sind Mason, Ava und Maria gerade?", fragte Scarlett.

Oliver öffnete die Handyortung, damit er Ava ausfindig machen konnte.

„Beim Flugplatz. Sie müssten jetzt gerade in den Transporthubschrauber steigen."

*

Mason zurrte den letzten Gurt fest. Nun konnten die Motorräder nicht mehr umkippen. Ava war bereits nach vorn zum Piloten gelaufen, um den Start freizugeben. Kurz darauf schloss sich die Laderampe schwerfällig.

Avas Handy vibrierte plötzlich.

Sie hörte der aufgeregten Stimme Olivers am anderen Ende zu, bestätigte und legte auf.

„Was ist los?", fragte Maria.

„Der Vater ist mit dem Baby auf der Flucht", sagte Ava kurz angebunden.

„Was?", rief Maria mit geweiteten Augen aus.

„Das ist ja schrecklich!"

Ava schüttelte den Kopf.

„Das verschafft uns Zeit. Das ist gut."

Mason zog die Augenbrauen hoch. Ava war offenbar nicht fähig, emotional zu sein.

„Wie lange werden wir in die Stadt brauchen? Mit dem Auto wären es fast zwei Tage!", fragte Maria.

„Nicht mal eine Stunde. Der Pilot wird alles aus dem Hubschrauber rausholen, was geht", antwortete Ava knapp.

Mason fiel beinahe um, als der Hubschrauber vom Boden abhob. Er hielt sich an den Spanngurten des Frachtraums fest. Ava ging währenddessen in die Hocke, lehnte sich mit dem Rücken an die Wand und zog ein kleines Döschen aus ihrer Jackentasche. Mason staunte nicht schlecht, als er begriff, dass sie sich gerade in aller Seelenruhe zwei Kontaktlinsen in die Augen setzte, während er angestrengt versuchte, das Gleichgewicht zu halten.

Als sie aufstand, blickten ihm zwei braune Augen entgegen.

„Siehst viel freundlicher aus, wenn beide braun sind!", rief Mason über den Lärm hinweg und grinste.

Ava sah ihn ausdruckslos an und wandte sich ohne Erwiderung ab.

*

„Meine Fresse, jetzt haben sie eine Fahndung nach dem Vater rausgegeben. Wahrscheinlich jeder Polizist in Lordan City hält nach ihm Ausschau!", rief Oliver aufgeregt.

„Ist der Mann böse? Muss er sterben?", fragte der kleine Noel nervös.

„Das ist der Vater von dem Baby und er versucht, es vor der bösen Regierung in Sicherheit zu bringen."

„Und vor der Opposition", ergänzte Peter. „Obwohl sie bei Emma gar nicht aufgekreuzt sind", runzelte er die Stirn.

Oliver nickte.

„Das stimmt. Es ist kein weiterer Helikopter aufgetaucht. Mich hat das sehr gewundert."

Scarlett nickte nachdenklich.

„Mich auch. Ich hätte erwartet, dass sich Logan Grey Emma unter den Nagel reißen würde, um sie sich als Laborratte zu halten."

„Er hätte eigentlich ebenfalls schnell dort sein können. Basis 29 liegt ja im Western Territory", meinte Oliver.

„Sehr merkwürdig. So eine Chance würde sich Logan eigentlich nicht entgehen lassen", stimmte ihm Peter zu.

Oliver biss sich auf die Lippe.

„Jetzt müssen wir einfach hoffen, dass sie den Vater nicht innerhalb der nächsten Stunde erwischen."

*

„Ich muss hier vor der Stadtgrenze landen! Das ist unser üblicher Landeplatz, da wir von hier aus zu den Heiligenstätten starten. Nur hier haben wir eine Landeerlaubnis!", brüllte der Pilot aus dem Cockpit.

Maria lief nach vorne und bestätigte, dass sie verstanden hätten.

Mason war aufgeregt. In seinem Magen kribbelte es. Er hoffte, dass er die Motorradfahrt gut überstehen würde. Dass die Fahrt nicht zimperlich werden würde, war ihm bewusst.

Nur wenige Minuten später spürten sie, wie der Transporthubschrauber schwerfällig auf dem Boden aufsetzte. Die Ladeluke öffnete sich mit einem lauten Quietschen.

Ava, Maria und Mason entfernten in Windeseile die Befestigungsgurte an den Motorrädern und schoben sie in Position. Mason setzte seinen Helm auf und warf sich den Rucksack auf den Rücken.

„Bereit?", fragte ihn Maria und stieg auf das Motorrad.

„Klar", antwortete Mason und schluckte schwer. Er nahm hinter ihr Platz und hielt sich an ihrer Taille fest.

„Dann los!", rief Maria und ließ den Motor an.

Mason fühlte sich, als hätte er seine Organe an Ort und Stelle zurückgelassen.

Ava und Maria bretterten die Ladeluke herunter und beschleunigten sofort. Sie hinterließen eine riesige Staubwolke auf dem Flugplatz.

Mason klammerte sich an Maria fest. Er befürchtete, sofort nach hinten zu kippen, wenn er auch nur für eine Sekunde den Griff lockerte.

Ava blieb über Kopfhörer, die mit ihrem Handy in ihrer Jackentasche verbunden waren, mit Oliver in Kontakt. Noch wurden der Vater und das Baby nicht gefunden. Maria und Ava brauchten nicht mehr lange und sie passierten die Stadtgrenze.

Die Helme sorgten für die nötige Anonymität, als sie durch die Straßen Lordan Citys fuhren. Das Polizeiaufgebot war enorm. Überall waren Streifen unterwegs und keine davon schenkte ihnen Beachtung. Sie waren alle damit beschäftigt, nach dem Vater des Babys Ausschau zu halten.

Plötzlich knackte es in Avas Leitung.

„Sie haben ihn! Laut Funkspruch stellen sie ihn gerade an der Kreuzung 13. Straße West und Hill Avenue", meldete Oliver.

Ava gab sofort Gas. Sie waren nur ein paar Minuten entfernt. Schon kurz darauf trafen sie auf die erste Straßensperre aus Einsatzwagen mit Blaulicht. Ava lenkte nach links in eine Seitenstraße. Zwischen zwei engstehenden Häusern machte sie eine Gasse aus, in der einige Müllcontainer standen. Die Gasse öffnete sich am anderen Ende hin zum Einsatzort und wurde nicht durch Polizisten abgeriegelt.

Ava fuhr, dicht gefolgt von Maria, hinein und blieb nur wenige Meter später stehen. Sie schlichen sich an der Hauswand entlang bis zur Ecke und wagten einen Blick auf die Szenerie.

Ein kleiner, untersetzter Mann mit Bauchansatz stand mit panischer Miene mit dem Rücken an einer Hauswand. Er wurde von einigen Söldnern mit gezückten Waffen umzingelt. Er drückte sich verzweifelt ein kleines Bündel an die Brust.

Mason lief es eiskalt den Rücken herunter, als er daran dachte, dass Jared Flemming einfach getötet worden war. Sie kamen zu spät. Sie würden das Baby sicher genauso wie den Vater erschießen.

Doch er irrte sich.

„Legen Sie das Baby langsam und vorsichtig vor sich auf den Boden!", forderte einer der Regierungssöldner mit lauter Stimme.

Der Mann fing an zu weinen.

„Bitte, meine Frau ist bei der Geburt gestorben! Mein Baby ist alles, was ich noch habe! Bitte nehmen Sie mir mein Kind nicht weg!"

„LEGEN SIE DAS BABY AUF DEN BODEN!", brüllte der Söldner nun sichtlich wütend.

Sie wollten das Baby lebend. Deswegen wurde das Feuer noch nicht eröffnet. Doch der Vater machte immer noch keine Anstalten, das Baby zu übergeben.

„Bitte, ich kann mein Kind nicht hergeben!"

Mason zuckte erschrocken zusammen, als der Mann plötzlich zusammenbrach und mitsamt dem kleinen Bündel seitlich auf den Boden fiel. Einer der Scharfschützen hatte abgedrückt und dem armen Kerl direkt in den Kopf geschossen.

„Maria, bereite die Tücher und die Puppe vor", wies Ava sie leise an.

Maria tat wie befohlen. Sie band Ava das schwarze Tuch um und ließ am Rücken genügend Platz, um die Puppe später befestigen zu können.

Währenddessen liefen zwei Söldner zu dem getöteten Mann und hoben das Neugeborene vorsichtig vom Boden auf. Dann bewegten sich die beiden zügig auf einen schwarzen SUV zu, keine zehn Meter von ihnen entfernt und stiegen hastig ein.

Ava holte ihre Handfeuerwaffe hervor und entsicherte sie.

Plötzlich ertönten quietschende Reifen und ein riesiger Geländewagen fuhr in einem irren Tempo auf die Hauptstraße. Die Regierungssöldner auf der Straße drehten sich alarmiert um und sahen, wie der

Geländewagen einfach durch die Polizeiabsperrung brach. Ohne zu bremsen lenkte er direkt in das Aufgebot, wobei er einige Männer teilweise erfasste und überfuhr. Gleichzeitig erschienen im gegenüberliegenden Gebäude mehrere Läufe von Maschinengewehren und ein Kugelhagel prasselte auf die Söldner am Boden nieder.

„Logan. Das sind seine Leute", meinte Ava mit grimmiger Miene. „Versteckt euch mit eurem Motorrad hinter den Müllcontainern! Kommt erst raus, wenn es sicher ist!", rief ihnen Ava über den Lärm hinweg zu.

Maria nickte sofort und zog Mason hinter die Container. Sie drückte die Rollcontainer ein Stück nach vorn und schob in Windeseile ihr Motorrad dahinter.

Mason duckte sich hinter einem der Container und lugte vorsichtig hervor. Maria wickelte das Tragetuch um ihn und befestigte es. Sie ließ einen kleinen Zwischenraum, damit das Baby an Masons Brust noch Platz fand.

Er konnte sich nicht vorstellen, wie Ava an das Baby herankommen wollte, wenn es von Regierungssöldnern und Oppositionellen nur so wimmelte.

Doch genau das kurze Zeitfenster des Kreuzfeuers der verfeindeten Fronten wollte Ava für sich nutzen. Das Feuer wurde nun vom Boden wütend erwidert und der Geländewagen, welcher zwischenzeitlich seine Fahrt gestoppt hatte, unter Beschuss genommen.

Mason traute seinen Augen kaum, so schnell und leise bewegte sich Ava.

In Sekundenschnelle lief sie geduckt zum SUV und öffnete die hintere Tür. Mason zuckte geschockt zusammen, als Ava drei schallgedämpfte Schüsse abgab. Eiskalt und blitzschnell erschoss sie die beiden Söldner im Wageninneren. Es ging alles so schnell, dass man von Weitem hätte meinen können, Ava lege nur etwas ins Auto.

Sie griff sich das kleine Bündel vom Rücksitz und lief geduckt zurück in die Gasse.

Dabei wurde sie jedoch entdeckt. Einer der Schützen im gegenüberliegenden Gebäude hatte sie bemerkt und wies seine Kollegen am Boden brüllend darauf hin.

„Oh Scheiße!", fluchte Mason leise. Sein Herz schlug so schnell, dass er dachte, es müsse gleich aus seiner Brust springen.

Ihnen blieben nur noch Sekunden.

Ava lief hinter die Container und gab Mason in Windeseile das Baby in den Arm. Dann drehte sie sich um und Maria stopfte ihr die Puppe rasch in das Tuch an ihrem Rücken. Ava rannte zu ihrem Motorrad.

Gerade als sie den Motor anließ, kamen zwei schwarz gekleidete, vermummte Männer um die Ecke gerannt.

Einer der beiden legte sofort seine Waffe an, doch der andere hielt ihn zurück.

„Sie hat das Baby auf dem Rücken! Nicht schießen!"

Mason wagte kaum zu atmen und drückte das Neugeborene an seine Brust.

Ava fuhr mit quietschenden Reifen los.

„Wir brauchen Verstärkung!", brüllten die beiden Männer und rannten zurück zu ihren Kollegen.

Maria fing plötzlich haltlos zu zittern an.

„Was hast du?", fragte Mason und folgte ihrem Blick über die Straße. In dem erbitterten Feuergefecht war niemand anderes aufgetaucht als Logan Grey. Er trug ein Maschinengewehr in der Hand und feuerte unaufhörlich in die Polizeiabsperrung, während sich der Rest der Truppe um die übrigen Söldner kümmerte. Logan hatte ein vor Wut verzerrtes Gesicht. Mason erstarrte. Er hatte den Mörder seiner besten Freunde nur wenige Meter vor sich.

Maria machte Anstalten aufzustehen, ihre Nasenflügel bebten. Mason packte sie und hielt sie fest.

„Maria, wir können nichts tun! Sie sind in der Überzahl und unser ganzes Ablenkungsmanöver wäre dahin!"

„Er hat meine Tante ermorden lassen, Mason", presste Maria hervor.

„Und er hat meine Freunde getötet. Bitte, Maria. Wir können hier nichts ausrichten. Nicht heute."

Maria atmete tief durch und nickte nach ein paar Sekunden. Sie ballte ihre Hände zu Fäusten und bohrte sich ihre Nägel in die Handinnenflächen. Es kostete sie alle Kraft, nicht sofort auf Logan loszugehen.

Der hatte soeben mitbekommen, dass jemand mit dem Baby geflohen sei und schoss abermals in die

Polizeiabsperrung. Er schnappte sich eines der Motorräder der Söldner und fuhr direkt auf Mason und Maria zu. Beide duckten sich ins Dunkel hinter den Containern.

Grey donnerte mit seiner Maschine in die Seitengasse und war nach wenigen Sekunden auf der anderen Seite. Er nahm die Verfolgung auf.

„Und was machen wir jetzt?", wisperte Mason leise.

„Wir warten. Bis sich die Lage hier beruhigt hat und wir rausfahren können."

Das Baby regte sich plötzlich an Masons Brust.

Mason sah nach unten. Zwei grüne Augen blinzelten ihn neugierig an.

„Hey …", flüsterte Mason leise, „ich bringe dich in Sicherheit, versprochen."

*

Ava fuhr mit über hundert Sachen durch Lordan City. Über sich hörte sie einen Helikopter nahen, der sie sicher ausfindig machen sollte. Sie lenkte immer wieder in Seitenstraßen und blieb nie lange auf der gleichen Spur. Immer in Bewegung bleiben, um kein leichtes Ziel zu sein, war ihre Devise.

Plötzlich tauchte ein Polizeiwagen mit Blaulicht neben ihr auf, der sich sofort an sie dranheftete.

„Bleiben Sie sofort stehen!", tönte es aus der Sprechanlage des Dienstwagens.

Ava gab Gas und schlängelte sich gekonnt durch den dichten Verkehr hindurch. Weitere Sirenen heulten hinter ihr auf. Eine ganze Armada an Söldnern hatte sie nun im Visier – sowohl in der Luft als auch am Boden.

An der nächsten Kreuzung schaltete die Ampel gerade auf Rot. Ein LKW machte sich daran, die Kreuzung zu überqueren. Ava biss die Zähne zusammen, scherte nach links aus und fuhr haarscharf am Führerhaus des Trucks vorbei. Hinter sich hörte sie quietschende Reifen gefolgt von einem hässlichen Krachen, als der Streifenwagen vor dem Hindernis nicht mehr abbremsen konnte und in die Breitseite des Trucks schlitterte.

Ava lenkte ihre Maschine von der Straße und bog in eine Fußgängerzone ein. Menschen schrien panisch auf und hechteten ihr aus dem Weg. Zwischen den Hauswänden hörte Ava hinter sich das Beschleunigen eines weiteren Motorrads. Sie warf einen kurzen Blick über ihre Schulter und erstarrte.

Es war Logan selbst, der sie nun hartnäckig verfolgte. Er wollte das Baby – und wenn er es sich selbst holen musste. Seine besten Kämpfer hatte er schließlich nicht mehr auf seiner Seite. Ava knirschte unter ihrem Helm mit den Zähnen. Logan war ein ebenbürtiger Gegner. Sie musste aufpassen.

Vor ihr tat sich eine breite, langgezogene Treppe auf, über die sie nach unten brettern musste. Ihren Körper schüttelte es kräftig durch und sie hatte Mühe, die Kontrolle über das Motorrad zu behalten. Logan überholte sie auf den Treppen. Kurz nachdem sie beide wieder auf ebenem Boden fuhren, holte er mit seinem linken Bein aus und verpasste ihr einen kräftigen Tritt.

Ava fluchte, als ihr Motorrad begann zu schlingern und sie mit ihrem Knie beinahe den Boden berührte.

Sie griff seitlich an ihre Wurfsterne, die sie unter ihrer Jacke am Gürtel trug und schleuderte einen davon in Logans Richtung. Der duckte sich und entkam dem tödlichen Geschoss um wenige Zentimeter.

Er funkelte sie wütend an.

„Ich weiß, dass du das bist, Ava! Gib mir das verdammte Baby!", brüllte er über den Fahrtwind hinweg.

Plötzlich hörte Ava eine Stimme in ihrem Ohr.

Oliver. Er verfolgte ihre Position sicher in diesem Moment.

„Ava, du bist beinahe am Fluss! Dort ist nur ein Aussichtspunkt, aber keine Brücke! Die nächste Brücke ist ein ganzes Stück weit weg!"

Logan zog seine Waffe und zielte auf Ava. Er konnte nicht schießen, solange sie das ‚Baby' auf dem Rücken hatte.

„Ava!", brüllte er außer sich. „Bleib verdammt nochmal stehen und GIB MIR DAS BABY!"

Ava sah die Aussichtsplattform vor sich auftauchen. Sie ragte bis fast zur Flussmitte. Es war ihre einzige Chance. Über ihnen donnerte der Helikopter der Regierungskampftruppe und begab sich in einen gefährlichen Sinkflug, um näher an sie heranzukommen.

Nur noch wenige Meter bis zur Brüstung der Plattform. Ava löste das Tragetuch und spürte, wie ihr die Puppe vom Rücken glitt.

Sie nahm ihre Hände vom Lenkrad und stieß sich in dem Moment ab, als das Motorrad gegen das Geländer krachte. Nach wenigen Sekunden durchbrach sie die Wasseroberfläche des Flusses und tauchte unter.

Logan hatte erschrocken abgebremst, als er das Baby hatte zu Boden fallen sehen. Nun stand er wutentbrannt über der Puppe und gab einen hasserfüllten Schrei von sich. Er packte die Puppe und zerschmetterte sie am Geländer.

*

Mason und Maria atmeten erleichtert auf, als sie die Stadtgrenze von Lordan City hinter sich ließen. Während sich Regierungstreue und oppositionelle Anhänger an der Kreuzung und in angrenzenden Straßen weiter gegenseitig unter Beschuss nahmen, konnten Mason und Maria in Seelenruhe das Motorrad hinter den Containern hervorschieben. Mason schlug dabei seine Jacke vor dem Neugeborenen zusammen, damit es nicht zu sehen war.

Als er hinter Maria Platz nahm, steckte er seine Hände in die Jackentaschen und hielt sich durch das Futter der Jacke an ihrer Taille fest. So konnte man das Baby zwischen seiner Brust und Marias Rücken nicht sehen.

Ihnen lief unaufhörlich der Schweiß von der Stirn, da sie sich durch eine Stadt voller Söldner bewegen mussten. Doch sie schafften es.

„Bald sind wir in Spero", murmelte Mason dem Baby leise ins Ohr.

Eine Überraschung für Oliver

9 Mason und Maria hatten es sicher zurück nach Spero geschafft. Eric und Ava hingegen waren noch nicht wieder zurück von ihren Einsätzen. Nachdem Ava ins Wasser geschleudert worden war, konnte auch Oliver sie nicht weiterverfolgen.

Scarlett sprang voller Erleichterung auf, als Mason mit einem breiten Lächeln durch die Tür kam.

„Es ist ein Junge", sagte Maria lächelnd, als sie von allen umringt wurden.

„Dann heißt er Liam", lachte Mason.

Ian lächelte.

„Natürlich bekommt er den Namen."

Nachdem sie auch Liam auf ein Zeichen untersucht hatten, legten Oliver, Mason und Scarlett beide Babys vor sich auf die Couch und knieten nachdenklich vor ihnen.

„Für mich sehen sie vollkommen normal aus", sagte Mason nachdenklich, als er sich über Emma und Liam beugte.

„Bis auf die fehlenden Zeichen", warf Scarlett ein.

„Genau, bis auf die Zeichen. Und, dass sie irgendwie nie schreien."

„Wie findet man raus, ob die jetzt eine Seele in sich haben oder nicht?", fragte Oliver und runzelte die Stirn.

Scarlett zuckte mit den Schultern.

„Keine Ahnung. Müsste dann mit den Erinnerungen kommen."

„Und was, wenn sie keine Erinnerungen haben werden? Wenn ihre Seelen wirklich zerstört wurden?", fragte Oliver zweifelnd.

Scarlett schnaubte verächtlich.

„Ja, was dann? Willst du sie der Regierung oder gar Logan Grey überlassen? Ob mit Emmas und Liams Seelen oder ohne: Den Kindern stünde ein schreckliches Leben bevor, wenn wir uns ihnen nicht annehmen. Ich werde mich um sie kümmern, egal was kommt!"

„So war das nicht gemeint, Scarlett!", erwiderte Oliver bissig. „Natürlich kümmere ich mich auch um die beiden! Ich wollte nur …"

Ein plötzliches Klopfen an der Tür unterbrach ihre Diskussion. Daniel und Noel rannten sofort hin, um sie einem besorgt dreinschauenden Mr. Francis zu öffnen.

Mr. Francis lächelte die beiden Jungen freundlich an. Seine Miene wirkte jedoch sehr angespannt.

„Darf ich eintreten? Ich habe von Ian erfahren, dass beide Babys wohlbehalten hier sind?"

„Ja, sie sind da hinten und haben wirklich keine Zeichen!", rief Noel aufgeregt und deutete auf das kniende Trio vor dem Sofa.

Mr. Francis näherte sich den Babys interessiert und gab einen erstaunten Laut von sich, als er die nackten Unterarme der Babys sah.

„Das ist wirklich faszinierend!", murmelte er.

„So etwas habe ich noch nie gesehen."

Mr. Francis stand auf und sah sich suchend um.

„Wo sind Eric und Ava?"

„Noch nicht zurück", antwortete Ian.

„Gebt mir Bescheid, wenn sie eingetroffen sind."

Ian runzelte die Stirn. Mr. Francis hatte tiefe Sorgenfalten auf der Stirn.

„Was ist los?", fragte er.

„Ich muss zum Regierungssitz zurück. Ephraim Lordan tobt. Ihr könnt euch vorstellen, dass er nicht glücklich darüber ist, beide Babys nicht in die Finger bekommen zu haben."

„Wie schätzt du die Lage ein? Stehen wir kurz vor der Eskalation?"

Mr. Francis nickte nur knapp, drehte sich um und verließ eilig den Raum. Er wäre gerne länger geblieben, um sich näher mit den Babys zu beschäftigen, doch er musste dringend nach Lordan City zurück.

„Eskalation?", fragte Oliver und zog die Augenbrauen hoch.

„Was meinte er damit?", fragte Mason stirnrunzelnd.

„Die Regierung wird nun noch härter gegen die Opposition vorgehen. Vermutlich geht sie davon aus, dass ihnen Oppositionelle zuvorgekommen sind bei den Neugeborenen", erwiderte Ian. „Die Babys bringen das Fass gerade zum Überlaufen."

„Verdammt", murmelte Mason.

„Geht schlafen. Wer weiß, was in den kommenden Tagen auf uns zukommen wird. Wir brauchen unsere Energie in den nächsten Tagen", erwiderte Ian.

Wie aufs Stichwort gähnten Daniel und Noel gleichzeitig. Es war schon spät und allen steckte die Aufregung der letzten Tage in den Knochen.

Scarlett hob Emma in den Arm und bedeutete Mason, Liam ebenfalls hochzuheben.

„Schlafen die beiden bei uns?", fragte er.

„Nö. Die kleinen Racker schlafen bei *mir*", sagte Scarlett bestimmt und ging, ohne den Blick von Emma abzuwenden, in Richtung Schlafzimmer.

„Ich glaub, Scarlett gehen die Hormone durch", raunte Mason Oliver im Vorbeigehen zu.

*

Vollkommende Totenstille. Man hätte in diesem Moment eine Stecknadel fallen hören können.

Ephraim Lordan starrte Militäroberst Torry eiskalt an. Torry schwitzte am ganzen Leib. Er blickte Hilfe suchend in die Runde, doch alle anderen Oberste starrten auf die Tischplatte. Nur Franklin Cisco erwiderte seinen Blick mit einem resignierten Ausdruck. Torry hatte soeben seinen Lagebericht beendet, in dem er seine Misserfolge darlegen musste. Dass insgesamt zwei Babys ohne Zeichen auf die Welt gekommen waren und er es nicht zustande brachte, beide lebend zum Landesführer zu bringen. Dass sie sowohl beim ersten als auch beim zweiten Geschehen vermutlich von Oppositionellen an der Nase herumgeführt worden waren.

Lordan schob seinen Stuhl zurück und stand langsam auf. Er funkelte Torry an. Jeder spürte die unbändige Wut, die vom ihm ausging.

„Ihr sagt mir also, dass die Opposition sowohl das erste als auch das zweite Baby in ihre Gewalt gebracht hat und dass ihr auf Basis 29 nichts als ein paar Jugendliche vorgefunden habt."

Torry schluckte merklich und nickte.

„Und Logan Grey konnte in Lordan City entkommen, während seine Mistkröten auch noch unsere Truppen angegriffen haben."

Ephraim Lordan bewegte sich langsam um den Tisch herum. Torry wagte es nicht, sich umzudrehen.

Plötzlich durchriss ein lauter Knall die Stille.

Am Tisch bemühten sich alle darum, nicht in Panik auszubrechen.

Torrys Kopf hatte ein riesiges Loch und lag mit aufgerissenen Augen auf der Tischplatte. Aus der Schusswunde trat eine große Blutlache aus, die sich auf dem Tisch ausbreitete und nach wenigen Augenblicken auf den Boden tropfte.

Ephraim Lordan blickte mit eisernem Blick in die Runde und steckte sich seine Handfeuerwaffe wieder in den Hosenbund am Rücken.

Er wandte sich an Medienoberst Baldwin.

„Live-Übertragung an das Volk. Jetzt sofort."

*

Am nächsten Morgen wachte Scarlett auf und fühlte sich vollkommen erschöpft. Die letzten Tage waren körperlich und psychisch anstrengend gewesen. Sie tastete nach Liam und Emma, die am Vorabend friedlich mit ihr eingeschlummert waren. Doch das Bett war leer. Keine Babys. Scarlett riss erschrocken die Augen auf und sah sich hektisch im Raum um. Auch Mason war nicht mehr im Bett. Sie schlüpfte eilig aus dem Bett, riss die Tür auf und wollte den Gang zum Gemeinschaftsraum entlangrennen, als sie Maria entdeckte, die sich lässig an eine Wand des Ganges lehnte.

Maria drehte sich zu ihr um und legte lächelnd einen Finger an die Lippen, sie solle leise sein.

In der Küche spielte Radio-Musik und das Geräusch einer brutzelnden Pfanne war zu hören.

Scarlett schlich sich neben Maria. Ihr klappte beinahe die Kinnlade herunter, als sie Mason und Oliver mit den Babys sah.

„Großartig, oder?", flüsterte Maria belustigt. „Die beiden haben sie sogar gerade schon mit Fläschchen gefüttert, das war richtig süß zu beobachten."

„Wenn ich es nicht mit eigenen Augen sehen würde, würde ich es nicht glauben", raunte Scarlett zurück.

Mason und Oliver hatten beide Tragetücher umgebunden, sodass die Babys an ihrer Brust Halt fanden und wippten im Takt der Musik hin und her. Oliver saß am Küchentisch und tippte auf seinem Laptop, während Liam seine Bewegungen auf der Tastatur mit großen Augen verfolgte.

Mason hatte Emma vor sich und bereitete Rührei in einer großen Pfanne zu, wobei er die Melodie des Songs mitsummte.

Oliver stand auf und klappte seinen Laptop zu.

„Ich brauch Kaffee. Ohne geht gar nix, Liam. Das wirst du noch schnell genug lernen."

Oliver wippte mehrmals auf und ab.

„Schon praktisch, wenn die da einfach so vorne dranhängen. Als wäre man ein Känguru", wandte er sich an Mason.

„Sag ich doch! Jetzt hör auf so zu wippen, ich glaub, das ist nicht gut für Babys, wenn die so geschüttelt werden."

Maria und Scarlett konnten nicht mehr. Sie prusteten los. Allein beim Känguru musste sich Scarlett bereits die Seite halten.

Mason und Oliver drehten sich mit beleidigter Miene um.

„Da kümmert man sich ums Essen und um die Babys und wird dafür ausgelacht", sagte Mason.

„Aber echt, das ist nicht cool, Mädels!", ergänzte Oliver, während er seinen Zeigefinger in die Kaffeetasse tunkte und Liam an den kleinen Mund hielt.

„Spinnst du? Hör auf ihm Kaffee ins Gesicht zu schmieren!", rief Scarlett entgeistert.

Liam nuckelte an Olivers Finger. Der grinste.

„Ihm schmeckt's offensichtlich. Er weiß halt, was gut ist."

Scarlett streckte fordernd die Arme aus.

„Gib ihn mir."

„Nope. Wir kommen bestens klar."

In diesem Moment kam Ian zur Tür herein, bepackt mit riesigen Tüten.

„Du meine Güte, was hast du denn da alles dabei?", fragte Maria.

„Babysachen. Ich hoffe, ich habe an alles gedacht, was sie brauchen könnten", schnaufte Ian.

Maria und Scarlett machten sich begeistert über den Inhalt der Tüten her und zogen Windeln, Kleidung, Babynahrung und Spielsachen hervor.

Ian ging nochmals auf den Flur und rollte ein fahrbares, hölzernes Babybett herein.

„Eine der Küchenhilfen hatte das noch übrig und hat es uns überlassen. Denke, es wird seinen Zweck erfüllen."

Maria lächelte.

„Danke, Ian."

Ians Handy klingelte. Er fluchte den Anrufer leise an und legte zähneknirschend auf.

„Eric und Ava sind wohl angekommen. Mr. Cunningham weigert sich aber sie reinzulassen. Dieser sture, nachtragende Kerl!"

Ohne einen weiteren Kommentar lief Ian eilig aus der Wohnung. Es dauerte nicht lange und er tauchte mit den beiden im Schlepptau wieder auf.

Peter, Daniel und Noel, die sich in der Zwischenzeit zur Gruppe gesellt hatten, liefen den beiden aufgeregt entgegen.

„Wieso seid ihr zusammen angekommen?", fragte Noel prompt drauflos.

Eric lächelte.

„Tatsächlich sind wir gleichzeitig angekommen. Ich habe Ava auf den Feldwegen hier rauf aufgegabelt."

Ava sah aus, als käme sie vom Campen. Ihre Haare waren struppig. Zweige und Blätter hatten sich darin verfangen. Ihr Gesicht war an einigen Stellen schmutzig. Eric hingegen sah aus, als hätte er am Morgen eine frische Dusche gehabt, weshalb ihm seine Schwester abfällige Blicke zuwarf. Ihr Bruder sah nicht danach aus, als käme er aus einem Kampf um Leben und Tod.

Ava hatte Hunger. Sie steuerte direkt auf Masons frisch zubereitetes Frühstück zu. Während sie sich Rührei auf einen Teller schaufelte, betrachtete sie Emma in ihrem Tragetuch nachdenklich.

Sie setzte sich neben Oliver und Liam und begann zu essen. Plötzlich hob sie einen Arm von Liam an und dann den anderen.

„Hm", brummte sie und kniff die Augen zusammen.

„Komisch, oder?", fragte Oliver.

Ava nickte.

Die anderen nahmen währenddessen ebenfalls Platz und Eric erzählte, wie es ihm ergangen war. Als er an der Stelle ankam, dass er nur sehr zögerlich unter Beschuss geraten war und vermutete, dass sie das Baby dieses Mal lebend haben wollten, nickte Mason aufgeregt mit dem Kopf.

„Das war bei uns auch so! Die wollten das Baby nicht töten, sondern mitnehmen."

Eric brummte zustimmend.

„Was mich allerdings gewundert hat, war, dass Logan und seine Leute gar nicht aufgekreuzt sind."

„Oh, das Schwein war in Lordan City und hat deine Schwester verfolgt", knurrte Maria. Sie ballte ihre Hand zu einer Faust und bemühte sich um eine ruhige Tonlage.

„Warum kommt er beim zweiten Baby, aber nicht beim ersten? Noch dazu, wenn es im Westen geboren wird in der Nähe von Basis 29?" Eric schüttelte verwirrt den Kopf.

Ian räusperte sich leise.

„Weil Basis 29 aufgeflogen ist."

„Was sagst du da?", rief Maria mit geweiteten Augen.

Ian nickte bedauernd.

„Euer Helikopter war zwar nur kurz auf dem Radar der Regierung, aber es hat ausgereicht."

Maria sah sehr beunruhigt aus. Eric hingegen zuckte nur mit den Achseln.

„Die Kinder sind nicht dumm. Sie haben sich sicher im Keller eingebunkert und nur ein paar oben gelassen für die Durchsuchung. Das haben wir immer so gemacht."

„Logan hat bestimmt das Weite gesucht und ist uns dann in Lordan City auf den Pelz gerückt", erwiderte Maria wütend.

Ava beteiligte sich nicht an den Überlegungen, sondern betrachtete Oliver nachdenklich beim Kauen.

Oliver rutschte unbehaglich auf seinem Stuhl herum. Ihre verschiedenfarbigen Augen schüchterten ihn ein. Er wusste einfach nicht, auf welches Auge er sich konzentrieren sollte und starrte stattdessen in seine Kaffeetasse.

„Du hast uns geholfen", sagte Ava und wie immer, wenn sie den Mund aufmachte, verstummten die Gespräche.

„Ach, so viel habe ich jetzt auch nicht gemacht", winkte Oliver unsicher ab. Er wurde puterrot.

„Doch, du warst sehr nützlich", erwiderte sie mit Nachdruck.

Oliver wusste nicht, wie er reagieren sollte und sagte lieber gar nichts. Eric betrachtete seine Schwester nachdenklich und nickte Oliver zu.

„Du hast wirklich was drauf."

Ians Handy unterbrach die Unterhaltung und fiel vibrierend beinahe vom Tisch.

Als Ian antwortete und seinem Anrufer zuhörte, wurde er in Sekundenschnelle aschfahl im Gesicht. Er schnappte sich die Fernbedienung vom Tisch und schaltete hastig den Fernseher ein.

„Verstanden", presste er mühsam hervor und legte auf.

Als Ephraim Lordan auf dem Bildschirm erschien, standen alle eilig auf und versammelten sich vor dem Fernseher. Ian drehte den Ton auf.

„… heute erkläre ich allen Aufständischen und Oppositionellen offiziell den Krieg. Was genug ist, ist genug. In diesem Land gibt es nur eine Führung und das ist die legitimierte Lordan-Regierung. Viele Regierungstreue verloren in den Kämpfen der letzten Tage ihr Leben. Dieses Verhalten wird nicht länger ohne harte Strafen hingenommen! Einige Stadtviertel in Lordan City als auch der Osten und der Norden werden in den nächsten Tagen auf unbestimmte Dauer abgeriegelt. Bis auf Weiteres gibt es keine Wunschlotterie mehr und Tauschbörsen werden geschlossen. Versucht nicht über die Grenzen zu kommen! Wer sich unerlaubterweise aus seinem Territory entfernt, muss mit Verhaftungen oder sofortigem Tod durch Erschießen rechnen. Au…"

Die Übertragung stockte und der Bildschirm wurde schwarz.

„Was ist los? Warum ist das Bild weg?", fragte Peter aufgebracht.

Scarlett zuckte merklich zusammen, als plötzlich Logan Grey ins Bild trat. Er saß an einem schwarzen Tisch, flankiert von zwei bewaffneten Männern. Er blickte bedrohlich in die Kamera.

„Zeit, zurückzuschlagen. Das Lordan-Regime wird euch alles nehmen. Ihr werdet leiden, wenn ihr euch nicht wehrt! Es ist Zeit für eine Revolution und ich kämpfe an eurer Seite, um uns vom Süden und Westen zu holen, was uns genommen wurde!"

Logan Grey schloss mit einem simplen Satz:

„Erhebt euch."

Eric brüllte erbost auf, als er die ineinander verschlungenen Unendlich-Zeichen über den Bildschirm flimmern sah.

„Er missbraucht unser Zeichen für seine politischen Ziele, die überhaupt nichts mit dem zu tun haben, was wir erreichen wollen!", rief er wutentbrannt aus und fing an, auf und ab zu tigern.

Oliver wog nachdenklich den Kopf.

„Wie hat er das bloß angestellt, sich in die Leitung des Medienkanals zu schalten? So eine Blockade, auch wenn es nur für wenige Sekunden ist, ist sehr schwer umzusetzen!"

„Haben wir jetzt Krieg?", fragte Noel ängstlich.

„Ja. Wir müssen uns vorbereiten", erwiderte Ian mit ernster Miene und schritt entschlossen zum Tisch zurück.

„Es wird hässlich werden an den Grenzen und die Heiligenstätten benötigen Unterstützung. Wir müssen Essen und vor allem Medizin in den Norden und Osten schaffen."

„Wir müssen aber auch nach dem Ort suchen, wo sich das Mittel befindet", warf Eric ernst ein.

„Logan muss gestoppt werden. Wir müssen die Basis finden, auf der er das Zeug herstellt", stimmte ihm Maria zu.

Eric raufte sich resigniert die Haare.

„Aaarrgh, wenn es nur nicht so viele wären, die wir absuchen müssten!"

„Warum sucht ihr nicht da, wo die Spinnen sich aufhalten?", warf Peter ein.

„Was meinst du damit?", fragte Eric ungeduldig.

„Na ja, wie ich es euch erklärt habe: Ohne das Gift der Spinne kann das Mittel nicht produziert werden. Sie ist verdammt schwer zu finden und schlüpft am häufigsten zur Regenzeit im Eastern Territory. Logan weiß das und schickt seine Leute zum Einfangen der Biester bestimmt in die Gebiete, wo sie am häufigsten vorkommen. Geht dorthin und ihr findet sicher einen Jäger, dem ihr zum Ort der Mittelproduktion folgen könnt."

Alle starrten Peter verblüfft an.

„Mann, du bist Gold wert", platzte Oliver beeindruckt heraus.

„Und was ist mit Emma und Liam?", fragte Mason und streichelte Emma über den kleinen Kopf, die alles mit ihren großen Augen beobachtete.

„Wir müssen uns um sie kümmern!"

Ian nickte verständnisvoll.

„Wir müssen uns aufteilen. Wir können nicht alles gleichzeitig erledigen. Wir brauchen ein Team, das sich darum kümmert, die Mittelproduktionsstätte zu finden. Dann brauchen wir Leute, die sich um Emma und Liam kümmern und als letztes ein Team, das an die Grenzen zum Eastern und Northern Territory fliegt, um dort zu helfen."

Ian blickte auffordernd in die Runde.

Scarlett räusperte sich.

„Ich möchte hierbleiben und mich um Emma und Liam kümmern."

Mason atmete erleichtert auf. Er hatte schon befürchtet, sie würde sich für einen der beiden Einsätze melden, die mehr als gefährlich werden würden.

„Gut. Peter, Daniel und Noel werden dir Gesellschaft leisten", bestimmte Eric.

Peter schnaubte empört auf.

„Aber ich will kämpfen! Wieso muss ich bei den Babys bleiben?"

„Weil Logan Grey nach euch sucht! Dass du auf der Baby-Mission dabei warst, war schon riskant.

Doch an den Grenzen wird es sicher von Oppositionellen wimmeln, unter ihnen bestimmt auch einige aus Basis 29, die dich kennen."

„Abe…", versuchte Peter zu widersprechen, doch als Eric ihn wütend anfunkelte, hielt er lieber den Mund.

„Wir bleiben gerne bei dir", zwinkerte Daniel Scarlett zu. Er fand Peters Verhalten ihr und den Babys gegenüber sehr unhöflich. Auch Noel strahlte sie an. Scarlett lächelte dankbar.

„Ich möchte mit an die Grenzen, wir brauchen Videomaterial", fuhr Ian fort.

„Videomaterial?", fragte Oliver neugierig.

„Oh ja. Jeder von euch wird auf einem Einsatz mit so einem Ding ausgestattet. Ich möchte alles – wirklich alles – aufgezeichnet haben."

„Wofür?", fragte Mason.

„Wir brauchen Beweismaterial. Bilder und Videos, die diesen schrecklichen Krieg festhalten werden, die Logan Greys Machenschaften aufdecken. Wir dürfen nichts dem Zufall überlassen."

Alle nickten.

„Dann begleite ich dich an die Grenze und gebe dir Rückendeckung", erwiderte Eric und nickte Ian zu. Die beiden verstanden sich gut. Ian konnte Anweisungen geben und hatte keine Angst. So jemanden konnte Eric gut in seinem Team gebrauchen.

„Oliver, dann würde es vielleicht Sinn machen, wenn du nach dem Mittel suchst. Ihr müsst in der Spinnenregion Kameras installieren und dafür braucht es technisches Verständnis, das du allemal hast", fuhr Ian zufrieden fort.

„Warum müssen dort mehrere Kameras installiert werden? Du meintest doch, jeder von uns bekommt eine mit, um wichtige Szenen aufzuzeichnen?", fragte Oliver.

„Weil ihr nicht überall zur gleichen Zeit sein könnt. Die Kameras können euch dabei helfen, die Jäger besser ausfindig zu machen", antwortete Ian. „Laut Peter ist das Spinnengebiet riesig. Verteilt in regelmäßigen Abständen die Kameras, während ihr das Gebiet durchkämmt. Verbindest du die Kameras mit deinem Handy, erfährst du über ein installiertes Alarmsignal, wenn die Kameras eine Bewegung aufzeichnen. So bekommt ihr es auf eurem Einsatz sofort mit, wenn Jäger in dem Gebiet herumstreifen und könnt ihnen folgen. Das ist vielleicht Erfolg versprechender, als wenn ihr nur daraufsetzt, zufällig einem von Logans Leuten über den Weg zu laufen."

Oliver zog anerkennend die Augenbrauen hoch.

„Das ist eine clevere Herangehensweise. Ich übernehme das", erwiderte er.

„Nicht allein. Ich begleite ihn", sagte Ava kurz angebunden.

Oliver warf Ava einen unsicheren Blick zu. Sie hatte sich einfach ins Gespräch eingehakt. Normalerweise überließ sie das Kommando ihrem Bruder.

„Dann schließe ich mich euch an", sagte Mason und nickte Oliver freundschaftlich zu.

„Es braucht keine drei Leute", widersprach Ava.

Schweigen. Selbst Eric betrachtete seine Schwester mit einem Stirnrunzeln.

„Dann kommst du bei uns mit, Mason. Wir können einen Dritten im Bunde gut gebrauchen", entschied Ian bestimmt.

Mason nickte. Oliver sah ihn ein wenig verzweifelt an, was Mason nur mit einem Schulterzucken quittierte.

„Ich komme ebenfalls mit an die Front und helfe bei der Versorgung von Verletzten", schloss sich Maria Erics Gruppe an.

„Perfekt, dann haben wir uns doch gut aufgestellt", warf Ian ein. „Scarlett, Peter, Daniel und Noel bleiben hier. Eric, Mason, Maria und ich gehen an die Grenzen und Ava und Oliver suchen nach den Spinnenjägern, denen sie zum Ort der Mittelproduktion folgen können."

Alle nickten zufrieden.

„Dann lasst uns heute gleich mal mitanpacken. Der Transporthubschrauber muss mit Essen und Medikamenten beladen werden, wir brauchen Waffen, Munition und haufenweise Kameras", sagte Ian abschließend.

*

Es war ein langer Tag gewesen, an dem sie alle Vorkehrungen getroffen hatten. Währenddessen lief beinahe durchgehend der Fernseher, um keine weiteren Verkündungen zu verpassen. Ephraim Lordan demonstrierte, wie mehrere Panzerfahrzeuge sich auf den Weg an die Grenzen machten. Außerdem wurden riesige Transporter, beladen mit Stacheldrahtzaun, auf den Weg geschickt.

Alle waren bereits ins Bett gegangen. Oliver hingegen wollte noch überprüfen, ob bereits Wiedergeburten von Graham oder Michael verzeichnet wurden. Er prüfte die Geburtenliste alle paar Tage. Nichts. Oliver seufzte. Er bezweifelte, dass die beiden so schnell wiederkommen würden, nachdem sie unter solchen Umständen hatten sterben müssen.

Er prüfte außerdem ihre eigenen Statusmeldungen, die unter ihrem digitalen Zeichen gespeichert wurden. An dem Fahndungsaufruf nach Mason, Scarlett und ihm hatte sich nichts verändert. Rein aus Neugierde prüfte Oliver auch den Status seines ehemaligen Lehrers. Ians letzter Status stand auf „Kündigung". Oliver überflog die Daten aus Ians Zeichenakte und las lediglich das Gleiche, was ihnen ihr Lehrer auch schon vor einigen Tagen erzählt hatte.

Oliver schüttelte den Kopf. Es war unglaublich, was Ian aufgegeben hatte, um sich dem Kampf für die Gerechtigkeit anzuschließen. Es stand viel Arbeit an. Oliver gähnte und klappte den Laptop zu.

Er stand auf und ging in den Flur, um zu seinem Zimmer zu gelangen. Plötzlich öffnete sich die Tür des ersten Zimmers und eine weibliche dunkle Stimme raunte leise seinen Namen. Oliver fuhr erschrocken zusammen.

„Ava?", fragte er leise, als er den Kopf wandte und ihren weißblonden Bob im Türspalt ausmachte.

„Komm rein", murmelte sie leise zurück und öffnete ihre Tür ein Stück weiter.

Oliver blickte sie ungläubig an.

„Hab ich Scheiße gebaut?", fragte er verunsichert und rührte sich nicht von der Stelle.

Ava wurde ungeduldig.

„Ich will mich nicht zwischen Tür und Angel unterhalten, komm rein jetzt."

Oliver betrat zögerlich Avas Zimmer. Er hatte keinen blassen Schimmer, was Ava ihm wohl zu sagen hatte. Dass sie ihm überhaupt was zu sagen hatte, wo sie beinahe nie wirklich redete. Seine Gedanken rasten. Er überlegte, was er verbockt haben könnte, dass sie ihn so spät in ihr Zimmer bat. Auf ihrer Kommode lagen unzählige Wurfsterne, Messer und auseinandergenommene Handfeuerwaffen, was Oliver nur noch nervöser werden ließ.

Er drehte sich um. Ava schloss gerade die Tür hinter sich und blickte ihm stumm in die Augen. Oliver guckte betreten drein.

„Ähm, okay ... was ist nun?"

„Kannst du dir das nicht denken?"

„Hä?"

„Ich dachte, du weißt es. Ich hab so viel mit dir geredet", antwortete sie mit einem leicht verwirrten Ausdruck im Gesicht.

Oliver kam sich vor, als wäre er in einem falschen Film gelandet.

„Bitte was? Du hast kaum ein Wort mit mir gewechselt."

„Ich will, dass du mit mir in den Osten gehst."

Oliver nickte. Zumindest das verstand er, schließlich war er bei der Gruppeneinteilung dabei und hatte sich dabei schon gewundert, warum sie gerade mit *ihm* dorthin wollte.

„Ja, das hab ich nicht so ganz kapiert."

„Okay … ich glaub, dann bin ich nicht so gut darin."

„Worin?"

„Na ja. Ich hab das noch nie gemacht."

„Was denn?"

„Ja, jemandem klarmachen, dass ich Zeit mit ihm verbringen will."

Oliver klappte die Kinnlade herunter.

„Du willst mich im Osten dabeihaben, weil du Zeit mit mir verbringen willst?"

„Ja. Hast du was auf den Ohren?", fragte sie und hob angriffslustig das Kinn.

Oliver schüttelte vollkommen überrumpelt den Kopf.

„Willst du nicht?", fragte Ava.

„Scheiß die Wand an", murmelte Oliver perplex.

„Was hast du gesagt?", fragte sie scharf und kam bedrohlich näher.

Oliver ruderte abwehrend mit den Armen.

„Sorry, aber auf Basis 29 hast du mir beim Training fast das Ohrläppchen abgehackt, du redest vielleicht drei Worte am Tag, jeder scheißt sich halb ein, wenn du nur den Raum betrittst und jetzt sagst du mir, dass du mit mir allein auf Mission gehen willst, weil du Zeit mit mir verbringen willst? Weißt du eigentlich, wie schräg das ist?"

Ava zog hörbar den Atem ein.

„Vergiss es. Ich mag dich. Ich dachte, das wäre offensichtlich."

„Das hab ich nicht bemerkt. Tut mir leid, ich bin echt ein Pfosten bei so was. Ich wäre einfach nie draufgekommen, weil du älter bist und so."

Oliver zuckte hilflos mit den Schultern und konnte nicht aufhören, Ava unentwegt anzustarren.

Ava grinste schief.

„Ich kann es wohl auch nicht."

Oliver sah sie unsicher an.

„Ähm. Willst du ein Date oder so was?"

Ava schüttelte vehement den Kopf.

„Nein, sowas kann ich nicht. Ich hab mich noch nie wirklich für einen Mann interessiert. Aber du bist irgendwie anders."

Oliver wurde automatisch ein paar Zentimeter größer, als sie ihn als Mann bezeichnete. Während sie sprach, näherte sie sich langsam seinem Gesicht. Oliver spürte ihren Atem auf seiner Haut und bekam Gänsehaut. Plötzlich trafen ihre Lippen zögerlich auf seine. Oliver riss überrascht die Augen auf. Damit hatte er nicht gerechnet.

Nein, verdammt nochmal – mit dem ganzen restlichen Verlauf des Abends hatte er nicht gerechnet. Sicher wachte er gleich auf, denn das musste ein Traum sein.

*

Am nächsten Morgen legte Mason seinen Kopf auf Scarletts Schulter, als sie sich eine Tasse Kaffee in der Küche einschenkte. Nachdem sie beide früh aufgewacht waren, schlug Scarlett bis zum gemeinsamen Frühstück mit den anderen zumindest einen ersten Kaffee im Bett vor.

„Hmmmm…", brummte er zufrieden.

„Daran könnte ich mich gewöhnen."

Scarlett lächelte und füllte eine zweite Tasse mit Kaffee.

Die beiden wollten gerade auf ihr Zimmer zurück, als sich plötzlich Avas Tür öffnete. Ein sichtlich zerzauster Oliver stolperte beinahe heraus, als würde er geschubst werden.

Oliver drehte sich um und wollte etwas sagen, doch da schlug ihm die Zimmertür bereits vor der Nase zu. Er hatte lediglich seine Hose an, in der Hand hielt er ein zusammengeknülltes T-Shirt.

Scarlett ließ prompt ihre Kaffeetasse fallen. Die Tasse zersprang mit einem lauten Klirren und das heiße Gebräu verteilte sich auf dem Boden vor ihr. Sie und Mason starrten ihren Freund mit offenen Mündern an.

„Was hast du da drin gemacht, Mann?!", fragte Mason ungläubig.

Oliver sah sie mit einem verdatterten Gesichtsausdruck an. Zum ersten Mal schien es ihm die Sprache verschlagen zu haben, denn er antwortete nicht sofort. Er holte zweimal Luft und öffnete den Mund, schloss ihn jedoch sofort wieder. Dann streckte er seinen Arm aus und hielt ihn Scarlett hin.

„Kneif mich mal", forderte er.

Scarlett starrte Oliver verwirrt an, hob ihre Hand und zwickte ihm in den Unterarm.

Oliver fluchte laut und zog den Arm hastig zurück.

„Okay, ich bin wach. Dann, ähm … kann ich es nicht erklären", murmelte er, drehte sich kopfschüttelnd um und eilte hastig auf sein Zimmer.

„Oliver!", rief ihm Scarlett hinterher, doch er drehte sich nicht mehr um.

Scarlett und Mason standen wie vom Donner gerührt im Flur und mussten sich erstmal sammeln. Mason brach die Stille, indem er plötzlich lauthals zu lachen anfing.

„Was?", fragte Scarlett.

„Passt irgendwie. Ich kanns nicht erklären, aber die beiden sind so dermaßen schräg, dass es einfach passt."

„Ernsthaft? Ich hab nicht den Hauch eines Funkens zwischen den beiden bemerkt! Glaubst du wirklich, die beiden haben was miteinander? Sie ist doch viel älter als er!", widersprach Scarlett aufgebracht.

„Und wenn sie was miteinander haben? Was macht das schon? Die paar Jahre Altersunterschied machen doch nichts. Oliver konnte noch nie was mit Mädchen in unserem Alter anfangen. Vielleicht ist Ava gar nicht mal so schlecht für ihn."

Scarlett schürzte nachdenklich die Lippen. Mason runzelte die Stirn und sah seine Freundin ernst an.

„Ich bin zumindest froh, dass er nicht doch etwas von dir will."

Scarlett fuhr herum und starrte Mason entsetzt an.

„Was hast du gerade gesagt?"

„Ach komm. Du und Oliver habt irgendeine Verbindung, bei der ich nicht durchsteige. Ich hatte immer das Gefühl, dass er ein bisschen für dich schwärmen könnte. Und ihr beiden seid euch in eurer Art so ähnlich, da frage ich mich schon manchmal, warum du nicht mit ihm zusammengekommen bist."

Scarlett klappte den Mund auf und wieder zu. Anscheinend hatte das Mason schon länger beschäftigt. Sie griff nach seiner Hand und zog ihn zurück in den Gemeinschaftsraum. Scarlett bugsierte ihren Freund aufs Sofa und blickte ihm ernst ins Gesicht.

„Mason, ich liebe dich."

Mason starrte in seine Kaffeetasse.

„Okay."

„Weißt du auch warum?"

Mason blickte auf und schüttelte den Kopf.

Scarlett seufzte.

„Mason, ich fluche, ich habe keine Manieren und ein cholerischer Anfall folgt auf den nächsten. Der Einzige, der mich beruhigt, runterbringt und auffängt, bist du. Du bist mein Fels in der Brandung."

Mason verzog das Gesicht zu einem Lächeln.

„Ja, du bist manchmal echt bescheuert."

Scarlett raufte sich die Haare.

„Mason, welcher Kerl würde denn mit mir klarkommen außer dir? Wenn ich einen Wutausbruch habe, rastet Oliver auch aus und wir würden uns nach ein paar Minuten die Köpfe abreißen. Ich brauche einen Mann an meiner Seite, mit dem ich auch irgendwann mal eine Familie gründen kann, auf den ich mich verlassen kann."

Mason zog die Augenbrauen hoch.

„Du willst mal Kinder haben?"

Scarlett biss sich auf die Lippe. Da waren ihr die Worte davongaloppiert.

„Ach Kacke, verdammt nochmal!", fluchte sie.

Mason lachte und drückte Scarlett mit einem Ruck an seine Brust.

„Schon gut, mach dir nicht ins Hemd. Du bist und bleibst mein kleines Weiß…"

„Sag's nicht", unterbrach ihn Scarlett.

„Sorry."

Scarlett hob den Kopf und murmelte: „Wir müssen auf Oliver aufpassen. Jetzt wo Liam und Emma ihm nicht den Kopf waschen können, wenn er wieder ausflippt."

Mason lachte leise.

„Ähm, ich glaub ich bin hier derjenige, der auf euch *beide* aufpassen muss, damit ihr keinen Scheiß macht."

„Schnauze."

„Shhhh."

Scarlett hob lachend den Kopf.

„Dieser Deep-Talk lässt mich bald glauben, wir mutieren noch zu Liam und Emma."

Mason grinste breit und seine Augen funkelten belustigt.

„Naaaah, davon sind wir noch weit entfernt", lachte er.

*

Beim Frühstück schien sich die Unterhaltung rein durch Blickduelle abzuspielen. Mason und Scarlett konnten nicht anders. Ihre Blicke schweiften ständig zwischen Oliver und Ava hin und her. Oliver starrte Ava so verzückt an, dass er sich, ohne es zu merken, Butter auf seine Hand schmierte anstatt auf eine Scheibe Brot. Die schenkte seinen Blicken keine Beachtung und vertiefte sich in ihre Müslischale. Auch Maria fiel die Spannung am Tisch auf. Ihr Blick wanderte durch die Runde und sie blieb am verträumten Oliver hängen, der Ava offensichtlich anschmachtete. Marias Lippen kräuselten sich zu einem Lächeln.

Eric kaute auf seinem Brot herum und wurde durch das Grinsen von Scarlett, Mason und Maria auf Oliver aufmerksam, dem er gegenübersaß. Er folgte Olivers kuhäugigem Blick zu seiner Schwester. Erics Gesicht verzog sich zu einer grimmigen Grimasse. Plötzlich holte er mit der Faust aus und schlug auf den Tisch. Alle erschraken und zuckten zusammen. Ian blickte verdattert in die Runde, er hatte überhaupt nichts mitbekommen.

Eric beachtete sie nicht und starrte seine Schwester vorwurfsvoll an.

„Ist das dein Ernst?", zischte er wütend.

Ava blickte desinteressiert auf und warf ihrem Bruder einen abfälligen Blick zu. Sie zuckte mit den Achseln, sah Oliver an und zwinkerte ihm einmal zu.

Oliver erwiderte ihre Geste mit einem strahlenden Lächeln. Als er Erics Miene sah, gefror ihm das Lächeln jedoch sofort wieder. Eric sah aus, als würde er ihm am liebsten den Hals umdrehen.

„Kann ich mal die Marmelade haben?", fragte Oliver Scarlett nervös.

Eric, der sich gerade einen Marmeladentoast geschmiert hatte, hob seine Scheibe Toast blitzschnell hoch und drückte sie Oliver mitten ins Gesicht.

Am Tisch hielt jeder den Atem an.

Normalerweise wäre Oliver bei solch einer Aktion aus der Haut gefahren. Doch vor Eric hatte er Schiss. Er zog sich in gespielter Gleichgültigkeit langsam den Toast vom Gesicht und warf Eric einen berechnenden Blick zu.

„Danke, genau da wollte ich sie haben."

Eric nickte ihm angriffslustig zu. Seine Gestik signalisierte, dass es nur noch wenig brauchte, um das Fass zum Überlaufen zu bringen.

„Haben die beiden Streit?", flüsterte Noel am anderen Ende des Tisches mit großen Augen.

„Keine Ahnung. Wir haben irgendwas verpasst", antwortete Peter mit gerunzelter Stirn.

„Ich kapier's auch nicht", raunte Daniel aufgeregt.

Ian wollte gerade den Mund öffnen, um zu fragen, was zur Hölle denn los sei, da wurde die Stille am Tisch plötzlich durch Emmas Lachen durchbrochen.

Scarlett, die sich Emma im Wickeltuch umgebunden hatte, sah verblüfft in die Runde.

Emmas Blick war auf Olivers Marmeladengesicht gerichtet. Liam, den Mason vor sich hatte, wurde von Emmas Lachen angesteckt und fing ebenfalls an zu gackern.

„Es ist das erste Mal, dass ich die beiden lachen höre!", rief Scarlett glücklich.

Das Lachen der beiden Babys war so ansteckend, dass der gesamte Tisch mitlachen musste. Sogar Eric konnte sich ein Grinsen nicht verkneifen.

Oliver schwellte beinahe stolz die Brust.

„Ich bin immer gerne der Auslöser für einen Babylacher."

In diesem Moment wurde die Tür zur Wohnung aufgestoßen und ein sichtlich müder Mr. Francis kam herein.

„Guten Morgen allerseits", begrüßte er sie freundlich.

Ian nickte ihm mit ernster Miene zu.

„Wir haben gestern beim Beladen des Transporthubschraubers geholfen. Heute kann ich die bestellten Kameras abholen und wir bekommen noch eine Einweisung vom Piloten in die Routenführung."

Mr. Francis quittierte seine Ausführungen mit einem knappen Nicken und blickte ernst in die Runde, wobei er bei Peter hängen blieb.

„Gestern wurden zwei vom Beraterstab entführt. Sie sind wie vom Erdboden verschluckt."

Betretenes Schweigen.

„Wer?", fragte Ian.

„Bildungsoberst Collins und Finanzoberst Walsh. Zufällig die beiden, die die Beschlüsse in die Wege geleitet haben, dass Tauschbörsen und die Wunschlotterie geschlossen werden. Walsh hat die Gelder lockergemacht, damit der Bau der Grenzzäune sofort starten kann."

„Und beide sind einfach verschwunden?"

Mr. Francis nickte. Seine Augen ruhten weiterhin auf Peter.

„Peter, ich muss dich das fragen. Als du deine Erinnerungen zum Mittel preisgegeben hast, hat Logan Grey da irgendwas verraten, was er damit vorhat?"

Peter schüttelte verwirrt den Kopf.

„Nein, das weiß ich nicht."

Mr. Francis biss sich auf die Lippe.

„Morgen früh geht es los. Trefft eure letzten Vorbereitungen und macht euch bereit."

Alle am Tisch nickten.

„Warten Sie!", rief Oliver.

„Was meinen Sie? Warum hat es Logan Grey auf den Beraterstab abgesehen?"

„Ich weiß es nicht. Noch nicht", antwortete Mr. Francis mit gerunzelter Stirn und verließ zügig den Raum.

*

Am Nachmittag bekamen sie alle noch eine Unterweisung in die Routen ihrer jeweiligen Einsätze. Der Pilot des Transporthubschraubers, ein Mittdreißiger namens Owen, klärte Ian, Maria, Mason und Eric darüber auf, wie sie als Erstes in den Norden starten würden, um dort mit der Verteilung des Hilfsmaterials zu beginnen. Peter erklärte Ava und Oliver währenddessen das Spinnengebiet und wo vermutlich die meisten Nester zu finden seien.

Da sie den ganzen Tag hindurch auf Achse waren, gelang es Scarlett und Mason erst am Abend, Oliver auf die Seite zu nehmen.

„Oliver, geht es dir gut?", fragte Scarlett und sah ihm besorgt ins Gesicht.

Oliver sah sie verwirrt an.

„Warum sollte es mir nicht gut gehen?"

„Heute Morgen ... was war das?", fuhr Scarlett fort.

„Was meinst du?", erwiderte Oliver grinsend.

„Ach komm, du weißt, was wir meinen", lachte Mason und knuffte Oliver freundschaftlich an die Schulter.

„Ja wollt ihr jetzt wissen, was Ava und ich gemacht haben, oder was?", fragte Oliver angriffslustig.

„Bitte nicht", wehrte Mason ab.

„Was dann?"

Oliver wurde ungeduldig.

„Wie ...", fing Scarlett an, verstummte jedoch wieder und suchte nach den richtigen Worten.

„Also ich meine ... ach scheiße!", entfuhr es ihr.

„Bist du jetzt zu blöd zum Reden?", fragte Oliver belustigt.

Scarlett verengte ihre Augen zu Schlitzen.

„Sorry, Arschloch. Wollte halt wissen, ob es dir gut geht, nachdem du offensichtlich von der Alten gevögelt wurdest."

Mason rollte mit den Augen und legte einen Arm um Scarlett, um sie zu beruhigen.

„Es kam nur so plötzlich. Wir haben uns einfach nur gewundert, das ist alles", lenkte Mason ein.

„Ja schon merkwürdig, dass sich auch mal jemand für mich interessiert, oder?", fuhr Oliver aus der Haut.

„Das haben wir doch gar nicht gesagt, Oliver!", entgegnete Scarlett aufgebracht.

„Aber gedacht habt ihr es! Oliver der dünne Lauch mit der großen Fresse – wer interessiert sich schon für den!"

Scarlett wedelte theatralisch mit den Armen.

„Oh ja, bitte Oliver! Sag mir was ich denke! Am besten mit deiner Glaskugel, denn du weißt ja immer alles!"

Mason wurde es zu bunt.

„Jetzt reicht`s!", rief er laut. Scarlett und Oliver sahen ihn erschrocken an.

„Oliver, behandelt dich Ava nett und war der Sex gut?", bellte er seinen Freund an.

Oliver nickte verdattert.

„Hast du ein Problem damit, dass er mal ein bisschen Spaß hat?", fuhr Mason nun seine Freundin an.

„Nein, natürlich nicht! Ich …", erwiderte Scarlett, doch Mason fiel ihr ins Wort.

„Großartig, dann haben wir das ja geklärt. Oliver, lass es krachen."

Mit diesen Worten drehte sich Mason um und ließ die beiden Streithähne einfach stehen.

Nacht des Grauens

10 Es war ein anstrengender Tag für sie alle. Abgesehen von der körperlichen Anstrengung machte sich vor allem auch eine mentale Anspannung vor den jeweiligen Einsätzen breit. Scarlett hatte ein mulmiges Gefühl bei dem Gedanken mit zwei kleinen Babys und drei halbwüchsigen Jungen in Spero zu bleiben. Da sie jedoch als Älteste mit fünf Geschwistern aufgewachsen war, wusste sie im Innersten, dass sie es schaffen konnte.

Maria nahm Emma und Liam für die Nacht zu sich ins Zimmer. Sie wollte, dass alle nochmal eine ordentliche Portion Schlaf erhielten.

Dass in ihrer letzten Nacht vor ihren Einsätzen etwas Undenkbares passieren könnte, hatte keiner von ihnen voraussahen können. Beide Babys konnten sie vor den Fängen der Regierung und der Opposition bewahren, was ein großer Erfolg war.

Und dann das.

Es war bereits weit nach Mitternacht.

Plötzlich wurde die nächtliche Stille von einem gellenden Babyschrei durchbrochen.

Mason und Scarlett schreckten aus ihrem Tiefschlaf und starrten zur Tür.

„Sind das Emma und Liam?", fragte Mason und sprang auf.

„Die haben noch nie geschrien!", rief Scarlett aufgeregt und rannte kurz darauf den Flur entlang zu Marias Zimmer. Dabei prallte sie beinahe mit Oliver zusammen, den es ebenfalls aus dem Schlaf gerissen hatte. Als Mason, Scarlett und Oliver in Marias Zimmer liefen, fanden sie diese vollkommen entgeistert über das Babybett gebeugt vor. Sie hob Liam heraus, der aus Leibeskräften brüllte.

„Was ist los?", rief Scarlett besorgt.

Liam schrie und zappelte in Marias Armen. Sie hatte Mühe, ihn halten zu können.

Auch Emmas kleiner Körper bäumte sich auf.

Die Schreie waren markerschütternd. Es waren keine Babyschreie, die darauf hindeuten könnten, dass sie Hunger oder eine volle Windel hätten. Es waren Schreie des Schmerzes.

Emmas Körper warf es von einer Seite auf die andere. Ihr Kopf war puterrot angelaufen und sie schrie so laut, dass es Scarlett in den Ohren klang.

„Was ist passiert?", rief Mason über das Gebrüll hinweg und half Scarlett dabei, die kleine Emma aus dem Babybett herauszuheben.

„Ich weiß es nicht!", rief Maria verzweifelt. „Ich bin von dem Geschrei eben erst aufgewacht!"

Ein weiterer gellender Schrei und Maria ließ Liam beinahe fallen, als er sich mit aller Kraft in ihren Armen wand.

Oliver riss erschrocken die Augen auf, als er plötzlich Blut an Marias Händen sah.

„Maria, deine Hände, du blutest!", rief er schockiert.

Maria hielt eine Hand nach oben und sah das Blut daran.

„Um Himmels Willen, das bin nicht ich", flüsterte sie entsetzt.

„Wir brauchen Verbandsmaterial!", rief sie, drückte Liam an ihren Körper und rannte in den Flur. Sie prallte beinahe mit Ava, Eric, Peter, Daniel und Noel zusammen, die ebenfalls von dem Lärm aufgewacht waren und wissen wollten, was passiert war.

Maria ignorierte ihre Fragen und lief eilig in den Gemeinschaftsraum.

„Oliver, breite eine Decke auf dem Sofa aus und hol mir den Erste-Hilfe-Kasten!"

Oliver gehorchte sofort und legte in Windeseile eine Decke auf dem Polster aus. Mason und Scarlett folgten mit Emma und legten sie, wie es Maria mit Liam tat, auf der Decke ab.

Nun sah Maria auch, woher das Blut stammte. Liams Haut war an seinem Bein aufgeplatzt. Ein langer Riss zog sich von seinem Knie bis zur Hälfte des kleinen Oberschenkels.

„Was passiert hier?!", schrie Scarlett verzweifelt. Immer wenn es Emmas Körper herumwarf, musste sie aufpassen, dass sie nicht vom Sofa fiel. Das Geschrei der Babys war ohrenbetäubend.

Plötzlich streckte sich Emmas Ärmchen unnatürlich durch und ihre Haut platzte an der Schulter auf. Aus der Wunde trat sofort Blut aus.

Mason und Oliver starrten entsetzt auf das, was gerade vor ihnen passierte.

„Warum bluten Emma und Liam? Was ist los?", rief Daniel panisch. Er starrte voller Entsetzen auf die blutverschmierten Babys.

Maria und Scarlett pressten Verbandsmull auf die Wunden, um die Blutungen zu stoppen. Es war für alle im Raum schrecklich, die Qualen der Babys mitanzusehen.

„Ava, Eric – bringt die Jungen weg!", brüllte Maria.

In diesem Moment flog die Tür auf und ein rotgesichtiger Mr. Cunningham kam völlig außer sich hereingelaufen.

„Haben Sie eigentlich eine Ahnung, wie laut dieses Geschrei ist! Sie wecken das ganze Ha…"

Als er die brüllenden Babys inmitten von blutigem Verbandsmull sah, faltete er erschrocken die Hände vor dem Gesicht.

„Bei meiner Seele, ich hole sofort Hilfe!", rief er und rannte davon.

„Maria, was passiert hier?", rief Eric, nachdem er die drei Jungen auf ihr Zimmer beordert hatte. Die Situation brachte ihn vollkommen aus der Fassung. Er hatte so etwas noch nie erlebt.

„Ich weiß es nicht!", erwiderte Maria und schrie verzweifelt auf, als Liams Haut plötzlich aussah, als würde sie von innen Blasen werfen.

Scarlett lief Schweiß von der Stirn.

„Irgendetwas passiert mit ihren Körpern! Als würde sich von innen etwas herausdrücken wollen!"

Ein weiterer gequälter Schrei von Liam, der ihnen durch Mark und Bein fuhr.

Es dauerte nicht lange und zwei Männer brachen zur Tür herein, gefolgt von Mr. Cunningham und Ian.

Alle vier blieben wie angewurzelt stehen, als sie die sich krümmenden Babys und ihre Verbände sahen. Maria blickte die Männer vollkommen verzweifelt an.

„Sind Sie Ärzte?", schrie sie panisch.

Die beiden Männer nickten.

„Dann helfen Sie uns!", flehte Maria eindringlich.

Einer der Männer kniete vor den Babys nieder und schluckte merklich, als er die nackten Unterarme ohne jegliches Zeichen sah.

Ian rührte sich nicht. Er starrte voller Entsetzen auf Emma und Liam.

Die beiden Ärzte untersuchten die Neugeborenen hastig, was ihnen nicht leichtfiel, da sich die Körper der Kleinen immer wieder heftig aufbäumten und krümmten.

Scarletts Herz krampfte sich zusammen. Sie hatte furchtbare Angst um ihre Freunde. Es brachte sie beinahe um den Verstand, nichts tun zu können, um das Leiden der Kleinen zu beenden. Den Ärzten liefen Schweißperlen von der Stirn. Sie tasteten die Babys an jeder Körperstelle ab, überprüften ihren Puls und ihre Atmung.

„Bitte, was haben die beiden! Warum bricht ihre Haut auf?", schrie Scarlett völlig außer sich.

Einer der beiden Ärzte ließ seine Hände über Liams kleinen Körper wandern und verzog erschrocken das Gesicht.

„Es bewegt sich *alles*. Als wäre der gesamte Körper in Bewegung und müsste gegen etwas ankämpfen. Ich habe so etwas noch nie erlebt!"

Ians Gesicht hatte zwischenzeitlich eine gräuliche Farbe angenommen. Er rannte zum Küchenwaschbecken und erbrach sich unter Krämpfen.

Emmas Körper bäumte sich abermals auf, während sich ihr Körper schrecklich verrenkte, dann blieb sie reglos liegen.

Mason, Scarlett und Oliver brüllten beinahe gleichzeitig ihren Namen.

„Wir müssen sie sofort in den Behandlungsraum bringen!", rief einer der Ärzte. Sein Kollege nickte. Sie drückten sich die Babys an die Brust und rannten zur Tür hinaus.

Peter, Daniel und Noel streckten vorsichtig ihre Köpfe aus ihrer Zimmertür, trauten sich jedoch nicht mehr herauszukommen, nachdem sie von Eric die Anweisung erhalten hatten, auf ihrem Zimmer zu bleiben.

Scarlett, Mason, Oliver, Maria, Eric und Ava folgten den Ärzten und Mr. Cunningham. Ian wankte auf wackeligen Beinen hinterher.

Der Behandlungsraum befand sich zwei Stockwerke tiefer im Kellergeschoss und glich eher einem voll ausgestatteten Operationssaal denn einem normalen Behandlungsraum.

Mit geübten Handgriffen wurde Emma sofort an eine Beatmungsmaske angeschlossen.

Ihr Körper zuckte und verrenkte sich weiter, doch zumindest warf es sie nicht mehr von einer

Seite zur anderen. Liam brüllte noch immer aus Leibeskräften.

„Bleiben Sie draußen!", rief Mr. Cunningham, als die Gruppe beinahe auf ihn prallte.

„Das ist ein steriler Raum, Sie müssen vor der Scheibe bleiben!"

Mason wollte schon protestieren, da nahm Ian Marias und Scarletts Hände in seine.

„Lasst uns für sie beten", murmelte er leise.

Alle hielten inne und fassten sich an den Händen. Eric und Ava hatte es genauso wie allen anderen die Sprache verschlagen.

Mr. Cunningham stimmte ein leises Gebet zum Seelenschutz und Seelenheil an. Scarlett liefen ungehemmt Tränen an den Wangen herunter. Oliver zitterte leicht. Er brachte kein Wort heraus. Der Schock über die Ereignisse steckte ihm sichtlich in den Knochen. Auch Mason zuckte bei jedem weiteren Schrei, den Liam von sich gab und der durch die Scheibe drang, merklich zusammen.

Die Tür wurde aufgestoßen und ein sichtlich besorgter Mr. Francis stieß zu ihnen. Er hatte dunkle Augenringe und sah kein bisschen danach aus, als käme er gerade aus dem Bett.

Er flüsterte leise auf Ian ein und ließ sich von ihm erklären, was mit den Kindern geschah. Er zog sich Handschuhe an, eine Gesichtsmaske und betrat den Behandlungsraum.

Er beugte sich kurz darauf über Liam und nahm seine winzigen Hände in die seinen. Mr. Francis murmelte einige Worte, die sie hinter der Trennscheibe nicht hören konnten.

Es dauerte noch einige Minuten, dann wurde Liams Geschrei leiser.

Die Schreie gingen über in ein herzerschütterndes Weinen. Mr. Francis streichelte Liam beruhigend über den Kopf und sprach weiter leise auf ihn ein, bis er nach einer Weile zu weinen aufhörte.

„Ist es vorbei?", flüsterte Mason leise.

Maria schüttelte fassungslos den Kopf.

„Ich weiß es nicht."

Mr. Francis unterhielt sich leise mit den beiden sichtlich erschöpften Ärzten. Es war unübersehbar, dass ihre Nerven blank lagen.

Scarlett konnte nicht mehr warten. Sie stieß die Tür zum Behandlungsraum auf und stürmte auf Emma und Liam zu. Die anderen folgten ihr, denn keiner hielt es mehr hinter der Scheibe aus.

Emmas Gesicht war bedeckt von der kleinen Beatmungsmaske. Ihre Augen waren geschlossen, doch ihr Körper hatte aufgehört zu zucken. Ihr Brustkorb hob und senkte sich gleichmäßig. Liam schlief nun. Sein Gesicht war vollkommen verquollen und gezeichnet von der Anstrengung.

Scarlett fiel auf, dass die Windeln der Kleinen auf einmal sehr eng saßen und bedenklich spannten.

Einer der Ärzte beobachtete sie dabei, wie sie die Windeln der beiden öffnete und runzelte nachdenklich die Stirn.

„Wie groß waren die beiden nach der Geburt? Dafür, dass sie erst ein paar Tage alt sind, sind sie ziemlich groß."

Maria betrachtete Emma und Liam eingehend und riss erschrocken die Augen auf.

„Knapp fünfzig Zentimeter", flüsterte sie.

Die beiden Ärzte schüttelten vehement den Kopf.

„Das kann nicht sein", antwortete einer der beiden, drehte sich um und holte ein medizinisches Gerät, um die Größe der Babys zu messen.

Als er Emmas Körpergröße maß, nickte er wie zur Bestätigung.

„Sechzig."

„Das kann nicht sein!", erwiderte Maria vehement. „Die beiden sind erst ein paar Tage alt!"

„Seien Sie versichert, dass ich mich nicht vermessen habe", erwiderte der Arzt besänftigend.

„Aber das würde bedeuten ...", murmelte Oliver.

„...dass das ein Wachstumsschub war", vollendete Mason den Satz.

Stille.

„Oberster Seelenmeister, bitte verzeihen Sie, dass ich Ihre Entscheidung anzweifle, das steht mir nicht zu. Aber sind Sie sicher, dass Sie diese zeichenlosen Kinder hierbehalten möchten?", wandte sich einer der Ärzte an Mr. Francis.

„Was? Was sagen Sie da?", brauste Scarlett auf.

„Es könnte eine gefährliche Spezies sein", unterstützte ihn der zweite Arzt.

Scarletts Augen funkelten vor Zorn. Mason ballte die Fäuste und spannte vor Anstrengung, sich zusammenzureißen, den Kiefer an.

Mr. Francis hob besänftigend die Hände.

„Jetzt beruhigen wir uns alle einmal und atmen tief durch. Was mit den armen kleinen Kindern geschehen ist, ist auch mir unbegreiflich." Er warf den beiden Ärzten einen unnachgiebigen und autoritären Blick zu.

„Die beiden bleiben in meiner Obhut. Sie haben kein Zeichen und brauchen unseren Schutz. Wir müssen herausfinden, in was sie sich von uns unterscheiden. Anscheinend hatten wir es gerade mit einem vollkommen unnatürlichen Wachstumsschub zu tun, der sich äußerst brutal und schmerzhaft geäußert hat."

„Aber warum?", fragte Eric und starrte nachdenklich auf die schlafenden Babys.

„Vielleicht haben ihre Körper erkannt, dass sie um Seelen betrogen wurden. Dass sie ohne Seelen geboren wurden", überlegte Ian leise. Sein Gesicht war aschfahl. Die Situation setzte ihm sichtlich zu.

Mr. Francis nickte langsam.

„Entweder das oder ihre Körper haben zwei vollkommen zerstörte Seelen bekommen, durch die ihre Existenz kaum zu bewältigen ist."

„Und ihre Körper wehren sich dagegen, indem sie furchtbar schnell wachsen?", fragte Oliver zweifelnd.

„Aber warum würden sie das wollen?", warf Eric ein.

„Wir können nur Vermutungen anstellen", antwortete Mr. Francis. „Vielleicht möchte der Körper so schnell wie möglich altern, um nach dem Tod eine gesunde Seele zu bekommen oder er versucht schnellstens in das Alter der ersten Erinnerungen zu gelangen, um der Seele dabei zu helfen, zu heilen."

„Das heißt, wir wissen nicht, wie lange sie noch zu leben haben", sagte Oliver heiser. Er sprach aus, was allen in diesem Moment durch den Kopf ging.

Einer der Ärzte räusperte sich.

„Wenn noch mehr Wachstumsschübe dieser Art kommen, können wir nicht garantieren, dass die beiden überleben werden. Mal abgesehen von den äußeren Hautverletzungen ist es nicht auszuschließen, dass sie auch innere Blutungen haben könnten."

Maria zog scharf die Luft ein.

„Was ist, wenn das heute nicht der erste Wachstumsschub war?"

„Wie meinst du das?", fragte Mason.

„Beide Mütter sind bei den Geburten ums Leben gekommen. Oliver hat doch erzählt, dass dieser Dr. Polanc aus dem Krankenhaus im Western Territory meinte, er hätte so eine Geburt noch nie erlebt. Das Baby hätte sich unglaublich gewunden."

„Wir wissen also nicht, ob und wie viele dieser Schübe noch kommen. Wir wissen nicht, ob sie den nächsten überleben und auch wenn sie diese Schübe überleben, wissen wir nicht, wie viel Zeit uns noch mit ihnen bleibt", fasste Scarlett mit bebender Stimme zusammen. Sie bekam einen harten Ausdruck um den Mund.

„Wir können nur Vermutungen anstellen und die Babys weiter beobachten", antwortete Mr. Francis und betrachtete Scarlett besorgt. Scarlett sah mit schmerzerfülltem Gesicht auf die beiden Babys, wirbelte plötzlich herum und stürmte aus dem Behandlungsraum.

„Scarlett!", rief Mason und folgte ihr.

Scarletts Augen füllten sich mit Tränen. Sie spürte eine unbändige Wut in ihrem Magen. Sie war wütend auf das Schicksal, das ihre Freunde so schrecklich quälte. Sie war wütend auf Logan Grey, der den beiden das Mittel verpasst und ihnen all das eingebrockt hatte. Und sie war wütend auf die Wissenschaftler. Jene, die das Mittel überhaupt erst erschaffen hatten.

Sie rannte so schnell sie konnte zurück zur Wohnung. In ihrem Kopf spielten sich bereits die Szenen ab, wie sie Peter, Daniel und Noel packen und schütteln würde. Sie anschreien würde für das, was sie in ihrem vorigen Leben angerichtet hatten. Wollte sie zur Rechenschaft ziehen für ihr verantwortungsloses Handeln.

Als sie die Tür zur Wohnung aufstieß, fand sie drei vollkommen verängstigte, verstörte Jungen vor. Peter, Daniel und Noel hatten sich über den Esstisch gebeugt, auf dem einige vollgekritzelte Blätter lagen. Peters Wangen glänzten feucht. Er musste geweint haben. Beim Anblick ihrer verzweifelten Gesichter konnte Scarlett sie nicht anbrüllen.

„Bitte sag nicht, dass sie gestorben sind", flüsterte Peter mit gequälter Stimme.

Scarlett schüttelte den Kopf.

„Nein. Sie haben überlebt."

Peter schlug die Hände vor sein Gesicht.

„Es tut mir so leid! Ich will das in Ordnung bringen, aber ich weiß nicht wie!"

Scarlett näherte sich dem Tisch und betrachtete die vollgeschriebenen Seiten: Berechnungen und Formeln über Formeln.

Peter schlug plötzlich mit der Faust wütend auf den Tisch.

„Ich kann mich an die Rezeptur erinnern, aber das Ergebnis unserer Forschung ging völlig anders aus, als wir angenommen hatten! Ich weiß nicht, wie ich allein alles nachprüfen und neu berechnen kann ohne die Hilfe der anderen!"

Peter blickte Daniel und Noel mit einer Verzweiflung an, mit der Scarletts Wut restlos verrauchte. Peter nahm sich das Geschehen sehr zu Herzen. Das, was ihm Scarlett an den Kopf werfen wollte, zerfraß ihn ohnehin schon.

„Ich habe den chemischen Teil erforscht und Benjamin war unser mathematisches Genie", fuhr Peter fort und nickte dabei zu Daniel.

„Mit Graham habe ich am engsten zusammengearbeitet, denn er half mir mit seinen naturwissenschaftlichen Berechnungen, die toxischen Substanzen in der richtigen Konstellation zu verbinden. Und Michael hat uns mit seinem medizinischen Wissen zum menschlichen Körper sagen können, welches Maß wir nicht überschreiten sollten, um die Wirkung des Mittels körperunabhängig entfalten zu können."

Scarlett nickte langsam. Peter steckte anscheinend mitten in Berechnungen drin, die er nicht allein bewältigen konnte. Er brauchte seine Freunde, von denen zwei tot und noch nicht wiedergekehrt waren und zwei so jung, dass sie noch keine Erinnerungen an ihr letztes Leben haben konnten.

„Tut mir leid, Peter", murmelte Daniel bedrückt. Auch Noel ließ traurig den Kopf hängen.

Plötzlich fiel auch der letzte Rest von Peters sonst so harter Fassade vollständig ab. Es schüttelte ihn vor Schluchzen und der Stift fiel ihm aus der Hand.

Scarlett lief zu ihm und nahm ihn in den Arm. Daniel und Noel schlangen ebenfalls ihre Arme um ihren Freund und versuchten ihn zu trösten.

„Es tut mir so leid! Wir hätten uns eher töten lassen sollen, als das Mittel fertigzustellen. Wir waren solche Feiglinge!"

„Shhhh. Ist schon gut", murmelte Scarlett leise auf ihn ein.

Sie bemerkten gar nicht, wie die anderen wieder zur Wohnung zurückkamen.

Mason hatte seine Freundin bereits vor einigen Augenblicken eingeholt, nachdem er ihr hinterhergelaufen war. Stumm beobachtete er die Szene vom Türrahmen aus.

Scarlett hob den Kopf und ihre Blicke trafen sich. Er ahnte, was sie gefühlt haben musste, als sie hierher zurückrannte. Umso stolzer war er nun auf sie. Es war das erste Mal, dass es ihn nicht gebraucht hatte, um einen ihrer Wutanfälle zu entschärfen. Das, was er an ihr in diesem Moment sah, bemerkte er auch an sich selbst und an Oliver.

Seit ihrem Schulabschluss hatten sie solch schlimme Dinge erleben müssen und so viel Verantwortung geschultert, dass sie in kürzester Zeit erwachsen geworden waren.

*

Leise öffnete sich die Tür zum Behandlungsraum.

Scarlett, Mason und Oliver zuckten zusammen, als Ian hereinkam. Sie saßen um das Bettchen von Emma und Liam herum und waren vor lauter Müdigkeit eingedöst. Die beiden Ärzte Montgomery und Daniels – wie sie sich ihnen nach all dem Trubel vorstellten – hatten die beiden Babys verarztet. Dabei klärten sie auf Nachfragen von Scarlett, Mason und Oliver auf, warum sie überhaupt so schnell zur Stelle sein konnten und weshalb Spero über solch moderne, medizinische Räume verfügte.

Der Heiligenstätte, in der sich der oberste Seelenmeister niederließ, stand offenbar ärztliches Personal zu, das für die Gesundheit des Lordan-Beraters zu sorgen hatte. Zum Glück, denn so konnten Emma und Liam innerhalb kürzester Zeit von den Ärzten versorgt werden, die ebenfalls in Spero beherbergt wurden.

Ein paar der aufgeplatzten Hautstellen mussten genäht und dick einbandagiert werden. Am schlimmsten sahen die Blessuren, Schwellungen und blauen Flecken aus, mit denen beide übersät waren.

Die drei Freunde wollten sich in dieser Nacht nicht mehr von Emma und Liam wegbewegen.

„Wie geht es ihnen?", fragte Ian leise.

Scarlett rieb sich vollkommen erschöpft über die Augen.

„Sie schlafen beide. Ich glaube, es geht ihnen den Umständen entsprechend gut."

„Wie viel Uhr ist es?", murmelte Oliver und gähnte herzhaft.

„Es ist sieben Uhr. Deswegen bin ich auch hier. Wir müssen uns auf den Weg machen. Sie fangen bereits an, den Grenzzaun hochzuziehen und es gibt bereits erste Ausschreitungen. Wir müssen los."

„Wir können jetzt nicht los!", widersprach Mason aufgebracht.

„Du siehst doch, was hier los ist! Wir müssen auf die beiden aufpassen!"

Ian nickte ernst.

„Ich weiß, dass es schwer für euch ist, gerade jetzt zu gehen, doch ihr habt Mr. Francis ein Versprechen gegeben, euch für die Friedensbewegung einzusetzen. Wir brauchen euch."

„Und die Babys?", fragte Oliver entgeistert.

„Sind nicht allein. Montgomery und Daniels wurden damit beauftragt, die beiden nicht mehr aus den Augen zu lassen. Sie sind immer in Rufnähe. Scarlett bleibt hier und Maria ebenfalls."

„Maria?", fragte Scarlett mit Hoffnung in der Stimme.

„Ja. Maria wird nicht mit an die Grenzen kommen, sondern hierbleiben und dir helfen. Können wir uns auf diesen Kompromiss einigen?"

Mason spannte seinen Kiefer an.

„Recht ist mir das nicht. Wie lange werden wir unterwegs sein?"

„Einige Wochen. Wir haben einige Heiligenstätten vor uns."

Mason biss sich auf die Lippe. Auch Oliver rutschte unbehaglich auf seinem Stuhl hin und her bei dem Gedanken, so lange unterwegs zu sein.

„Ihr habt jetzt einen Job, ihr drei. Seid ihr euch dessen bewusst?", fragte Ian.

Mason, Oliver und Scarlett wechselten einen Blick.

„Geht. Wir schaffen das", sagte Scarlett mit fester Stimme.

Avas Zweifel

11 Anstatt mehrerer Stunden erholsamen Schlafs waren sie nun alle vollkommen übermüdet. Eine grauenvolle Nacht lag hinter ihnen, die alles umgekrempelt hatte. Plötzlich mussten sie sich große Sorgen um Emma und Liam machen. Mason und Oliver wussten nicht mal, ob sie die beiden wiedersehen würden, wenn sie so lange auf Mission gingen.

Es rüttelte sie ordentlich durch, als der Transporthubschrauber in Turbulenzen geriet. Mason atmete tief durch und schloss die Augen. Sein Magen mochte das Fliegen nicht sonderlich. Pilot Owen lachte unbekümmert aus dem Cockpit.

„Keine Sorge, das tut der Alten überhaupt nichts!"

Mit der Alten war der Transporthubschrauber gemeint, den der Pilot stets als „Martha" bezeichnete.

„Schön für Martha, mir tut das Wetter aber gleich was", murmelte Mason.

Ian warf ihm einen besorgten Blick zu.

Zwanzig Minuten später drosselte Owen das Tempo.

„Wir sind gleich an einer guten Stelle, wo ihr rausspringen könntet", rief er über den Motorlärm hinweg.

Ava nickte, stand von ihrem Sitz auf und machte sich daran, einen Rucksack umzuschnallen. Oliver runzelte die Stirn.

„Was meint er mit rausspringen? Landen wir gleich?"

Ava schüttelte den Kopf.

„Fallschirm."

Oliver riss entgeistert die Augen auf.

„Was? Spinnst du? Ich kann nicht Fallschirmspringen!"

Ava rollte genervt mit den Augen.

„Ich springe. Du hängst nur drin. Tandem."

Das beruhigte Oliver überhaupt nicht. Bei dem Gedanken, dass er gleich aus einem Hubschrauber springen sollte, wurde ihm ganz anders.

Eric grinste ihn schadenfroh an. Es ging ihm noch immer gegen den Strich, dass Oliver mit seiner Schwester wochenlang allein unterwegs sein würde.

„Das mache ich nicht. Vergiss es", sagte Oliver und schüttelte heftig den Kopf.

Ava näherte sich ihm und packte sein Kinn mit ihrer rechten Hand.

„Oh doch. Das wirst du."

„Jetzt stell dich nicht an. Das ist bestimmt cool, Mann", mischte sich Mason ein und grinste Oliver an.

„Ach halt's Maul. Du bist ganz grün um die Nase, weil dir so schlecht ist – als ob du da jetzt rausspringen würdest", giftete Oliver seinen Freund an.

„Ja, ich würde sogar hier rausspringen, um aus diesem Scheißding rauszukommen!"

„Schön für dich."

„Willst du ne Ohrfeige oder einen Tampon?", fragte Mason und grinste Oliver frech an.

Der grinste zurück.

Mason lächelte zufrieden. Der Witz war unglaublich bescheuert, doch er wirkte jedes Mal, um eine angespannte Situation zu entschärfen.

„Auf geht's", befahl Ava und bewegte sich auf die Ladeluke zu.

Plötzlich umarmte Oliver Mason und klopfte ihm unbeholfen auf den Rücken.

„Pass auf dich auf, Mann", murmelte er.

Mason blickte seinen Freund überrascht an. Oliver war eigentlich nicht der gefühlsbetonteste Mensch.

„Du auch."

Ein mechanisches Surren ertönte und die Ladeluke öffnete sich mit einem Ruck. Während sie langsam herunterfuhr, hakte Ava Oliver vor ihrem Körper ein und verband ihre Fallschirmsysteme mit seinen Gurten.

Oliver spürte das Adrenalin in seinen Adern, als er den Abgrund vor sich sah.

Ava gab keinerlei Signal, sondern drückte ihren Körper mit einem Ruck gegen seinen und sie stürzten in die Tiefe.

Oliver schrie aus Leibeskräften. Er hatte sich Fallschirmspringen immer wie bei einer Achterbahn vorgestellt. Doch es fühlte sich an, als würde er auf einem Luftkissen dahinsegeln. Die Luft bremste ihren Fall ab, wodurch es sich nicht wie ein freier Fall anfühlte.

Nach nicht mal einer Minute öffnete Ava mit einem Ruck den Fallschirm.

„Wie hoch sind wir jetzt?", rief Oliver aufgeregt.
„Ungefähr auf 1500 Metern", antwortete sie laut.
„Wow! Ich will nochmal!"

*

Nachdem Olivers Schrei verhallt war, schloss sich die Ladeluke wieder. Für Mason, Ian und Eric ging es nun weiter ins Northern Territory, wo sie von mehreren Heiligenstätten dringend erwartet wurden. Es mangelte vorne und hinten an Lebensmitteln und an Medizin.

Sie flogen noch einige Stunden weiter, während denen jeder seinen Gedanken nachhing. Mason machte sich große Sorgen um Scarlett. Es war schon grausam, Emmas und Liams Qualen gemeinsam miterleben zu müssen, doch nun schulterte sie die Verantwortung für sie beinahe allein.

Als Owen mit Martha in den Sinkflug ging, wurde Mason ganz mulmig bei dem Gedanken, was ihn nun erwarten würde. In Spero hatten sie wie in einer Sicherheitsblase gelebt und kaum etwas - abgesehen von ihrer Rettungsmission der Babys - von ihrem Umfeld mitbekommen. Im Süden schien das Leben unbeschwert, unkompliziert und leicht zu sein.

Wenige Minuten später setzte Martha ächzend auf und die Rotorblätter kamen langsam zum Stillstand.

Owen öffnete die Ladeluke. Als Mason, Ian und Eric nach draußen traten, spürten sie die kalte, eisige Luft des Nordens auf ihrer Haut.

Ihr Pilot war in einer Talsenke inmitten der Bergkette gelandet.

Am anderen Ende der kleinen Talsenke stand ein alter, ramponierter Geländewagen, aus dem ein Glaubensbruder in brauner Kutte ausstieg. Er lief eilig auf sie zu.

Eric blickte ihm wachsam entgegen und spannte alle Muskeln an.

„Wir sind so froh, dass uns der oberste Seelenmeister nicht vergessen hat", keuchte der Mann völlig außer Atem, als er sie erreichte.

„Mein Name ist Connell und ich leite die Heiligenstätten hier im Norden."

Ian nickte freundlich und streckte Connell seine Hand hin.

„Mein Name ist Ian Turner und das hier sind Mason Scott und Eric Dillan. Wir wurden von Franklin Cisco mit Material geschickt."

Connell nickte dankbar.

„Wir brauchen es dringend. In den letzten Wochen haben immer mehr Unternehmen aus dem Süden und Westen ihre Verbindungen zum Norden gekappt. Und seit der Ansprache von Ephraim Lordan beliefern sie uns überhaupt nicht mehr. Gerade das Getreide brauchen wir so dringend! Und in den Krankenstationen gehen uns die Medikamente und das Material aus, das wir für Behandlungen und Operationen brauchen. Es ist eine Katastrophe!"

Man sah dem Glaubensbruder seine Verzweiflung an. Er war mittleren Alters, hager und hatte tiefe Sorgenfalten auf der Stirn.

„Viele Unternehmen haben ihre Standorte auf Anweisung der Regierung schließen lassen. Wir haben so viele Arbeitslose, die nun nicht mehr wissen, wie sie ihre Kinder ernähren sollen."

Mason nickte mitfühlend. Ein Krieg findet nicht ausschließlich nur mit Waffen statt. Er konnte unterschiedlichste Ausprägungen haben.

„Haben sie mit den Grenzzäunen bereits angefangen?", fragte Eric.

Connell sah ihm traurig entgegen und deutete auf eine Bergkette links von ihm.

„Dort hinten befindet sich die Grenze. Gestern kamen die ersten Lastwagen an und sie begannen sofort damit, die ersten Zaunteile aufzustellen. Es ist grausam. Wir werden vom Rest der Welt abgeschnitten."

Ian blickte dem Glaubensbruder hilfsbereit entgegen.

„Dann sollten wir nun keine Zeit verlieren und Sie und Ihre Heiligenstätten versorgen. Gibt es einen Transporter, mit dem wir uns von Ort zu Ort vorarbeiten können?"

„Ja, den haben wir."

„Dann nichts wie los."

*

Scarlett wischte sich lachend den Schweiß von der Stirn. Emma und Liam hatten sich relativ schnell von der grauenvollen Nacht erholt. Nur wenige Tage danach zogen sie sich jedoch plötzlich beim

Krabbeln am Sofa hoch und taten ihre ersten Schritte. Für Scarlett und Maria eine unglaubliche Entwicklung, bei der ihnen die Münder offen standen, da Babys normalerweise erst nach einem Jahr mit dem Laufen anfingen – nicht wenige Tage nach ihrer Geburt. Auch die beiden Ärzte, die sie sofort herbeiriefen, interessierten sich brennend für dieses Vorkommnis, denn es bedeutete, dass die Kinder nicht nur körperlich unnatürlich schnell wuchsen, sondern sich auch ihre kindliche Entwicklung an diese Geschwindigkeit anpasste.

Seit ihren ersten Schritten waren die beiden Babys so flink unterwegs, dass ihnen Scarlett kaum noch hinterherkam. Die tägliche Wundversorgung gehörte zur Tagesordnung. Maria achtete sorgsam darauf, die genähten Hautstellen regelmäßig zu versorgen. Die Schwellungen gingen langsam zurück und die blauen Flecken wurden nach und nach gelblich, bevor sie endgültig verschwanden. Nachdem die Fäden gezogen worden waren, cremten Maria und Scarlett die betroffenen Stellen regelmäßig dick mit einer Narbensalbe ein.

Die beiden prüften außerdem beinahe täglich Emmas und Liams Körpergrößen. Doch zu den sechzig Zentimetern waren bisher keine weiteren hinzugekommen. Maria bereitete das große Sorgen. Sie befürchtete, dass Emma und Liam wie bei ihrer Geburt nur zu einem bestimmten Zeitpunkt einem enormen Wachstumsschub ausgesetzt sein würden, der sich in zeitlichen Abständen wiederholen könnte. Weder sie noch die Ärzte konnten absehen, ob und wann sich die Vorkommnisse der grauenvollen Nacht vor einigen Tagen erneut zutragen würden.

Obwohl die Ärzte Montgomery und Daniels jeden Tag vorbeisahen und jederzeit erreichbar blieben, traute ihnen Scarlett nicht. Die beiden betrachteten Liam und Emma, als wären sie Missgeburten, die nichts in dieser Welt verloren hatten. Scarlett war heilfroh, Maria an ihrer Seite zu haben. Peter, Daniel und Noel wuchsen ihr mehr und mehr ans Herz. Daniel und Noel fragten Peter immer wieder, ob er ihnen ihre Geschichte aus ihrem vorherigen Leben erzählen könne und löcherten ihn dabei unablässig.

Maria nahm sich jeden Tag Zeit, um den drei Jungen Unterricht in Landeskunde, Schreiben und Lesen zu geben. Es brachte Routine in ihren Tagesablauf und die Jungen waren beschäftigt. Beim Rechnen musste Maria allerdings lächelnd aufgeben, denn das konnte Peter weitaus besser.

Noel hatte an Scarlett einen Narren gefressen, denn zur Stressbewältigung hatte sie damit angefangen, zu backen. Sie backte so viel, dass sie gar nicht alles essen konnten und einiges an das Personal in Spero verteilten, das sich sofort über ihre Leckereien hermachte. Noel war beinahe beleidigt, wenn sie ihm nicht sofort Bescheid gab, bevor sie mit ihrem nächsten Kuchen oder ihren nächsten Cupcakes begann. Er hatte das absolute Vorrecht auf das Ausschlecken der Schüsseln.

Scarlett telefonierte so oft sie konnte mit Mason. Er wollte ständig wissen, wie es ihr und den Kindern ging. Auch Oliver rief sie alle paar Tage an und erkundigte sich besorgt. Was Scarlett bemerkte und freute war, dass er sich gelöst anhörte. Er schien eine gute Zeit mit Ava zu haben.

Eines Abends stützte sich Scarlett auf dem Geländer des Kinderbetts ab und betrachtete Emma und Liam nachdenklich. In den letzten Monaten hatte sich alles radikal für sie verändert. Sie dachte an Olivers Worte zurück, als er fragte, was wohl wäre, wenn die beiden Babys wirklich ohne Seelen geboren worden waren. Was würden sie dann tun? Scarlett wusste es nicht. Sie liebte es, sich um die beiden Kinder zu kümmern. Doch es verging kein Tag, an dem sie nicht um Emmas und Liams Seelen bangte.

Ihr fiel das Gespräch, das sie mit Emma kurz nach ihrer Flucht aus Lordan City führte, wieder ein. Emma hatte sie gefragt, ob sie auch in den Wagen nach ihrem Schulabschluss gestiegen wäre, wenn sie gewusst hätte, was alles passieren würde. Sie waren sich beide sicher, dass sie die richtige Entscheidung getroffen hatten.

Scarlett fing haltlos an zu schluchzen. Sie spürte wieder das Loch in ihrer Brust und holte tief Luft, um ihre Atmung zu kontrollieren. Plötzlich wachte Emma auf. Ihre braunen Kulleraugen blickten ihr ruhig ins Gesicht. Scarlett wischte sich ihre Tränen von den Wangen und versuchte zu lächeln.

Auf einmal streckte ihr Emma ihre kleinen Hände entgegen. Da war es um Scarlett geschehen. Sie hob Emma hoch und drückte sie fest an sich.

„Du machst dir keine Vorstellung davon, wie sehr ich dich vermisse, Emma. Du fehlst mir so sehr, Kleines."

Scarlett hob Emma vor ihr Gesicht.

„Du musst zu mir zurückkommen, okay? Du musst einfach."

Doch weder für Scarlett noch für Emma und Liam sollte es leichter werden. Gerade als sich in Spero eine Routine einstellte, begannen die beiden Babys eines Nachts wieder grauenvoll zu schreien. Maria reagierte sofort und holte die beiden aus ihrer Kleidung heraus, während Scarlett die Ärzte aus dem Bett trommelte.

*

„Jeder von Ihnen bewegt sich nur noch mit Polizeischutz vorwärts!", wies Ephraim Lordan seinen Beraterstab zurecht.

Bildungsoberst Collins und Finanzoberst Walsh waren wie vom Erdboden verschluckt. Laut Zeugenaussagen war Collins auf offener Straße in einen Wagen gezerrt und entführt worden, während Walsh nach der Arbeit nie zuhause ankam. Seine Frau meldete ihn am nächsten Morgen als vermisst.

Was Lordans Anweisung vorausging, war eine Verkündung Logan Greys gewesen, in der er sich zu den Entführungen offenkundig bekannt hatte.

Ephraim Lordans Gesicht lief knallrot an, als er die Ansprache seines Widersachers auf dem Bildschirm sah.

Logan Grey sah mit kalten Augen in die Kamera.

„Die Opposition akzeptiert keine geschlossenen Tauschbörsen und auch keine Grenzzäune. Entscheidungen dieser Art werden von den Oppositionellen hart bestraft. Aus diesem Grund haben wir zwei Mitglieder aus Ihrem Beraterstab entführt. Machen Sie Ihre Entscheidungen rückgängig oder Ihre Berater werden es bereuen."

Ephraim Lordan kochte vor Wut. Er drehte sich zu seinem Beraterstab um und blickte in ihre besorgten Gesichter.

„Werden Sie die Tauschbörsen wieder öffnen und den Bau der Grenzzäune rückgängig machen?", fragte Franklin Cisco am Ende des Tisches.

Lordan funkelte ihn an.

„Ganz sicher nicht. Ich lasse mich von der Opposition nicht erpressen. Die Tauschbörsen bleiben zu und die Grenzen werden befestigt!"

Lordan deutete auf Wirtschaftsoberst Bosch.

„Keine geschäftlichen Verbindungen mehr in den Osten und Norden! Sämtliche Handelsabkommen werden gekappt, es werden keine Waren mehr dorthin exportiert oder von dort importiert!"

Bevor Bosch überhaupt etwas erwidern konnte, wandte sich Lordan an Landwirtschaftsoberst O'Sullivan.

„Es werden keine Lebensmittel mehr dorthin geliefert. Haben Sie das verstanden?"

O'Sullivan nickte hastig, sah jedoch auch offenkundig besorgt aus. Eine Anweisung dieser Größenordnung schnell umzusetzen würde eine Herausforderung werden.

„McMillan, Sie rüsten auf – ich will jeden Panzer, jeden Kampfjet, jeden Hubschrauber und jedes verdammte Maschinengewehr einsatzbereit sehen! Bringen Sie Ihre Männer in Stellung!"

„Ja, Sir", antwortete McMillan, der die Stellung des getöteten Torry prompt übernommen hatte.

„Ich möchte alle Basen der Opposition finden und ausräuchern! Lehnen sich der Osten und der Norden weiterhin auf, werden sie brennen."

*

Oliver und Ava schlugen sich bereits seit einigen Wochen durch die feuchten, dunklen Wälder des Eastern Territory. Sie schliefen nachts in alten, verlassenen Jägerhütten oder notfalls in freier Natur. Oliver hatte sich das Gebiet der Spinnen von Peter so gut es ging erklären lassen. Es war riesig und sie mussten sich Tag für Tag weiter vorarbeiten, um ihre Kameras an strategisch sinnvollen Orten zu installieren. Meist befestigten sie die Kameras in kleinen Aushöhlungen in Baumstämmen, wo sie auch vor kräftigen Regenschauern geschützt waren und die Kameralinse einigermaßen trocken blieb. Die Kameras waren zwar wasserfest, doch getrocknete Regentropfen auf der Linse konnten das Bild derart stören, dass man kaum noch jemanden darauf erkennen würde. Ihre Bewegungssensoren waren mit Olivers

Handy verbunden, damit er es sofort mitbekam, sollte die Kamera eine Bewegung aufzeichnen.

Auf ihrem Weg durchsuchten sie auch Gebäude, auf die sie während ihrer Tour stießen. Jedes davon konnte eine Produktionsstätte für das grausame Mittel sein. Bisher hatten sie keinen Erfolg. Sobald sie auf eine Siedlung stießen, füllten sie ihre Essensvorräte auf und liefen weiter.

Ava redete zwar nicht viel, doch Oliver konnte sich zum ersten Mal richtig mit ihr unterhalten. In Gruppen sprach Ava stets nur das Nötigste, wenn überhaupt.

Eines Abends platzte es einfach aus Oliver heraus. Sie hatten eine gemütliche Scheune für ihr Nachtlager entdeckt. Nachdem sie gegessen hatten, sah ihn Ava mit funkelnden Augen an und zog ihn zu sich heran, um ihn zu küssen. Oliver reagierte sofort auf sie. Als sie ihre Hand unter sein T-Shirt bewegte und es ihm über den Kopf ziehen wollte, erwachte Oliver jedoch plötzlich aus seiner Trance.

„Warum gibst du dich mit einem wie mir ab?", fragte er keuchend.

Ava hielt inne und zog ihren Kopf zurück. Sie sah ihn fragend an.

„Wie meinst du das?"

„Ach komm, hast du dich mal im Spiegel angesehen? Du bist die schönste und sonderbarste Frau, die es gibt! Und dann schau mich an, ein dünner Lauch, der gerade aus der Schule kommt. Ich kann dich nicht mal beschützen."

Ava presste ihre Lippen zusammen.

„Ich brauche niemanden, der mich beschützt."

„Ich weiß. Ich meine ja nur, dass …", wollte Oliver fortfahren, doch Ava unterbrach ihn.

„Oliver, die Welt ist voll mit Alpha-Männern. Alphas nehmen sich einfach, was sie wollen, ohne Rücksicht, ob der andere das überhaupt will. Ich mag keine Alphas. Und ich mag keine Männer, die etwas von mir erwarten. Ich werde niemals das kleine, süße Mädchen sein, das beschützt werden muss und sich über romantische Gedichte freut. Das bin ich einfach nicht. Bei dir habe ich das Gefühl, dass du auch nicht der Typ Mann bist, der so eine Frau möchte. Bei dir wäre ich frei."

Ava atmete hörbar aus. Oliver starrte sie an. So viel auf einmal sprach sie selten.

„Für mich bist du schön. Und intelligent. Das mag ich", betonte sie.

Oliver wurde rot. Er küsste Ava und hatte sich noch nie zuvor so wohl in seiner Haut gefühlt. Bei ihr musste er kein Gentleman sein, wie es so viele andere Frauen erwarteten. Er musste nicht ständig auf seine Wortwahl achten, konnte fluchen und aus der Haut fahren, ohne dass sie ihn ansah, als hätte er eine Meise. Er konnte einfach er selbst sein. Genauso musste sich Ava nicht für ihn verändern. Sie redete zwar nicht viel, doch das machte ihm nichts aus. Er bewunderte ihre Stärke und ihre Unabhängigkeit. Oliver fühlte sich geschmeichelt, dass sie gerade ihn ausgesucht hatte. Ohne ihre Initiative hätte er nicht mal im Traum daran gedacht, dass sie an ihm interessiert sein könnte.

Am nächsten Morgen wachten sie ineinander verschlungen auf. Oliver ließ seine Hand durch Avas weißblondes, weiches Haar gleiten. Sie wachte auf und blickte ihn mit ihrem braunen und blauen Auge an.

Sie zwinkerte ihm zu, stand auf und reckte sich wohlig.

Oliver schluckte beim Anblick ihres durchtrainierten Körpers.

„Wir müssen weitergehen", meinte Ava.

Oliver schüttelte seinen Kopf und blickte zur Decke, um wieder klar denken zu können.

„Wir haben nicht mehr allzu viele Kameras. Ian hat mich gut ausgestattet, aber sie reichen vielleicht noch für ein paar Meilen, dann müssen wir langsam zurück nach Spero."

Ava schnaubte verächtlich.

„Was ist? Willst du nicht zurück?", fragte Oliver verwirrt.

Ava schwieg beharrlich. Sie runzelte die Stirn und zog sich ihre Kleidung an.

„Ava, was ist los? Spuck's aus!", sagte Oliver fordernd.

„Ich traue eurem Lehrer nicht. Genauso wenig Mr. Francis und Spero."

„Warum nicht?"

Ava sah ihn ernst an.

„Findet ihr es normal, dass euch euer Lehrer hilft, obwohl ihr von der Regierung als Mörder eingestuft und zur Fahndung ausgeschrieben wurdet? Dass er seinen Job kündigt, nach Spero eilt, um euch dort zu empfangen und um eine Friedensbewegung zu unterstützen?"

„Ach Unsinn, Ian Turner ist wirklich schwer in Ordnung. Er hat uns in der Schule immer unterst…"

Oliver brach mitten im Satz ab. Seine Gedanken wanderten zurück in die Zeit, als Graham gestorben war. Ihr Lehrer hatte sie besucht und Liam seine Telefonnummer gegeben. Er hatte ihnen geholfen, als sie mit dem Schlüssel in einer Sackgasse waren. Liam schenkte er zum Abschluss eine Karte, obwohl ihm keiner gesagt hatte, dass sie auf einen Road-Trip gehen würden. Als sie ihn aus Lordan City anriefen, glaubte er ihnen sofort und bot ihnen Spero als Zufluchtsort an.

„Hmmm…", brummte Oliver nachdenklich.

„Mein Bauchgefühl sagt mir einfach, dass da etwas faul ist. Eric ist auch nicht gerade glücklich mit der Situation."

„Ich habe mir da, um ehrlich zu sein, keine Gedanken darüber gemacht", gab Oliver offenherzig zu.

„Weil ihr ihm vertraut. In meiner Jugendzeit bin ich leider nie auf Erwachsene gestoßen, die sich so für uns eingesetzt hatten. Es kommt nicht häufig vor, dass sich jemand so für Jugendliche engagiert."

Oliver nickte langsam.

„Ich werde noch ein paar mehr Nachforschungen anstellen, wenn wir zurück sind. Versprochen. Sein Lebenslauf scheint allerdings zu stimmen, das habe ich überprüft und er hat uns wirklich alles offengelegt."

Ava zuckte nur mit den Schultern und zog sich ihre Wanderjacke über. Das Gespräch war für sie beendet. Oliver zog sich ebenfalls fertig an. Kurze Zeit später machten sie sich wieder auf den Weg.

Sie schwiegen. Oliver war vollkommen in Gedanken versunken. Er dachte über Avas Worte nach und musste ihr insgeheim recht geben. Sie hatten wirklich sehr großes Glück mit ihrem Lehrer und es lag tatsächlich in der Luft, ob er nicht noch andere Motive haben könnte, als ihnen helfen zu wollen.

Als sie an ein offenes Feld gelangten, kam tatsächlich einmal die Sonne zwischen zwei dicken Wolken hervor und tauchte den Wald ringsum in ein warmes Grün.

Ava wurde aufmerksam auf ein merkwürdig reflektiertes Blitzen auf der anderen Seite des Feldes und reagierte in Sekundenschnelle. Sie stieß Oliver mit aller Kraft in das Buschwerk hinter ihnen und schnellte hinter den nächsten Baumstamm. Gerade rechtzeitig, denn mehrere Schüsse durchbrachen die Stille.

Oliver, der sich gerade fluchend wieder aufrappeln wollte, blieb geduckt auf dem Boden liegen. Er blickte auf und sah Ava hinter einem Baumstamm stehend ihre Waffe durchladen, während sie von der anderen Seite aus in Beschuss genommen wurden. Ava drückte ihr Gesicht an die Baumrinde und wartete auf eine Pause ihres Gegenübers. Als ihr Gegner anscheinend Munition nachladen musste, nutzte sie die Gelegenheit und blickte angestrengt auf die andere Seite.

Es war beinahe windstill, was ihr zugute kam. Als sich die Blätter an einem der gegenüberliegenden Büsche leicht bewegten, legte sie ihr Sturmgewehr an und zielte direkt in die Büsche, hinter denen sie ihren Angreifer vermutete.

Sie gab drei Schüsse ab. Ava und Oliver hörten einen lauten Aufschrei.

Oliver spitzte angespannt die Ohren. Ava sah auf ihn herunter und legte die Finger an die Lippen.

„Du bleibst hier!", rief sie leise.

„Warte, was hast du vor?", erwiderte Oliver hastig, doch Ava lief bereits seitlich in den Wald hinein.

Ava rannte so schnell und so leise sie konnte um die Lichtung herum, um ihren Angreifer stellen zu können. In einiger Entfernung hörte sie einen Mann gequält stöhnen. Ava war sich beinahe sicher, dass er nicht allein war. Sie konnte sich nicht vorstellen, dass Logans Anhänger so blöd waren, allein nach der giftigsten Spinne der Welt zu suchen.

Ihre Vermutung bestätigte sich, als sie sich leise näherte und plötzlich weitere Schüsse abgefeuert wurden, die seitlich an einem Baumstamm neben ihr einschlugen.

„Lass die Waffe fallen!", knurrte eine tiefe Stimme.

Ava antwortete nicht.

Sie lud, so leise sie konnte, Munition nach. Dann lugte sie zwischen zwei Zweigen hindurch. Ein breitschultriger, in Tarnfarben gekleideter junger Mann stand nun mitten auf dem kleinen Pfad, zielte und legte seine Waffe an. Er wartete nur darauf, dass sie hinter dem Baum eine falsche Bewegung tat.

Plötzlich hörten sie von der anderen Seite angsterfüllte Schreie. Der junge Mann wirbelte zur Seite und feuerte in Richtung Oliver.

Ava hatte keine Wahl. Sie musste ihn sofort außer Gefecht setzen. In Sekundenschnelle sprang sie hinter dem Baumstamm hervor und schoss.

Der junge Mann brach schreiend zusammen.

Ava blieb beinahe der Mund offenstehen, als sie einen vollkommen panischen, aufgelösten Oliver aus seinem Versteck auf der anderen Seite springen und auf das Feld laufen sah.

Sie sprang über das Buschwerk und lief ihm entgegen.

Oliver war kalkweiß im Gesicht.

„Was hast du?", fragte sie.

Oliver beugte die Knie und stützte schwer atmend seine Hände darauf ab.

„Scheiße, Mann! Ich liege da im Busch und plötzlich sehe ich, wie sich diese Spinne neben mir abseilt! Als ich hochgeguckt habe, war da ein riesiger, weißer Beutel – ich glaub, in diesem Ding liegen die Spinneneier drin!"

Ava wollte Oliver am liebsten eine Ohrfeige verpassen, dass er wegen einer Spinne solch ein Theater veranstaltete. Stattdessen packte sie ihn am Arm und zog ihn hastig mit sich.

Der junge Mann, den sie erschießen musste, war bereits tot. Sie hatte ihn an der Halsschlagader erwischt, was einen schnellen Tod herbeiführte. Sein

Kollege, den sie von der anderen Seite aus erwischt hatte, lag röchelnd zwischen zwei Sträuchern.

Um die Männer herum lagen einige Behältnisse verteilt. In zweien davon erkannte Ava sofort zwei Spinnen, die versuchten ihrem Gefängnis zu entkommen.

Ava kniete neben dem röchelnden Mann nieder und packte ihn am Kragen.

„Wo wolltet ihr die Spinnen hinbringen", knurrte sie.

„Ava Dillan", flüsterte der Kerl leise und lächelte.

Ava kniff die Augen zusammen. Sie kannte ihn nicht. Er musste von einer anderen Basis als Basis 29 stammen. So wie er aus dem Bauchraum blutete, hatte er nicht mehr viel Zeit.

„Wo wird das verdammte Mittel produziert?", zischte Ava wütend. „Wo ist Logan?"

„Du und dein Bruder, ihr seid auf der Abschussliste", murmelte er leise und sah sie schadenfroh an.

Ava packte ihn und schlug seinen Hinterkopf auf den Boden.

Der Mann öffnete noch einmal kurz seine Augen.

„Dummes Miststück", röchelte er. Dann wurden seine Augen starr.

Ava stand frustriert auf. Als sie sich umdrehte, blickte sie einem schockiert dreinblickenden Oliver entgegen. Seine Augen wanderten immer wieder zwischen den beiden toten Männern hin und her.

„Lass uns schauen, ob es eine Spur gibt, woher sie gekommen sind", sagte sie. So wie Oliver aussah, wollte sie ihm keine Vorwürfe machen, dass die

Situation wegen seiner Schreie aus dem Ruder gelaufen war und sie den zweiten Angreifer auch noch erledigen musste.

„Tut mir leid", murmelte Oliver leise. Ava nickte ihm knapp zu und begann, die Jackentaschen der beiden Männer zu durchforsten. Oliver wollte die Leichen nicht berühren und öffnete stattdessen die Rucksäcke der Männer. Sein Blick schweifte dabei immer wieder zu den beiden Behältern mit den Spinnen. Er ekelte sich schrecklich vor den Tieren und hatte Angst, von einer gebissen zu werden.

Sie fanden lediglich eine Karte mit eingezeichneten Arealen, in denen die Spinnen lebten. Doch kein Hinweis darauf, wohin die Spinnen gebracht wurden. Ava fluchte leise und stand auf.

„Lass uns weitergehen", sagte sie.

„Und was ist mit den Leichen?"

Ava zuckte mit den Schultern.

„Irgendein Tier wird schon Hunger haben."

Oliver schluckte unbehaglich. Als Ava sich zu den Behältern bückte und ihre Abdeckung öffnete, weiteten sich seine Augen vor Schreck.

„Was machst du da? Bist du verrückt?"

„Die haben niemandem was getan. Warum sollen sie eingesperrt bleiben?"

Anstatt zu antworten, nahm Oliver die Beine in die Hand und rannte Hals über Kopf in den Wald.

Ava sah ihm kopfschüttelnd hinterher.

*

Mason hatte noch nie so viele Menschen kennengelernt. Während seiner Zeit im Northern Territory traf er auf Jugendliche in seinem Alter, Arbeitslose, Kranke, alleinerziehende Elternteile und vor allem Hoffnung suchende Menschen.

Die Menschen strömten zu den Heiligenstätten, in denen Mason, Ian und Eric Essen, Kleidung und Medizin verteilten.

An einem Tag lernte Mason einen kahlköpfigen Mann in seinen Fünfzigern kennen. Er konnte sich gerade noch so auf den Beinen halten und musste sich immer wieder hinsetzen, um zu verschnaufen. Mason brachte ihm sein Essen an den Tisch. Der Mann lächelte dankbar.

„Geht es Ihnen nicht gut?", fragte Mason besorgt.

Der Mann winkte ab.

„Ist bald vorbei. Hoffe ich zumindest."

„Was haben Sie denn, wenn ich fragen darf?"

„Darfst du", lachte der Mann und hustete angestrengt.

„Ich habe Nierenkrebs. Bisher durfte ich immer zur Behandlung nach Lordan City fahren, aber seit sie die Grenzen gesperrt haben, kann ich nicht mehr dorthin. Und das Krankenhaus hier im Norden hat nicht die richtige Behandlungsmethode für mich. Sie können mir nicht helfen."

Mason blickte ihm stumm ins Gesicht. Eine Welle des Mitleids überkam ihn.

„Das tut mir sehr leid", murmelte er.

Der Mann zwinkerte ihm freundschaftlich zu.

„Ach, alles halb so schlimm. Wenn ich wiedergeboren werde, hoffe ich einfach, dass es im Süden oder Westen sein wird."

Mason nickte, wünschte ihm einen guten Appetit und machte sich nachdenklich daran, leere Teller abzuräumen.

Plötzlich hörte er die Flügeltüren zur Heiligenstätte aufschlagen. Erschrockenes Flüstern erhob sich unter den Anwesenden. Als Mason sich umdrehte, sah er Regierungssöldner hereinmarschieren.

Sie gingen strammen Schrittes auf Eric und Ian zu, die gerade Materialkisten aus dem Lagerraum geholt hatten.

Eric blickte sie feindselig an, als sie sich vor ihnen aufbauten.

„Ausweise zeigen!", blaffte einer von ihnen barsch.

Eric und Ian griffen beide gleichzeitig langsam in ihre Jackentaschen, was den Söldnern Anlass genug gab, ihre Waffen zu entsichern.

„Ganz ruhig", sagte Ian und reichte ihnen seinen Ausweis. Eric tat es ihm nach.

Die Söldner lasen ihre Ausweise, auf denen sie als Vertreter der Heiligenstätten landesweit ausgewiesen wurden.

„Ihr habt euch nicht an die Regeln gehalten", fuhr einer der beiden fort und gab ihnen mit verächtlichem Blick die Ausweise zurück.

„Was meinen Sie?", fragte Ian ruhig. Eric kochte innerlich bereits, weshalb er lieber Ian das Reden überließ.

„Ihr seid hier einfach gelandet und habt angefangen Zeug zu verteilen. Das ist nicht erlaubt."

„Unser Pilot hat eine Landeerlaubnis für jedes Territory. Wir sind im Auftrag von Franklin Cisco unterwegs", erwiderte Ian.

„Kann ja sein, dass ihr eine hochoffizielle Erlaubnis habt, hier hereinzufliegen, aber das Material müssen wir trotzdem vorher sichten und aussortieren, was nicht reindarf."

„Wir haben Medikamente, Essen und Kleidung dabei. Was ist daran falsch?", knurrte Eric angespannt. Er spannte jeden Muskel an.

Der Regierungssöldner trat langsam an ihn heran, bis er nur noch wenige Zentimeter von Erics Gesicht entfernt war.

„Ihr könntet auch scheiß Hamster dabeihaben, das ist mir völlig gleich! Wenn ich sage, dass wir uns eure Ladung nach eurer Landung ansehen, dann ist das so. Hast du das verstanden?", fragte er Eric provokant.

Eric nickte und malte sich innerlich aus, wie er dem Arschloch möglichst schmerzhaft den Hals umdrehen könnte.

„Beim nächsten Mal sind wir nicht mehr so freundlich", setzte der Regierungssöldner nach. Dann verschwand er mit seinem Kollegen wieder.

„Ich bin es nicht gewohnt, mich nicht zu wehren. Wann verdammt nochmal können wir endlich gegen die Regierungssöldner vorgehen", knurrte Eric an Ian gewandt.

„Hab Geduld, Eric. Es ist noch nicht an der Zeit. Das ist noch ein Kampf zwischen Grey und Lordan."

Ian tippte sich an seine Brille, die eigentlich überhaupt keine Stärke hatte, sondern lediglich eine versteckte Kamera beinhaltete, mit der er verschiedenste Momente festhalten konnte. Eric kickte wutentbrannt gegen eine Kiste und drehte sich entschlossen zur Menge in der Heiligenstätte um.

„Kann sich irgendjemand von euch verteidigen, wenn er angegriffen wird?"

Stille. Vereinzeltes Kopfschütteln. Alle blickten ihm mit großen Augen entgegen. Auch Ian warf Eric einen irritierten Blick zu, worauf er nun hinauswollte.

„Wollt ihr lernen, wie ihr euren Arsch verteidigen könnt?", fragte Eric weiter.

Vorsichtiges, unsicheres Nicken.

„Gut, dann mal los."

Die Aktion entstand spontan aus Erics Frust heraus. Ian war zwar überrumpelt davon, doch er wandte nichts dagegen ein. Einem Menschen beizubringen, wie er sich verteidigen konnte – daran fand er nichts Verwerfliches.

Und so begannen ihre Trainingseinheiten. Eric brachte den Menschen in jeder weiteren Heiligenstätte, die sie in den kommenden Wochen aufsuchten, Selbstverteidigungsmethoden bei. Mason musste dabei oftmals als Anschauungsobjekt dienen, doch er sah den Eifer und das Interesse der Menschen, was ihn motivierte, Eric zu helfen. Ian sprach währenddessen mit vielen Menschen, zeichnete bestimmte Szenen auf und begann, seine Geschichte aufzubauen, die er erzählen wollte. In welcher Form und wann das der Fall sein sollte, behielt er jedoch für sich. Es sei noch nicht an der Zeit, antwortete er lediglich auf Erics und Masons Nachfragen.

Ian beobachtete Mason bei seiner Arbeit mit den Menschen aus dem Northern Territory.

Als Mason sich vollkommen verschwitzt von einer Trainingseinheit zu ihm setzte und von einem Stück Brot abbiss, bemerkte er den nachdenklichen Blick seines ehemaligen Lehrers.

„Was ist?", fragte er mit vollem Mund.

„Ich habe mich nur gerade gefragt, warum du dich eigentlich so dafür eingesetzt hast, in ein Tauschprogramm zu kommen. Du warst doch in deinem letzten Leben ein Lehrer, oder?"

Mason nickte unbehaglich. Er verstand nicht, wie Ian nun auf das Thema kam.

„Ich frage dich, weil ich sehe, wie toll du Menschen etwas erklären kannst. Die Kinder und Jugendlichen hier sehen zu dir auf. Vor Eric haben sie Ehrfurcht und vor dir großen Respekt. Warum möchtest du nicht mehr als Lehrer arbeiten?"

Mason schwieg und sah betreten auf die Maserung der Tischplatte vor sich.

„Das hört sich jetzt sicher total blöd an", fing er stockend an zu erzählen.

Ian nickte ihm aufmunternd zu.

„Ich glaube einfach, dass ich mit Geld mehr erreichen und verändern könnte. Nimm es mir nicht übel, ich finde es toll, was du als Lehrer geleistet hast. Aber was können wir schon großartig bewirken? Die Kinder und Jugendlichen haben doch überhaupt keine Perspektive. Je mehr wir uns anstrengen, umso neugieriger sind sie auf die Welt und haben Lust, darin zu leben. Aber wenn alles vorgegeben und in Stein gemeißelt ist, dann haben sie keine Chance, das zu machen, worauf sie Lust haben."

Ian blieb die Spucke weg. Mason sprach etwas aus, was er sein ganzes Leben schon in sich spürte. Er sagte etwas, was Ian ganz genauso empfand. Was ihn dabei erstaunte, war, dass Mason schon in so jungen Jahren so dachte.

„Und du wolltest als Investmentbanker Geld verdienen, um etwas zu ändern?", fragte Ian weiter.

Mason nickte traurig.

„Ja, ich bin echt gut mit Zahlen und das hätte mir gelegen. Mit dem Geld, das ich verdient hätte, hätte ich Schulabgängern Ausbildungen oder sogar ein Studium finanzieren können, das sie sonst nie bekommen hätten. Vielleicht hätte ich sogar eine eigene Schule eröffnen können für Leute, die etwas anderes lernen wollen als in ihrem letzten Leben."

„Das ist sehr nobel Mason."

„Na ja, hat ja super funktioniert, wie man sieht", antwortete Mason resigniert und sah sich in der baufälligen Heiligenstätte um, die dringend eine Renovierung nötig hatte.

„Mason, ich finde das, was du sagst, überhaupt nicht blöd. Und ich verstehe deine Motivation. Sogar sehr gut. Sie ist auch der Grund, warum ich mich wieder dem Schreiben widmen möchte. Ich möchte die Wahrheit erzählen. Das, was immer verschwiegen wird oder für das man getötet wird. Ich denke, dass ich damit mehr verändern kann als an einer Provinzschule im Eastern Territory."

„Ich habe Angst", gab Mason offenherzig zu. Vor Scarlett und Oliver wollte er das nicht zeigen, denn er wusste, dass die beiden viel Kraft und Vertrauen aus seiner ruhigen, ausgeglichenen Art zogen.

Ian legte ihm eine Hand auf den Arm.

„Ich auch, Mason. Aber es muss sich etwas ändern und wir stecken mittendrin."

So sehr Ians Worte in diesem Moment auch trösteten: Mason vermisste seinen besten Freund. Liam hätte es sicher geschafft, dass er seine Sorgen vergaß. Er schluckte und blinzelte ein paar Mal, um seine aufsteigenden Tränen zu verdrängen.

Zettel der Revolution

12 „Scarlett, ich mache mir Sorgen um dich. Du bist schon die ganze Nacht wach und hast gestern nichts gegessen", sagte Maria eindringlich, als sie zu Scarlett in den Operationsraum trat.

„Ich kann nicht", flüsterte Scarlett leise. Ihre Stimme klang heiser. Maria ging zu ihr und legte ihr eine Hand auf die Schulter.

„Er erholt sich wieder. Liam ist taff."

Scarlett liefen Tränen an den Wangen herunter.

„Maria, so schlimm war es noch nie. Eine gerissene Milz ist furchtbar. Das war Liams erste Notfalloperation."

„Aber er hat es überstanden. Sein Kreislauf ist stabil und er bekommt Medikamente und Flüssigkeit. Montgomery und Daniels haben das hier im Griff."

Scarlett schüttelte heftig den Kopf.

„Maria, ich halte das nicht mehr aus! Sie wachsen mit ständigen Wunden auf! Gerade, wenn alles einigermaßen verheilt ist, geht es von vorne los. Ich ertrage das nicht, dass kleine Kinder so leiden müssen!"

„Ich auch nicht, glaub mir. Aber du musst für die beiden stark sein, sie brauchen dich."

Scarlett nickte und streichelte vorsichtig Liams Wange. Es war noch keine drei Stunden her, da hatte sich sein Körper furchtbar gewunden. Die beiden Ärzte stellten eine innere Blutung fest und handelten sofort. Das, was sie befürchtet hatten, ist nun eingetreten. Äußere Verletzungen konnten sie noch am einfachsten versorgen. Sobald es innere Verletzungen gab, wurde es lebensgefährlich.

Emma schlief erschöpft in ihrem Krankenbett.

Beinahe ihr gesamter Körper war mit Verbänden bedeckt. Am schlimmsten hatte sie es dieses Mal am Rücken erwischt, als sich ihre Haut spannte und ein langer Riss rechts neben der Wirbelsäule entstand.

Montgomery hatte ihre Wunde hochkonzentriert und mit größter Sorgfalt genäht. Eine Narbe würde Emma dennoch nicht erspart bleiben. Davon hatten Liam und sie ohnehin schon sehr viele.

„Ich muss ins Bett. Du solltest auch schlafen, Scarlett."

„Ich bleibe hier", erwiderte Scarlett hartnäckig.

Maria seufzte leise. Das Mädchen hatte einen unglaublichen Dickschädel.

Als am nächsten Morgen die Einsatzgruppen von ihren mehrwöchigen Missionen zurückkamen, war Scarlett noch immer nicht zurück aus dem Krankenzimmer. Pilot Owen war mit Ian, Eric und Mason vom Norden in den Osten geflogen, wo sie sich mit Ava und Oliver trafen, um gemeinsam nach Spero zurückzukehren. Mason und Oliver wussten noch nicht, dass am Vorabend erneut ein Wachstumsschub und damit bereits der vierte seit ihrer Abreise stattgefunden hatte.

„Wo sind Scarlett, Liam und Emma?", fragte Mason sofort, als er die Wohnung betrat und die drei nicht sah.

„Unten im Krankenzimmer", antwortete Maria. Sie sah erschöpft aus.

„Nein. Bitte sag nicht, dass es schon wieder passiert ist", erwiderte Mason entsetzt.

„Doch. Gestern Nacht und es war sehr schlimm. Liam musste notoperiert werden."

„Was?", riefen Oliver und Mason beinahe gleichzeitig aus.

Die beiden drehten sich sofort um und rannten in das Kellergeschoss.

„Schön, dass ihr zurück seid", murmelte Maria ihnen noch hinterher.

Eric und Ava nickten Maria beim Eintreten zu und wurden wild von Peter, Daniel und Noel begrüßt. Beim Anblick der drei Jungen musste sogar Ava lächeln.

Ian setzte sich zu Maria an den Küchentisch und schenkte ihr eine Tasse Kaffee ein.

„Du siehst aus, als ob du den gebrauchen kannst."

Währenddessen gelangten Mason und Oliver vollkommen außer Atem am Krankenzimmer an.

Mason öffnete vorsichtig die Tür und erschrak.

Scarlett sah furchtbar aus. Sie hatte stark abgenommen und unter ihren Augen lagen tiefe, dunkle Schatten.

„Heilige Scheiße", flüsterte er entsetzt, lief durch den Raum und drückte seine Freundin fest an sich.

„Hey, ihr seid wieder da!", rief Scarlett freudig. Sie konnte kaum die Augen aufhalten, so müde war sie.

„Ich hab mir solche Sorgen um euch gemacht", murmelte Mason in ihr Haar.

Oliver trat an das Krankenbett von Liam heran und betrachtete ihn schockiert.

„Scheiß die Wand an, wie groß sind die beiden jetzt?", platzte es entgeistert aus ihm heraus.

Mason blickte ebenfalls auf das Bett und riss die Augen auf.

„Heiliges Kanonenrohr, die sehen aus wie drei oder vier!"

Scarlett seufzte erschöpft.

„Ja, sie sind beide fast einen Meter groß. Gestern hatten sie ihren vierten Wachstumsschub. Beim letzten war eine Rippe von Emma angebrochen und jetzt hat es Liam schlimm erwischt mit einer gerissenen Milz."

„Scali", hörten sie plötzlich eine kleine, müde Stimme hinter sich.

Scarlett drehte sich sofort herum und lief an Emmas Bett. Emma war gerade aufgewacht.

„Sie können schon reden?", fragte Mason fassungslos.

Emma schlang ihre Arme um Scarletts Hals und wollte hochgehoben werden.

„Noch nicht viel. Ein paar Worte bekommen sie schon hin."

„Scali?", fragte Oliver mit hochgezogenen Augenbrauen.

Scarlett lächelte. „Sie kann Scarlett noch nicht aussprechen, deswegen nennt sie mich Scali."

Mason betrachtete seine Freundin stumm. Sie hatte verdammt viel mitmachen müssen in den vergangenen Monaten und das sah man ihr auch an. Er hatte ein schlechtes Gewissen, dass er sie in Spero mit dieser Verantwortung zurückgelassen hatte im Glauben, dass es hier besser für sie wäre als an der Front.

Plötzlich kamen die Ärzte Montgomery und Daniels zu ihnen und erklärten, dass sie Liam gerne untersuchen wollten. Scarlett, Mason, Oliver und Emma könnten solange zum Frühstücken gehen.

Als sie den Raum verließen, blickte Emma Mason und Oliver neugierig an. Sie erinnerte sich offensichtlich nicht an die beiden.

„Du?", fragte sie und streckte dabei eine Hand nach Oliver aus.

„Ich bin Oliver, Kleines. Und mir sind im Osten die Kippen ausgegangen. Vielleicht werde ich tatsächlich noch zum Nichtraucher. Das dürfte dir gefallen."

Emma lächelte ihn breit an. Sie verstand zwar nicht, was Oliver redete, doch sie mochte seine Stimme. Dann drehte sie den Kopf und zeigte mit dem Finger auf Mason.

„Du?"

„Ich bin Mason", lachte er und schüttelte spaßeshalber an ihrem kleinen Zeigefinger.

„Wir haben schon ein paar Mal Eier zusammen gebraten."

„Eia", ahmte sie ihn nach.

„Genau, Eia", grinste Mason.

Für Mason und Oliver war die Situation absolut surreal. Als sie zu ihren Einsätzen aufgebrochen waren, waren Emma und Liam noch Babys gewesen und jetzt hatten sie die Größe von Kleinkindern erreicht, konnten laufen und bereits erste Worte sprechen.

Kurz darauf erreichten sie die Wohnung. Genau wie Mason und Oliver zuvor die Kinnlade beim Anblick der kleinen Emma heruntergefallen war, klappte sie nun auch bei Eric, Ava und Ian runter. Scarlett wurde umringt und Emma in Augenschein genommen, der die Aufmerksamkeit gefiel.

„So schönes, blondes Haar hat sie jetzt", sagte Ian fasziniert. „Sie wird wohl ganz anders aussehen als in ihrem letzten Dasein."

„Wie geht es Liam?", fragte Eric, der Emmas strahlendes Lächeln erwiderte.

Scarlett und Maria erzählten, was in der vergangenen Nacht passiert war und wollten anschließend alles von den Missionen der anderen hören. Es fühlte sich beinahe an, als wäre eine Familie wieder zusammengekommen.

*

„Ihr versorgt den Norden und den Osten nicht mehr mit Lebensmitteln und schließt eure Firmen dort? Mr. Lordan, sagen Sie Bescheid, wenn Sie Ihre Oberste Bosch und O'Sullivan lebend wiedersehen wollen."

Damit wurde das Bild schwarz und Logan Greys aalglattes Gesicht verschwand vom Monitor.

Ephraim Lordan tobte. Er forderte eine Erklärung von Polizeichef und Militäroberst McMillan, warum es den Oppositionellen trotz Personenschutzmaßnahmen gelungen war, die beiden Oberste zu entführen.

„Wie kann es sein, dass Bosch aus einer Sportumkleide und O'Sullivan beim Schwimmen entführt werden, wenn sie doch rund um die Uhr bewacht wurden! Erklären Sie mir das, verdammt nochmal!"

McMillan stammelte sich um Kopf und Kragen und konnte keine gute Erklärung bieten.

„BALDWIN!", brüllte Lordan quer über den Tisch. Der Medienchef zuckte merklich zusammen und blickte den Landesführer erschrocken an.

„Warum zum Seelenhenker gelingt es diesem Aas noch immer, sich in unsere Sendungen zu hacken! Ich will Greys Visage nicht mehr sehen!"

„Unsere Techniker sind noch nicht dahintergekommen, wie er es schafft", murmelte Baldwin kleinlaut. Lordan hätte Baldwin längst eine Abreibung für seine Unfähigkeit verpasst, wenn ihm nicht reihenweise die Berater entführt worden wären.

„Mr. Laughlin, Sie kümmern sich um eine großzügige Auslegung des Hinrichtungsgesetzes! Ab jetzt können die Söldner im Einsatz selbst entscheiden, wann sie es als notwendig erachten, Oppositionelle hinzurichten. Keine vorherige Rücksprache mit dem Staatsgefährdungsschutz mehr nötig."

Rechtsoberst Laughlin nickte stumm. Man sah ihm die Angst vor einer Entführung regelrecht an. Am liebsten hätte er sich aus dem Staub gemacht. Dann würde er jedoch als Deserteur gelten, worauf die Todesstrafe stand.

„Williams, keine Krankenversicherungen mehr für den Osten und Norden. Jede Behandlung müssen die selbst bezahlen."

Lordan wandte sich erneut an Militäroberst McMillan.

„Bringen Sie die Kampftruppen einsatzbereit an die Grenzen. Wenn auch nur einer schief über den Zaun schaut, wird es einen Schlag von unserer Seite geben. Logan Grey muss lernen, dass seine Leute dafür bezahlen müssen, was er lostritt."

*

Scarlett wurde noch blasser im Gesicht, als sie es ohnehin schon war. Sie hatte Masons Ausführungen entsetzt gelauscht, wie angespannt die Lage im Norden war. Als Ian dann noch den Fernseher anschaltete und sie den neuesten Schlagabtausch zwischen Ephraim Lordan und Logan Grey sahen, bildete sich ein Kloß in ihrem Hals.

„Vier Berater sind also bereits entführt worden und Logan Grey bekennt sich offiziell dazu, dafür verantwortlich zu sein."

Ian nickte ernst.

„Ganz genau. Medienwirksam ist diese Vorgehensweise allemal. Er demonstriert seinen Anhängern dadurch Stärke und Ephraim Lordan bringt er um seine wichtigsten Berater. Es ist ein taktischer Feldzug."

„Um was zu bezwecken?", fragte Mason.

„Na ja, bisher hatten wir es mit Aktionen und Angriffen seitens der Opposition zu tun und mit Sanktionen seitens der Regierung. Ich glaube, Grey möchte, dass Ephraim Lordan der Kragen platzt und die erste Bombe wirft."

„Er will nicht den Anfang machen", murmelte Eric verächtlich.

„Richtig, so sieht er lediglich wie jemand aus, der sich wehrt, wenn er angegriffen wird."

„Ich muss in den Osten", flüsterte Scarlett leise.

„Was?", rief Mason entsetzt. „Das kommt nicht in Frage!"

„Mason, meine Schwestern sind dort! Ich muss sichergehen, dass es ihnen gutgeht. Ich mache mir solche Sorgen um sie. Ich möchte bei der nächsten Mission dabei sein."

Mit ihrem letzten Satz wandte sie sich direkt an Eric. Der warf ihr einen ungläubigen Blick zu, packte ihren Arm, hob ihn hoch und ließ ihn fallen.

„Aua, was soll das?", rief Scarlett entrüstet.

„An dir ist alles schlaff und du bist dürr wie eine Klapperstange. Du wärst kaum eine Hilfe an der Grenze."

„Rede noch einmal so mit ihr und ich hau dir eine rein", knurrte Mason wütend.

Eric zog angriffslustig seine Augenbrauen hoch. Doch Scarlett wusste sich selbst zu helfen.

Sie packte ihr Schneidemesser und rammte es nur wenige Zentimeter neben Erics Hand in den Tisch. Sie stand auf und lehnte sich über den Tisch, bis sie nur wenige Zentimeter von seinem Gesicht entfernt war.

„Jetzt hör mir mal zu du Arschgesicht! Denkst du, für Maria und mich war das hier ein Ponyhof, als ihr weg wart? Denkst du, dass eine Mission nur dann anstrengend und gefährlich ist, wenn man mit einem Maschinengewehr herumläuft? Ich komme mit und damit basta. Wenn dir das nicht passt, kannst du mich ganz gehörig am Arsch lecken!"

Eric starrte Scarlett kalt an.

„Sieh an, was aus so einem zierlichen Ding für Töne rauskommen können."

Scarlett zeigte ihm den Mittelfinger. Eric seufzte.

„Von mir aus, komm mit. Aber du passt auf deine Freundin gefälligst auf!", sagte er und nickte Mason dabei auffordernd zu.

„Aber wer passt dann auf Liam und Emma auf?", fragte Scarlett und blickte Emma besorgt an, die gerade Honig von ihren Fingern schleckte.

„Maria sollte nicht allein mit ihnen sein."

„Ich muss wieder mit an die Front für meine Videoaufnahmen", meinte Ian entschuldigend.

„Dann bleibt eben Oliver hier und Peter begleitet Ava auf der zweiten Mission", schlug Eric vor und grinste Oliver hinterhältig an. Peter war sofort Feuer und Flamme.

„Zu gefährlich für Peter", sagte Ava und warf ihrem Bruder einen zornigen Blick zu.

„Pass einfach gescheit auf ihn auf", konterte Eric.

Oliver sah Ava entschuldigend an.

„Ist okay. Ich möchte mit Liam und Emma Zeit verbringen. Ich meine, schaut sie euch an. Wer weiß, wie sie in ein paar Monaten aussehen. Außerdem muss ich eh die ganzen Kameras überwachen, die wir bereits installiert haben und ich kann die Bewegungen des Regierungsmilitärs besser verfolgen, was euch bei euren Einsätzen helfen könnte."

Ian war verwirrt, als er Oliver dabei ertappte, wie er ihn anstarrte. Oliver sah sofort in eine andere Richtung, doch Ian spürte, dass ihn etwas beschäftigte.

„Ich gebe euch eine ganz ordentliche Anzahl an Kameras zum Aufstellen mit", versicherte Ian Ava und Peter. Sein Blick ruhte jedoch weiterhin auf Oliver.

Scarlett warf Emma einen schmerzerfüllten Blick zu. Es brach ihr das Herz, sie und Liam mehrere Wochen nicht sehen zu können. Doch sie musste auch an ihre eigene Familie denken und sich versichern, dass es ihren Schwestern gutging.

„Pass gut auf die beiden auf, Oliver", murmelte sie leise.

„Mach ich", versicherte er.

*

So brachen sie alle zu ihrem zweiten Einsatz mit teils veränderter Besetzung auf.

Als Pilot Owen Scarlett, Mason, Eric und Ian an die Grenze zum Eastern Territory flog, sprangen Ava und Peter zwischenzeitlich mit dem Fallschirm ab und begaben sich auf ihren Einsatz in den Tiefen der östlichen Wälder. Dieses Mal waren beide Gruppen im gleichen Territory unterwegs. Während Ava und Peter sich für ihre Suche nach Spinnenjägern in den abgelegenen, an den Norden grenzenden Waldgebieten aufhielten, kümmerten sich Scarlett, Mason, Ian und Eric während ihrer Mission um die Versorgung von Heiligenstätten in dicht besiedelte Regionen.

Nachdem Owen die schwerfällige Martha im Eastern Territory nahe der Grenze gelandet hatte, wurden sie von schwer bewaffneten Regierungssöldnern unfreundlich empfangen.

Die gesamte Ladefläche des Transporthubschraubers wurde auf den Kopf gestellt.

Eric wurde wütend, als ihnen ihre Sturmgewehre inklusive Munition abgenommen wurden.

„Wir haben eine Erlaubnis, dass wir sie mitnehmen dürfen", protestierte Ian.

Als sich die Regierungssöldner weigerten, die Waffen wieder auszuhändigen, rief Ian Franklin Cisco an. Er reichte das Telefon weiter an den Söldner, der tatsächlich ein wenig blass um die Nase wurde, als er verstand, dass er gerade mit dem obersten Seelenmeister persönlich sprach.

„Jawohl, Sir", sagte er zähneknirschend und legte auf.

„Sie müssen in das Gebiet rein und sich im Notfall gegen Aufständische wehren können", sagte er an seine Kollegen gewandt. „Anordnung von ganz oben."

Eric, Mason und Scarlett erhielten damit ihre Waffen wieder zurück.

Scarlett schluckte unbehaglich, als sie den Grenzzaun sah. Meterhoch, gefährlicher Stacheldraht und mit provisorischen Überwachungstürmen ausgestattet, auf denen sich jeweils zwei Söldner befanden, die das Areal überwachten. Unweit der Grenzbefestigungen sah sie mehrere schwere Panzerfahrzeuge und eine nicht unerhebliche Schar von Regierungssöldnern auf Position. Einige Laster – beladen mit Stacheldrahtzaun – deuteten darauf hin, dass die Grenzen noch nicht vollständig befestigt waren.

Mason kannte die Abläufe nun bereits aus dem Northern Territory. Die größte Heiligenstätte stellte ihnen einen Transporter zur Verfügung, mit dem sie von Heiligenstätte zu Heiligenstätte fuhren, um ihre Materialien zu verteilen. Owen brachte mit Martha zwischendurch wieder Nachschub aus dem Southern Territory, den sich Mason, Eric, Ian und Scarlett wiederum am Grenzzaun abholten, sobald ihr Transporter leer war.

Scarlett sehnte sich danach, endlich in ihre Heimatstadt zu kommen, um nach ihrer Familie zu sehen. Bis dahin mussten sie sich jedoch an ihre Route halten, die ihnen von Mr. Francis vorgegeben wurde. Die Heiligenstätten, die am dringendsten Hilfe benötigten, mussten zuerst versorgt werden.

Was ihnen während dieser Zeit auffiel, war, dass die Stimmung im Eastern Territory geladener war. Im Osten war der Altersdurchschnitt niedriger als im Norden und die jungen Menschen waren wütend darüber, dass sie eingesperrt wurden, keine Aussicht mehr auf einen Job hatten und teilweise nicht mal mehr Essen bekamen.

Es hat sich alles verändert, dachte Scarlett auf ihrem Weg durch das Eastern Territory. Auf den Straßen patrouillierten bewaffnete Regierungssöldner, die stichprobenartig bei den Passanten die Arme auf Tätowierungen überprüften. Sie waren auf der Suche nach Oppositionellen.

Für den Fall, dass Eric kontrolliert werden sollte, überschminkte der sich jeden Tag seine Tätowierung mit wasserfestem Make-up in seiner Hautfarbe. Nach ihrem hitzigen Zusammenstoß mit Regierungssöldnern im Norden griff Eric zur Sicherheit zu dieser Maßnahme.

Nachdem sie zu Beginn ihrer Mission ins Landesinnere gestartet waren, kamen sie nun einige Wochen später endlich mit ihrer letzten Materialladung viele Meilen weiter südlich unweit des Grenzzauns in Scarletts und Masons Heimatstadt an. Pilot Owen hatte sich mit Martha in der Nähe der Stadt positioniert, direkt hinter dem Grenzzaun, um sie im Anschluss an ihren letzten Einsatz zurück in den Süden zu fliegen.

Scarlett saß während all der Zeit wie auf Kohlen. Sie konnte den Moment kaum abwarten, in dem sie endlich die Gelegenheit nutzen konnte, um nach ihren Schwestern zu sehen.

Bei ihrer ersten Essensausgabe erschrak Scarlett, als sie plötzlich ein erschrockenes Flüstern hinter sich hörte.

„Scarlett, bist du das?"

Scarlett drehte sich um.

„Mrs. Brown", antwortete sie leise.

Vor wenigen Monaten hatte sie mit Hilfe von Ian Emmas Eltern, Mr. und Mrs. Brown, anrufen müssen, um ihnen mitzuteilen, dass Emma gestorben war. Es war eines der schrecklichsten Gespräche, das sie je hatte führen müssen. Emmas Eltern waren am Boden zerstört gewesen und hatten wissen wollen, was passiert war, doch Scarlett hatte ihnen nicht erklären können, dass ihre Tochter mit einem seelenzerstörenden Mittel hingerichtet worden war. Ian hatte ihr geraten, dass sie erzählen solle, Liam und Emma seien bei einer Verfolgungsjagd ums Leben gekommen.

Mrs. Browns Unterlippe zitterte leicht. Ihr Mann stellte sich neben sie und starrte Scarlett ungläubig an.

„Mädchen, wo hast du nur gesteckt?", rief Mrs. Brown und drückte Scarlett an sich.

„Wurdet ihr freigesprochen?", fragte Mr. Brown dazwischen. Er sah, wie Mason sie entdeckte und sich eilig durch die Menge schlängelte, um sich zu ihnen zu stellen.

„Nein. Wir werden noch immer gesucht, doch bisher wurden wir nicht enttarnt. Wir arbeiten momentan unter dem Schutz der Heiligenstätten", antwortete Scarlett, wobei sie sich ihre Kappe tiefer in die Stirn zog, unter der sie ihre Haare in einem strengen Zopf trug.

Mrs. Browns Augen füllten sich mit Tränen.

„Es ist furchtbar, dass wir sie nicht begraben können. Unsere kleine Emma. Beim Staatsgefährdungsschutz streiten sie ab, dass Emma und Liam bei einer Verfolgungsjagd ums Leben kamen. Wir wissen nicht, wo Emma und auch Liam gelandet sind."

Scarletts Brust zog sich schmerzhaft zusammen. Emmas Eltern sahen furchtbar mitgenommen aus. Am liebsten hätte sie ihnen alles erzählt, doch jeder, der von dem Geheimnis wusste, war gefährdet.

„Natürlich lügen sie", knurrte Mr. Brown leise.

„Sie haben fünf Jugendliche einfach des Mordes angeklagt, weil sie einen Mord mitangesehen haben, den sie nicht hätten sehen sollen."

„Wir verstehen so vieles noch nicht, Scarlett. Bitte, wir möchten wissen, wa…"

Gerade als Mason Emmas Eltern begrüßen wollte, wurde das Gespräch von lautem Tumult vor der Heiligenstätte unterbrochen. Die Menschen in der Essensschlange wurden unruhig und gaben ihren Warteplatz auf, um nach draußen zu laufen.

„Entschuldigen Sie uns", murmelte Mason und zog Scarlett am Arm mit sich.

Die Heiligenstätte befand sich unweit des Marktplatzes, auf dem Graham Wilson damals sein Leben verloren hatte.

An einer Straßenecke zum Platz war ein Streit ausgebrochen. Zwei Söldner standen vor einem Jeep, auf dessen Ladefläche sich Koffer und Taschen türmten.

„Aber ich habe die Genehmigung doch hier! Wir dürfen über die Grenze!", brüllte ein Mann mit Nickelbrille und Spitzbart aufgebracht.

„Das Papier ist nicht mehr gültig! Sie gehören ins Eastern Territory und haben im Süden nichts verloren."

Ein übergewichtiger Junge drängte sich vor seinen Vater und mischte sich in den Streit ein. Es war niemand anderes als der dicke Mick, den Scarlett und Mason zuletzt auf dem Schulhof vor ihrem Schulabschluss gesehen hatten.

„Mein Vater hat viel Geld dafür gezahlt, dass ich in den Süden kann! Ich habe über die Tauschbörse einen festen Platz für eine Ausbildung zum Immobilienmakler bekommen!"

Die Söldner lachten, rissen Micks Vater das Papier aus den Händen, zerknüllten es vor seinen Augen und warfen es achtlos auf den Boden.

Mick wollte das Papierknäuel wieder aufheben, doch die Söldner richteten sofort ihre Waffen auf ihn.

„Lass den Zettel liegen, Junge", zischte einer von ihnen drohend.

„Aber es ist mein Recht. Auf diesem Papier steht, dass ich in den Süden darf", rief Mick wütend.

„Lass den scheiß Zettel liegen", flüsterte Mason angespannt zu sich selbst. Scarlett krallte sich an seinem Arm fest.

„Der Zettel bleibt liegen und das Auto bleibt stehen. Sie bleiben beide hier. Das ist ein Befehl!", riefen die Söldner laut.

„Mick, steh auf", sagte der Vater und Mick gehorchte. Ein erleichtertes Aufatmen ging durch die Menge.

Micks Vater drehte sich um, ließ den Jeep stehen und ging schweren Schrittes zurück in sein Geschäft. Mick folgte ihm widerwillig und auch die Söldner drehten sich um und gingen davon.

Da blieb Mick plötzlich stehen, drehte seinen Kopf und starrte auf den zusammengeknüllten Brief auf dem Boden.

Geh rein, verdammt nochmal, dachte Ian, der sich mit Eric zu Scarlett und Mason gestellt hatte und die Situation angespannt mitverfolgte.

Doch Mick ging zurück zum Brief und bückte sich danach. Einer der Söldner drehte sich just in dem Moment um, sah Micks Handbewegung und hob seine Waffe.

„Mick!", brüllte Mason und rannte vom Treppenabsatz los.

Mick blickte auf, doch es war zu spät. Der Söldner gab zwei Schüsse ab und Mick brach zusammen.

Micks Vater kam aus seinem Geschäft gestürmt und sah seinen Sohn verletzt auf dem Boden liegen.

„Nein!", schrie er gequält und lief zu seinem Jungen. Scarlett rannte ebenfalls los.

Doch als sie sich mit Mason neben ihren Schulkameraden kniete, waren seine Augen bereits starr geworden. Die Kugeln hatten seine linke Brusthälfte getroffen.

Micks Vater brach weinend über seinem Sohn zusammen. Scarlett versuchte die Blutungen zu stoppen, doch Mason zog ihre Hände weg.

„Es ist zu spät", sagte er leise.

Plötzlich brach Tumult los.

Eine ganze Gruppe von Menschen rannte wutentbrannt auf die beiden Söldner los.

Die hoben sofort ihre Waffen und schossen in die Menge. Einige wurden getroffen und fielen auf den Boden, doch die Söldner waren deutlich in der Unterzahl. Kurze Zeit später wurden sie überwältigt. Die Waffen wurden ihnen aus den Händen gerissen. Die Menschen ließen ihre ganze Wut und Verzweiflung an ihnen aus, traten sie mit ihren Füßen und prügelten ihnen mit ihren Fäusten ins Gesicht.

Mit der Tötung eines Jugendlichen hatten die Söldner das Fass zum Überlaufen gebracht.

Es dauerte nicht lange und sie hörten aus weiter Ferne Sirenen aufheulen.

Mason stand auf und zog Scarlett nach oben. Ihm wurde ganz anders, als er plötzlich mehrere schwarze Punkte am Himmel ausmachte, die langsam größer wurden.

„Lauf, Scarlett", rief er.

„LAUF!"

*

Oliver hatte noch nie zuvor einen solch disziplinierten Tagesablauf absolvieren müssen. Doch ihm war bewusst, dass sich Scarlett und Mason auf ihn verließen und ihm mit Emma und Liam vertrauten. Genauso wollte er sein Versprechen gegenüber Ava einhalten und weitere Nachforschungen zu Ian und Mr. Francis anstellen. Ihre Worte hatten berechtigte Zweifel in ihm hervorgerufen, die er vor Ian bei ihrem letzten Zusammentreffen kaum verbergen konnte.

Peter, Ian und Maria waren mit Kameras ausgestattet, mit denen sie wichtige Szenen während ihrer Einsätze festhielten. Peter sollte aufzeichnen, wenn es während ihres Einsatzes in den östlichen Wäldern wieder zu einem Nahkampf kommen sollte, wie es bei Oliver und Ava der Fall gewesen war.

Ian sammelte erneut Videomaterial an der Front und Maria hielt Emma und Liams Wachstumsschübe weiterhin fest. Sie fand es noch immer pietätlos, doch Ian hatte sie eindringlich darum gebeten.

Mit so vielen Kameras, Überwachungssystemen und Peilsendern, die es gleichzeitig zu überwachen gab, hatte man Oliver eine riesige Computerecke im Gemeinschaftsraum mit drei großen Bildschirmen eingerichtet.

Damit fiel es Oliver leichter, die Ortungen ihrer Handys im Blick zu behalten, genauso wie die installierten Kameras im Osten. Der Alarm hatte schon viele Male ertönt, doch bisher waren es nur Tiere, die durch das Bild liefen und das Signal auslösten.

Es gab lediglich eine Person, die er nicht orten konnte und das war Mr. Francis.

Oliver legte daher zwei Überwachungskameras in der Fuhrparkgarage Speros lahm, indem er sich in die Kameras hackte, eine Screenshot-Aufnahme machte und diese vor das Kamerabild legte. Auf diese Weise konnte er unbemerkt in die Garage schleichen, um unter Mr. Francis' Limousine einen Peilsender anzubringen.

Er überwachte seine Bewegungen, doch es war nichts Auffälliges dabei. Mr. Francis verbrachte den Großteil seiner Zeit im Regierungspalast.

Auch bei Ian biss Oliver auf Granit. Er prüfte nochmal seinen Lebenslauf im System, konnte jedoch keine Auffälligkeiten entdecken. Er konnte auch keine Hinweise darauf ausmachen, dass der Lebenslauf gefälscht sein könnte. In seinem vorherigen Leben hatte Ian tatsächlich als Journalist gearbeitet und heimlich eine regierungskritische Zeitung herausgegeben. Oliver las sich ein paar der Artikel durch und pfiff anerkennend. Ian hatte ein verdammt gutes Händchen für seine Kamera gehabt und er schrieb auf Basis stichhaltiger Recherchen. Oliver konnte nachvollziehen, warum es Ian so wichtig war, immer und überall Beweismaterial zu sammeln.

Oliver seufzte resigniert. Er fand nichts, absolut nichts Verdächtiges. Konnte es nicht einfach sein, dass ihnen ihr Lehrer wirklich nur helfen wollte mit allem, was er tat? Vielleicht rückten sie sich auch selbst zu sehr in den Mittelpunkt. Ian hat seinen Job nicht ihretwegen aufgegeben, sondern weil er sich Mr. Francis und seiner Friedensbewegung anschließen wollte. Er hat die Unruhen im Land mitbekommen und wollte wieder etwas verändern. Seine Persönlichkeit aus seinem vorherigen Leben brach erneut hervor. Ihre Gruppe war doch eigentlich nur ein kleiner Bestandteil seiner Entscheidungen. Oliver schüttelte seufzend den Kopf und raufte sich die Haare.

Er lächelte, als Maria mit Liam, Emma, Daniel und Noel vom Schwimmen zurückkam. Liam hatte sich von seinem Milzriss gut erholt und auch die blauen Flecken beider Kinder waren weitestgehend verschwunden.

Liam und Emma strahlten Oliver an, kletterten zu ihm auf das Sofa und erzählten, was sie am Meer alles erlebt hatten. Sie konnten mittlerweile schon sehr flüssig sprechen. Oliver hatte sich schon immer Geschwister gewünscht, doch nie welche bekommen. Es gefiel ihm sehr, sich um Emma und Liam zu kümmern. Sie hatten eine Menge Spaß miteinander, denn Oliver war ein Meister im Geschichtenerzählen. Liam und Emma flehten ihn jeden Abend an, ihnen wieder eine Abenteuergeschichte zu erzählen, die sich auch Daniel und Noel nicht entgehen ließen. Was ihn, Maria und auch die Ärzte Montgomery und Daniels faszinierte, war, dass die beiden so unfassbar schnell dazulernten. Sie waren unglaublich wissbegierig und wollten allem auf den Grund gehen. Oliver musste vieles erklären: wie funktioniert ein Kühlschrank, eine Waschmaschine, ein Auto, warum fliegen Vögel...

Das Einzige, wobei sie sich schwertaten, waren Emotionen und Gefühle. Sie verstanden nicht, wenn jemand weinte, lachte oder laut wurde. Ihr eigenes Verhalten war primär geprägt durch grenzenlose Neugierde und den Drang, etwas Neues zu lernen. Herzhaftes Lachen, Weinen oder Wutausbrüche – Fehlanzeige. Nur bei ihren Wachstumsschüben schrien sie unter den quälenden Schmerzen.

Oliver gab während der grauenvollen Nächte sein Bestes, um den Kindern beizustehen. Innerlich zerriss es ihn trotzdem jedes Mal und er betete, dass Liams und Emmas Schicksale nicht darauf hinausliefen, dass die beiden sehr schnell alterten und durch ihre Körper zu einem schnellen Tod gezwungen wurden.

Oliver hatte das Gefühl, dass sich Emma und Liam dem Zorn der Natur stellen mussten. Die Gesetze des unendlichen Lebens waren gebrochen worden und die beiden mussten den Kopf dafür hinhalten.

Maria riss ihn plötzlich aus seinen Gedankengängen, als sie die nassen Badehandtücher über die Esstischstühle hängte.

„Mach dich bereit Oliver, es kann jeden Tag wieder losgehen. Der letzte Wachstumsschub ist schon wieder einige Wochen her."

Ich werde mich niemals daran gewöhnen oder darauf vorbereiten können, dachte Oliver frustriert.

Erste Erinnerung

13 Ava und Peter zogen durch das östliche Territorium. Sie befanden sich mittlerweile in einem weitflächigen Areal, in dem kaum noch Menschen lebten – sehr weit weg von Olivers Heimatstadt, in der sich Scarlett, Mason, Eric und Ian zur gleichen Zeit aufhielten.

Die Bäume standen so dicht, dass es unter dem Blätterbaldachin sehr dunkel war. Es würde nicht mehr lange dauern und sie stießen an das Northern Territory. Ava vermutete, dass es in solch einer abgelegenen Gegend noch keine Grenzbefestigungen gebe, wodurch ihnen eine unschöne Begegnung mit Regierungssöldnern hoffentlich erspart bliebe.

Ava hatte schlechte Laune. Ihr Kameravorrat ging zur Neige. Mit Peter hatte sie – genauso wie mit Oliver auf ihrem vorherigen Einsatz - ein riesiges Areal durchkämmt. Trotzdem begegneten sie keinen Spinnenjägern, die sie hätten verfolgen können. Es war frustrierend.

Peter runzelte die Stirn und blieb stehen. Er ließ seinen Blick über die Bäume und Büsche ringsum schweifen.

„Was ist?", fragte Ava ungeduldig.

„Es ist einfach nur merkwürdig. Wir streifen nun schon wochenlang durch dieses Gebiet und ich habe kaum Nester der Spinnen entdeckt."

„Du hast doch gesagt, sie seien selten."

„Ja, schon. Es gibt sie auch nur noch in dieser Klimazone im Osten. Sie sind zwar vom Aussterben bedroht, aber es gibt schätzungsweise sicher noch ein paar Tausend von ihnen. Um diese Jahreszeit müssten viele von ihnen bereits geschlüpft sein und es würde eigentlich viele leere Nester geben. Aber ich sehe *gar keine* Nester. Das ist merkwürdig."

Ava dachte über Peters Worte nach.

„Du meinst, dass wir zu spät mit unserer Suche angefangen haben? Dass bereits vor unserer ersten Mission Jäger hier waren?"

Peter zuckte unschlüssig mit den Schultern.

„Möglich. Die Schlüpfzeit war vor wenigen Wochen, also genau da, wo du noch mit Oliver unterwegs warst. Was aber ist, wenn jemand die Nester während der Brutzeit bereits mitgenommen hat?"

„Aber wohin könnten diese Viecher gebracht worden sein? Es ist zum Verrücktwerden!"

Peter war genauso ratlos wie sie.

„Nur noch ein paar Meilen und wir kommen ins Northern Territory, das hinter dem Wasserfall am High Creek River beginnt", sagte Ava resigniert.

„Im Norden ist es viel zu kalt für die Spinnen. Da finden wir sicher keine mehr."

„Dann lass uns umkehren. Ich möchte mir die Basen vorknöpfen und mich nur noch darauf konzentrieren, die Produktionsstätte zu finden. Wenn wir hier keinen von Logans Leuten antreffen, denen wir folgen könnten, ist es sinnlos, durch diese Gegend zu streifen. Es hängen nun überall Kameras. Sollten Logans Jäger zurückkehren, wird es Oliver sicher mitkriegen, sobald eine Kamera jemanden einfängt.

Deine Spinnenidee war nicht schlecht, Peter. Aber vielleicht sind wir wirklich zu spät gekommen."

*

Scarlett und Mason rannten um ihr Leben. Ian und Eric folgten ihnen. Die anfangs kleinen schwarzen Punkte am Himmel wurden schnell größer. Es handelte sich dabei um nichts anderes als gefährliche Kampfjets der Regierung. Sie waren innerhalb von Minuten bereits tief über der Stadt.

„Deckung!", brüllte Eric.

Sie hörten den ohrenbetäubenden Lärm eines Jets, der gerade über ihnen hinwegdonnerte. Eine Bombe wurde abgeworfen, die mitten in eine Gebäudezeile um den Marktplatz einschlug. Scarlett, Mason, Eric und Ian duckten sich und hielten sich die Arme über den Kopf. Der Boden erzitterte unter ihnen, eine Stoßwelle breitete sich nach allen Seiten aus und Glasscheiben in umliegenden Gebäuden barsten. Menschen schrien und liefen in alle Richtungen panisch davon. Auf dem Marktplatz lagen viele Verletzte, die sich schmerzerfüllt wanden.

Scarlett war schwindelig. Sie spürte einen dumpfen Druck in ihren Ohren. Sie blickte auf und sah auf der gegenüberliegenden Straßenseite einen kleinen Jungen reglos auf dem Bordstein liegen.

Sie rappelte sich auf und wollte gerade zu ihm laufen, als Eric sie packte und zurückzog. Just in dem Moment war das Rattern eines Maschinengewehres zu hören. Ein Hubschrauber flog über den

Platz und feuerte eine Salve auf die Menschen ab. Eine weitere Bombe wurde abgeworfen, die ins Rathaus einschlug und das Gebäude sprengte.

Mason, Ian, Scarlett und Eric husteten, denn die einstürzenden Gebäude verursachten eine riesige Staubwolke, die sich in der Luft verteilte und durch die man kaum noch etwas sah.

„Wir müssen hier weg!", brüllte Eric.

„Nehmt euch an den Händen!"

Mason griff Scarlett und Ian an den Händen. Gemeinsam liefen sie geduckt weiter. Viele Menschen schlossen sich ihnen an, was zur Folge hatte, dass sich auch der nächste Hubschrauber auf sie fokussierte und mitten in die Menge schoss. Ian hechtete hinter einen Müllcontainer, während Eric wutentbrannt sein Sturmgewehr packte und das Feuer erwiderte. Mason warf sich auf Scarlett und bedeckte ihren Körper schützend mit seinem. Sie bekam kaum noch Luft und lag röchelnd auf dem Asphalt.

Eric drückte sich einen Finger aufs Ohr und brüllte über seinen Ohrhörer um Hilfe.

„Owen, verdammt nochmal, wir müssen hier sofort weg!"

Über ihnen hörten sie einen lauten Knall, gefolgt von einem Geräusch wie Splittern oder Bersten. Als sie nach oben blickten, raste ein getroffener Hubschrauber in einer gefährlichen, schwarzen Rauchschwade auf sie zu.

„Zurück, lauft zurück!", schrie Eric, der die Flugbahn des Helis abschätzte.

Mason zog Scarlett mit einem Ruck wieder auf die Beine und rannte mit ihr in die andere Richtung zurück. Der Heli zog in rasender Geschwindigkeit über ihre Köpfe hinweg und prallte nur wenige Meter entfernt von ihnen auf die Straße. Er schlitterte etwa hundert Meter über den Boden und donnerte in eine Hauswand.

Über ihnen hörten sie das Geräusch von Maschinengewehren und die Triebwerke mehrerer Kampfjets. Die Regierungstruppen hatten Gesellschaft bekommen. Eric erkannte die zusätzlichen Kampfjets sofort. Er war oft genug auf anderen Basen stationiert gewesen, um diese Flotte wiederzuerkennen.

„Die Oppositionellen sind hier", rief er mit finsterer Miene. Logan Grey hatte nun seinen Anlass zur Verteidigung.

„Wir müssen zurück an den Grenzzaun! Owen darf nicht über den Zaun fliegen, sonst wird er abgeschossen!", brüllte er Mason, Scarlett und Ian über den Lärm zu.

Ian deutete auf einen alten Geländewagen.

„Das ist zu weit, wenn wir laufen. Wir müssen einen Wagen nehmen!"

Eric nickte und rannte zu dem Auto. Er hob das Ende seines Sturmgewehres und schlug damit die Fensterscheibe auf der Fahrerseite ein, um die Tür zu öffnen. Er brauchte nur wenige Sekunden, um den Wagen kurzzuschließen und ließ den Motor aufheulen. Ian hatte auf dem Beifahrersitz Platz genommen, während Scarlett und Mason hinten saßen.

Eric drückte aufs Gaspedal und steuerte den Wagen durch eine Seitenstraße raus aus dem Stadtzentrum.

Sie ließen die Kampfszene vermeintlich hinter sich. Ian streckte den Kopf zum Beifahrerfenster hinaus und blickte nach hinten.

„Heilige Scheiße, nein! Eric, gib Gas!", brüllte er.

„Was ist?"

„Wir bekommen Gesellschaft!"

Eric sah in den Rückspiegel. Ian hatte recht. Ein Kampfhubschrauber bemerkte ihren Fluchtversuch und drehte ab, um ihnen zu folgen.

Eric fluchte laut und drückte sich wieder einen Finger ans Ohr, um über sein Headset Kontakt mit ihrem Piloten aufzunehmen.

„Owen, sag den Söldnern am Grenzzaun, dass wir kommen! Wir werden verfolgt! Der Heli soll abdrehen!"

Eric lief der Schweiß in Strömen herunter. Es war ein verdammtes Problem, dass Owen nicht über den Grenzzaun fliegen konnte, um sie zu holen.

Der Hubschrauber näherte sich bedrohlich. Eric betete innerlich, doch der Heli drehte nicht ab. Mit mehr als hundertzwanzig Sachen raste Eric über eine Landstraße. Hinter einer Kuppe sah er den Grenzzaun auftauchen.

„Dreh schon ab, dreh schon ab!", murmelte Eric und starrte in den Rückspiegel. Ein Gegenstand löste sich aus einer Halterung unterhalb des Helis. Der Pilot hatte eine Rakete abgesetzt, die nun direkt auf sie zuhielt.

„OWEN!", brüllte Eric außer sich.

„Raus, alle raus!"

Eric bremste mit voller Kraft und jeder sprang aus seiner Tür hinaus. Sie rannten so schnell sie konnten vom Geländewagen weg. Die Rakete schlug nur ein paar Meter vor dem Wagen ein. Scarlett schleuderte es durch die Luft. Mitten im Sturz spürte sie einen schrecklichen Schmerz in ihrem linken Schulterblatt.

Sie schrie auf und blieb wie gelähmt liegen. Es war ihr nicht möglich, aufzustehen. Mason lief sofort zu ihr und erschrak.

In Scarletts linkem Schulterblatt steckte ein metallischer, scharfkantiger Gegenstand.

„Das war eine Splitterbombe!", brüllte Ian und rannte voller Sorge zu Mason und Scarlett.

Mason kniete neben seiner Freundin und strich ihr das Haar aus dem Gesicht. Scarlett stand unter Schock und atmete nur noch flach ein und aus.

„Ich kann mich nicht bewegen", röchelte sie.

Eric blickte in den Himmel und lud sein Gewehr durch, doch der Kampfhubschrauber war abgezogen. Der Befehl, sie zu verschonen, kam zu spät.

Mit einem Blick auf den Wagen war ihnen sofort klar, dass er sie nicht mehr weiterbringen würde. Die Bombe hatte den Wagen frontal getroffen und seine Reifen waren platt.

„Verdammt nochmal, wir können sie so nicht tragen", fluchte Eric, als er Scarletts Verletzung sah.

Da hörten sie ein donnerndes Geräusch am Himmel. Als sie sich umdrehten, flog ihnen Owen entgegen. Mason war noch nie so froh gewesen, Martha zu sehen.

*

Scarlett versuchte ihre Augen zu öffnen, doch es gelang ihr nicht beim ersten Versuch. Sie spürte einen unsäglichen Schmerz in ihrem linken Schulterblatt. Es tat höllisch weh.

„Ich glaube, sie wacht auf", hörte sie jemanden leise flüstern.

Scarlett spürte, wie eine warme Hand nach ihrer griff.

„Scarlett, kannst du mich hören?"

Sie erkannte Masons Stimme. Mason war also hier. Das freute sie.

„…ason ...", nuschelte sie.

Dann endlich gelang es ihr und sie öffnete ihre Augen. Grelles Licht schlug ihr entgegen.

Erst nach ein paar Sekunden wurde das Bild scharf. Sie lag anscheinend in einem Krankenbett, um das viele Menschen herumstanden und sie besorgt ansahen.

Sie sah Oliver, Mason, Ian und Eric. Auch Maria war hier und Daniel und ein Mädchen.

Stopp. Nein, der Junge war nicht Daniel. Scarletts Augen schweiften zu den beiden Kindern, die sie zaghaft anlächelten.

„Bei meiner Seele …", flüsterte sie heiser.

„Emma?"

„Liam?"

Oliver lachte leise.

„Da wacht sie auf und als allererstes werden die Kinder angesprochen."

Emma kam um das Bett herum und umarmte Scarlett vorsichtig.

„Ich habe dich vermisst, Scali."

„Oh ich dich auch, Emma", sagte Scarlett gerührt.

Liam gab ihr ebenfalls eine leichte Umarmung und lächelte.

„Wie groß ihr seid! Ihr könnt ja schon richtig reden!"

Oliver plusterte sich voller Stolz auf.

„Jap, und das Schlimmste, was in den vier Wachstumsschüben passiert ist, war eine ausgekugelte Schulter bei Emma."

Maria lächelte zustimmend.

„Stimmt. Es scheint, als würden ihre Körper die Wachstumsschübe nun besser wegstecken. Es ist immer noch die Hölle, aber zumindest hatten wir keine inneren oder lebensgefährlichen Verletzungen mehr."

„Das ist schön", nuschelte Scarlett. „Was ist passiert? Das letzte, woran ich mich erinnere, ist, dass wir aus dem Auto gesprungen sind und dann …"

Scarlett riss erschrocken die Augen auf, als sie sich ihre Erinnerungen wieder ins Gedächtnis rief.

„Shhhhh… ganz ruhig", versuchte Mason sie zu beruhigen und drückte sie zurück ins Kissen.

„Owen hat uns vorgestern aus dieser Misere – dem Seelenheil sei Dank – rausholen können. Bei der Rakete handelte es sich um ein Geschoss mit Splitterbombe und dich hatte es erwischt. In deinem Schulterblatt steckte ein riesiges Metallstück."

Scarlett blickte Mason ungläubig an.

„Bis wir dich hier hatten, wäre es beinahe zu spät gewesen", fuhr Ian fort. „Du hattest eine Blutvergiftung und Montgomery und Daniels haben alle Register gezogen, als sie dich notoperiert haben."

„Oh fuck, tut mir leid", murmelte Scarlett benommen.

Mason fing an zu lachen.

„Klar, das war auch deine Schuld." Er wandte sich belustigt an die anderen.

„Darf ich vorstellen: Meine Freundin, die sich entschuldigt, wenn sie von einer Splitterbombe skalpiert wird."

Eric grinste breit.

„Ich bin froh, dass es dir bessergeht."

Scarletts Gesicht verzog sich besorgt.

„Meine Schwestern. Ich habe sie nicht gesehen. Ich muss nochmal dorthin!"

Alle blickten ihr traurig ins Gesicht.

„Scarlett, im Osten und im Norden herrscht nun erbitterter Krieg. Mr. Francis hat viele freiwillige Ärzte und Heiligenstätten im Süden und Westen mobilisiert, zu helfen. Doch im Moment dürfen nicht mal mehr wir über die Grenze. Owen darf nur noch Materialpakete über der Grenze abwerfen. Landen und Hineingehen ist nicht mehr zulässig – außer mit Sondergenehmigung", antwortete Mason.

Scarlett starrte ihn ungläubig an. Tränen liefen über ihre Wangen.

„Aber ich muss wissen, ob es ihnen gutgeht! Sie haben nur noch unsere Mutter und die ist eine absolute Katastrophe, was Verantwortung angeht. Sie sind bestimmt auf sich allein gestellt."

Mason küsste tröstend Scarletts Handrücken.

„Ich weiß."

Scarlett weinte verzweifelt. Es zerriss sie beinahe, wenn sie an ihre hilflosen Schwestern dachte, die nun in einem Kriegsgebiet um ihr Leben kämpfen mussten. Ihr Blutdruck stieg an und Montgomery platzte herein. Er sah Scarletts tränennasses Gesicht und gab ihr sofort ein Beruhigungsmittel.

„Shhhh… alles wird wieder gut", flüsterte Mason ihr leise ins Ohr und drückte beruhigend ihre Hand.

*

In den folgenden Wochen bestand ihr Alltag daraus, Materialpakete vorzubereiten, die Eric, Ian und Owen bis an die Grenzen zum Eastern und Northern Territory flogen, wo sie die Pakete abwerfen konnten.

Scarlett musste sich erholen und wurde von Maria dazu angehalten, regelmäßig Übungen durchzuführen, um ihren linken Arm wieder heben und sich um ihre eigene Achse drehen zu können. Dadurch, dass sie im Schulterblatt Schmerzen hatte, versteifte sich automatisch ihr gesamter Rücken, wodurch sie sich schwertat beim Sitzen. Nachts plagten Scarlett häufig Albträume von Emmas Eltern, Mick, dem

Marktplatz und Kampfhubschraubern, die sie verfolgten.

Für Scarlett, Mason und Oliver war es jedoch schön, einmal gemeinsam mit Liam und Emma Zeit verbringen zu können. Vor allem Mason, der bisher nur auf Einsätzen war, konnte sie nun besser kennenlernen.

Beide sahen mittlerweile aus wie Neun- oder Zehnjährige. Liam hatte schwarze, verwuschelte Haare und ein breites Lächeln. Beinahe wie in seinem letzten Leben. Emma hingegen sah vollkommen anders aus. Sie hatte ein schlankes, zartes Gesicht mit blasser Haut und glatten, blonden Haaren, die ihr bis auf den Rücken fielen. Sowohl Liams als auch Emmas Körper waren übersät von Vernarbungen und Blessuren der anstrengenden Wachstumsschübe. Maria beteuerte, dass sie noch nie so viel in ihrem ganzen Leben hatte nähen müssen. Für die beiden gehörte es zur täglichen Körperpflege dazu, ihre Narben mit einer Narbensalbe zu versorgen.

Die beiden hatten auch nicht mehr jeden Wachstumsschub in der gleichen Nacht. Teilweise lagen ein paar Tage dazwischen, was es jedoch für alle Beteiligten einfacher machte, da sie sich auf einen Patienten konzentrieren konnten.

Montgomery und Daniels führten mehrmals pro Woche Tests mit ihnen durch, wobei sie eine sehr ausgeprägte Intelligenz bei den Kindern feststellten.

„Die beiden haben unglaublich schnell gelernt. Sie haben einen beim Sprechen sofort nachgeahmt und sich das Wort gemerkt", erzählte Oliver von den vergangenen Wochen.

„Haben sie sich schon an etwas erinnert?", fragte Scarlett hoffnungsvoll, die kaum Ähnlichkeiten zwischen den Kindern und ihren verstorbenen Freunden feststellen konnte.

„Nein."

Liam und Emma hörten Scarletts Frage und blickten betreten auf den Boden. Sie hatten vieles über die Welt gelernt, in die sie hineingeboren worden waren. Darüber, dass jeder Körper eine Seele bekam. Sie wussten auch, dass sie im Vergleich zu allen anderen Menschen kein Zeichen auf dem Unterarm hatten und keiner sagen konnte, ob sie überhaupt eine Seele im Körper hielten. Emma und Liam staunten am allermeisten darüber, dass Kinder wohl üblicherweise viele Jahre brauchten, um größer zu werden, während sie alle drei bis vier Wochen mehrere Zentimeter wuchsen und dabei schlimme Schmerzen ertragen mussten.

In Daniel und Noel hatten sie zwei enge Freunde gefunden, mit denen sie lernen und spielen konnten. Die beiden waren sehr offenherzig und halfen ihnen bei ihren Aufgaben oder brachten ihnen neue Dinge bei. Da die beiden sich noch nicht an ihr vorheriges Leben erinnern konnten, fühlte es sich für Liam und Emma an, als hätten sie in den Jungen Verbündete gefunden.

Sie wollten mehr über ihre Vergangenheit erfahren und baten Oliver, Mason und Scarlett darum, ihnen darüber zu erzählen. Oliver recherchierte sofort Fotos in der Datenbank ihrer alten Schule, denn sie hatten keine, die sie Emma und Liam sonst hätten zeigen können.

Die beiden starrten auf die Bilder ihrer Vorgänger, doch es bewirkte keinerlei Erinnerungen.

„Sie sehen hübsch aus", stellte Emma fest.

Scarlett lachte.

„Oh ja, das waren sie. Liam war lange in Emma verliebt, doch es hat einige Zeit gedauert, bis sie endlich zusammenkamen."

Liam runzelte nachdenklich die Stirn.

„Wie sind die beiden gestorben?"

Mason, Oliver und Scarlett sahen sich betreten an.

„Das ist eine lange Geschichte", warnte Mason sie vor.

„Ich will sie hören!", rief Emma neugierig.

Sie erzählten den beiden Kindern alles. Von Anfang an. Sie lachten, als sie von ihrer gemeinsamen Schulzeit erzählten und beschrieben ihre letzten Wochen im Osten. Von Grahams Tod, der Suche nach dem Schlüssel, dem Geheimnis um das Mittel und wie sie sich auf die Suche danach gemacht hatten.

„Liam und Emma waren der Kleber in unserer Gruppe", lächelte Mason versonnen. „Sie haben auf uns aufgepasst."

„Liam wollte uns ständig wieder nach Hause schicken und alles allein machen. Er hat sich dauernd Sorgen um uns gemacht", ergänzte Oliver grinsend.

„Und Emma hat uns ständig flicken müssen, so oft wie wir verletzt waren", lachte Scarlett.

„So wie Maria es bei uns macht?", fragte Liam und sah dabei auf seine vernarbten Arme.

„Genau. Emma war vorher eine Altenpflegerin und sie wollte unbedingt Ärztin werden."

Mason fuhr damit fort, wie sie Michaels Ermordung hatten miterleben müssen, was in Lordan City geschehen war und wie es sie letztendlich in den Westen verschlagen hatte. Er wurde sehr traurig, als er ihnen erzählen musste, dass sie von Logan Grey ermordet worden waren.

Emma und Liam schwiegen. Sie ließen die Geschichte auf sich wirken.

„Haben wir jetzt keine Seelen mehr?", fragte Emma mit großen, ängstlichen Augen.

Oliver hob die Hände.

„Wir wissen nicht, warum eure Körper sich so verhalten, wie sie es tun. Warum ihr so schrecklich schnell wachst und so leiden müsst."

„Vielleicht mögen unsere Körper uns nicht und wollen, dass wir tot sind?", fragte Liam unbeholfen.

Scarlett warf Liam einen erschrockenen Blick zu. Seine Frage zerbrach ihr das Herz.

„Liam, ihr seid etwas ganz Besonderes. Ganz egal, ob ihr eine Seele habt oder nicht."

„Aber was passiert, wenn wir uns nie erinnern? Habt ihr uns dann noch lieb?"

Das saß. Mason, Oliver und Scarlett blickten Liam und Emma erschrocken an. Die beiden litten offensichtlich unter dem Druck, dass sie anders waren und vielleicht niemals so werden könnten wie alle anderen Menschen.

„Wir werden euch immer lieb haben und eure Freunde sein, ganz egal ob ihr euch an etwas erinnert oder nicht", antwortete Mason und lächelte die beiden aufmunternd an.

„Wir bereuen es überhaupt nicht, euch geholt zu haben. Glaubt mir, unsere Emma und unser Liam hätten uns den Arsch aufgerissen, wenn wir euch nicht gerettet hätten. Sie hätten dasselbe getan."

Emma und Liam lächelten. Ein Knoten, der sie schon länger belastete, hatte sich gelöst. Sie mochten Scarlett, Mason und Oliver unfassbar gern und es hätte ihnen das Herz gebrochen, die drei zu enttäuschen.

„Aber was ist, wenn wir gar nicht lange leben. Wenn wir ganz schnell alt werden und dann sterben?", fragte Liam.

Oliver sah ihm traurig ins Gesicht. Er wollte dem Jungen nichts vormachen.

„Das wissen wir nicht. Ihr seid ein Phänomen, das es bisher wahrscheinlich noch nie in unserer Welt gab. Wir müssen jede Sekunde genießen, denn wir können euch nicht sagen, wie lange ihr noch habt."

Scarlett hielt den Atem an und sah Oliver vorwurfsvoll an, wie er zwei kleinen Kindern so etwas sagen konnte.

Doch Liam nickte langsam. Er und auch Emma sahen sehr nachdenklich aus.

Ihre Unterhaltung wurde von Maria unterbrochen, die sich zu ihnen gesellte, um Emma und Liam ins Bett zu bringen. Die beiden wünschten Scarlett, Mason und Oliver eine gute Nacht, standen brav auf und folgten Maria zum Zähneputzen ins Bad.

Die drei blieben auf dem Sofa im Gemeinschaftsraum zurück und starrten vor sich hin. Mason fuhr sich mit den Händen durch die Haare und verschränkte sie in seinem Nacken. Er stützte seine Ellbogen auf den Knien ab und blickte nachdenklich auf den Boden.

„Das ist alles so verrückt. Vor ein paar Monaten kamen die Babys zur Welt und jetzt unterhalten wir uns mit Kleinkindern, denen wir irgendwie erklären müssen, warum sie mit Narben und Schmerzen aufwachsen müssen und dass sie vielleicht keine Seelen in sich haben", murmelte er leise.

„Ich fühle mich manchmal, als wäre ich vierzig, so viel wie in den letzten Wochen und Monaten passiert ist. Ich kann das gar nicht mehr alles verdauen. Manchmal wünschte ich, ich könnte in Emmas und Liams Kopf hineinsehen, um zu begreifen, was in ihnen vorgeht."

„Geht mir auch so", stimmte ihm Oliver zu und atmete tief durch.

Scarlett schüttelte den Kopf und blinzelte ihre aufsteigenden Tränen weg.

„Haben wir gerade mit unserer Emma und unserem Liam abgeschlossen?", flüsterte sie mit einem Kloß im Hals. Sie konnte ihre Tränen jedoch nicht mehr zurückhalten, als sie auf die beiden Fotos ihrer Freunde starrte.

Mason drückte ihre Hand.

„Ich glaube, die Kinder haben uns gerade dazu gebracht, dass wir uns damit beschäftigen, was wir tun, wenn die beiden wirklich nicht die Seelen von Emma und Liam in sich haben oder sich niemals erinnern werden. Wie wir damit umgehen können."

Stille. Für ein paar Minuten sagte keiner von ihnen etwas.

Oliver stand auf und drehte sich zu Mason und Scarlett um. Auch er rang um Fassung.

„Emma und Liam werden für immer lebendig bleiben. Durch unsere eigenen Erinnerungen. Ich werde sie niemals vergessen. Und ich werde dafür weiterkämpfen, dass wir das zu Ende bringen, was wir zusammen begonnen haben."

*

Ephraim Lordan blickte auf seinen Beratertisch. Cisco, McMillan und Baldwin waren aufgerückt. Man sah Lordan an, dass seine Siegesgewissheit in sich zusammenfiel. Die beiden Oberste Laughlin und Williams waren ebenfalls entführt worden. Was Lordan am meisten Angst einjagte, war, dass es der Opposition gelang, so nah an ihn heranzukommen. Dass es ihnen keine Mühe bereitete, einen Personenschutz zu umgehen, um an seine Berater zu gelangen.

McMillan stieß ebenfalls an seine Grenzen.

„Sie sind organisiert wie ein Spinnennetz. Ihre Verbindungen und Basen verteilen sich auf das ganze Land. Wir konnten bisher nur drei ausheben und haben die Vermutung, dass es noch weitaus mehr sind."

„Wie kann es sein, dass unsere Kampftruppen im Osten und Norden noch immer Gegenwind bekommen?!", schrie Lordan außer sich. „Woher haben die so viel Kampfausrüstung?! In Lordan City hatten sie bei ihren kleinen Jugendaufständen nicht mal Handfeuerwaffen dabei!"

„Sie müssen über Jahre hinweg aufgerüstet haben", warf Cisco geflissentlich ein. „Sie haben sich vorbereitet."

Lordan haute mit der Faust auf den Tisch.

„Vor unserer Nase! Das Militär hat versagt!" Er blickte McMillan hasserfüllt an. Jedem gab er die Schuld, nur nicht sich selbst.

„Es gibt einen Weg heraus aus diesem Krieg. Machen Sie die Grenzen auf und hören Sie auf, unschuldige Menschen zu töten", sagte Cisco mit erhobenen Augenbrauen.

Ephraim Lordan stand auf und blickte Cisco eiskalt in die Augen.

„Ich ergebe mich nicht. Auch wenn die Opposition gut aufgestellt sein mag, an meine Waffengewalt und meine Söldner kommen sie nicht heran. Mein Familienname basiert auf einer jahrhundertealten Dynastie, die nicht so einfach durch einen schlechten Putschversuch verschwindet!"

Mit diesen Worten verließ Lordan das Beraterzimmer. Es sollte das letzte Mal sein, dass er McMillan lebend gesehen hatte.

*

Peter und Ava kehrten nach wochenlanger Suche zurück. Sie hatten auf keiner Basis, die sie absuchten, eine Produktionsstätte des Mittels gefunden. Ava war frustriert und wütend. Auch Peter sah ziemlich mitgenommen aus. Er wäre gerne mit einem Erfolg zurückgekommen.

Als Ava Oliver nach so langer Zeit wiedersah, hellte sich ihre Miene jedoch wieder auf. Sie hatte ihn vermisst und ihn sich oft an ihre Seite gewünscht. Seit sie sich ihm gegenüber geöffnet hatte, merkte sie, dass sie sich auch gegenüber anderen Menschen mehr öffnete. Sie redete mehr als üblich, was selbst Peter während ihrer Mission überraschte.

Den beiden fiel die Kinnlade herunter, als sie Emma und Liam wiedersahen, die inzwischen weitere drei Wachstumsschübe hatten hinter sich bringen müssen. Inzwischen konnten sie bereits als vierzehnjährige durchgehen. Peter starrte die beiden so verdattert an, dass sie sich verlegen abwandten und sich wieder ihrem Essen widmeten.

Maria schaufelte den beiden jeden Tag einige Portionen rein, da ihnen die Wachstumsschübe sehr viel Energie abverlangten, wodurch sie stets dünn aussahen. Emma hoffte sehr darauf, dass die grauenvollen Nächte bald ein Ende fanden. Es gab keinen einzigen Tag, an dem sie keine Wunde hatte. Ob genähte Hautstellen, Hämatome oder angebrochene Knochen – ihr Körper befand sich ständig im Heilungsmodus. Liam erging es nicht anders.

Während sich Ava und Eric darüber berieten, wie sie nun weitermachen konnten, um Logan auf die Spur zu kommen, verfolgte Oliver wie üblich den roten Punkt auf seinem Handy, der ihm Mr. Francis' Limousine anzeigte. Oliver stutzte, als er die Limousine tief im Westen ortete. Direkt neben dem Punkt blinkte außerdem noch ein zweiter roter Punkt.

Ian. Nach seinem letzten Materialflug mit Eric hatte er sich kurz angebunden von ihnen verabschiedet, dass er etwas erledigen müsse und bald zurück sei. Seine Miene hatte sehr besorgt ausgesehen.

Oliver verfolgte den Wagen konzentriert. Es dauerte eine halbe Stunde, bis der Wagen vor einem Haus in einer Wohnsiedlung hielt.

Oliver machte sich sofort daran, zu recherchieren, wen die beiden dort aufsuchten. Eine Familie Rutherford. Aha. Noch nie gehört. Oliver tippte weiter. Die Rutherfords hatten anscheinend einen kleinen Sohn von sechs Jahren.

Oliver runzelte nachdenklich die Stirn. Warum besuchten Mr. Francis und Ian mitten im Krieg eine Kleinfamilie im Western Territory? Seltsam. Er scrollte durch die Lebensläufe der Eltern, konnte jedoch nichts Auffälliges entdecken. Als er den des Jungen öffnete, musste er den angezeigten Namen des vorherigen Daseins dreimal lesen, bevor er sich sicher sein konnte, dass er sich nicht täuschte. In seinem vorherigen Leben war der sechsjährige Junge niemand anderes als Peter Halligan. Oliver blieb die Spucke weg.

Das letzte Mal, als er über Peter Halligan gesprochen hatte, war mit Liam auf dem Schulhof gewesen, im Anschluss an seine Berufsberatung bei Mrs. Green. Es war einfach aus ihm herausgeplatzt, dass er doch seine Identität genauso fälschen könnte, wie Peter Halligan es einst tat. Liam wusch ihm dafür sofort den Kopf, er solle sich doch erinnern, was mit Peter Halligan als Konsequenz geschehen war.

Was also hatten der oberste Seelenmeister und Ian bei einem ursprünglich verurteilten Identitätsprogrammierer verloren, der für seine Taten monatelang gefoltert und hingerichtet worden war? Oliver spürte ein Kribbeln in seiner Magengegend.

Nachdenklich ging er ins Bett und schlief grübelnd ein. Er würde den Vorfall am nächsten Morgen mit Mason und Scarlett besprechen müssen. Denn seltsam war es allemal.

*

Am nächsten Morgen erzählte Oliver den beiden, was er am Abend zuvor beobachtet und herausgefunden hatte. Mason und Scarlett betrachteten das Foto von Peter Halligan nachdenklich, das Oliver gerade im Internet aufgerufen hatte. Ihre Grübeleien wurden unterbrochen von Peter, Daniel und Noel, die sich zum Frühstück zu ihnen gesellten. Daniel gähnte herzhaft und warf im Vorbeigehen beiläufig einen Blick auf Olivers Bildschirm. Plötzlich war er ganz aufgeregt und schob Scarlett beiseite, um das Foto von Peter Halligan besser in Augenschein nehmen zu können.

„Wer ist dieser Mann?", fragte er.

„Das ist Peter Halligan. Jemand, der seine Identität vor vielen Jahren umprogrammierte und dafür hingerichtet wurde."

„Oh. Wow!", rief Daniel.

„Warum fragst du?", fragte Mason verwirrt.

„Von dem Mann habe ich diese Nacht geträumt! Und von Mr. Francis, aber der sah viel jünger aus als jetzt."

Oliver, Scarlett und Mason starrten Daniel entgeistert an.

„Du hast einen Traum von Mr. Francis und Peter Halligan gehabt? Was ist in dem Traum passiert?"

„Ich glaube, ich war in einer Heiligenstätte. Und Mr. Francis hat mich dort ganz freundlich begrüßt. Er sah aber viel jünger aus und er trug eine braune Kutte, keine weiße. Wir haben miteinander gesprochen."

„Über was?", fragte Scarlett.

Daniel runzelte angestrengt die Stirn.

„Das weiß ich nicht mehr genau. Aber ich hatte Angst und war sehr traurig. Ich glaube, ich habe ihn um Hilfe gebeten. Und dann ist dieser Mann dazugekommen."

Daniel deutete auf das Foto von Peter Halligan.

„Was hat der Mann zu dir gesagt?", fragte Mason.

„Er hat mir seine Hilfe angeboten. Aber ich weiß nicht mehr wofür. Tut mir leid, ich erinnere mich nicht mehr an alles."

„Daniel, du hast keinen simplen Traum gehabt, sondern deine erste Erinnerung gesehen!", rief Peter aufgeregt dazwischen.

„Was? Wirklich?", fragte Daniel begeistert.

„Cool! Hast du das gehört Noel?"

Daniel lief Noel entgegen und wiederholte seine Erzählung aufgeregt.

„Die Kinder verstehen nicht, was das bedeutet", flüsterte Scarlett mit aufgerissenen Augen. Sie, Mason und Oliver sahen sich entsetzt an.

„Benjamin alias Daniel war in einer Heiligenstätte. Wahrscheinlich war Mr. Francis damals noch ein Seelenbruder", murmelte Mason.

„Wer weiß, was Benjamin ihm erzählt hat. Vielleicht hat er ihm alles gesteckt. War auf der Flucht und brauchte Hilfe", ergänzte Scarlett.

Oliver fuhr sich durch die Haare.

„Das heißt, dass Mr. Francis einen der fünf Forscher kannte. Als wir hierherkamen, erklärten wir ihm, wer die drei Jungen sind. Trotzdem hat er sich nicht anmerken lassen, dass er Daniel kennt."

„Und er kannte Peter Halligan. Den Mann, den er gestern mit Ian besucht hat", fuhr Mason fort.

Scarlett bekam Gänsehaut.

„Hier stimmt etwas nicht. Irgendwas ist hier faul. Mr. Francis besucht den sechsjährigen wiedergeborenen Peter Halligan. Und jetzt erfahren wir, dass er Peter Halligan wohl bereits vor seinem Tod kannte und vielleicht schon lange von dem Mittel wusste oder zumindest Benjamin aus dem Forscherteam kannte."

Oliver nickte zustimmend.

„Das stinkt alles zum Himmel."

„Wir müssen dringend mit Ian sprechen, wenn er zurück ist."

„Ich will es auch nicht glauben, dass Ian gemeinsam mit Mr. Francis einen perfiden Plan verfolgt. Es kann sein, dass wir und auch er Mr. Francis auf den Leim gehen."

Plötzlich leuchteten zwei Bildschirme an Olivers Computer mehrmals auf und ein Signalton ertönte.

„Sind das die Kameras im Osten?", fragte Mason neugierig.

„Ja, sind wahrscheinlich wieder Rehe, die durchs Bild laufen", grummelte Oliver und vergrößerte die beiden Fenster mit den Kameraübertragungen.

„Nein, wartet, da sind Menschen unterwegs!", rief er aufgeregt. „Mehrere!"

Scarlett und Mason lehnten sich neben ihn und beobachteten das Geschehen auf den Bildschirmen.

„Tatsächlich, da sind einige Männer unterwegs. Sie haben Behälter mit dabei. Einer davon trägt einen Schutzanzug!", rief Scarlett aufgeregt.

„Verdammt nochmal und genau jetzt ist keiner von uns dort!", rief Oliver zornig aus.

Die nächste halbe Stunde starrten sie gebannt auf den Bildschirm. Ava, Peter und Eric gesellten sich zu ihnen und ließen sich ins Bild setzen.

„Wartet, wo gehen die denn hin? Die laufen immer weiter in den Norden. Argh, verdammt nochmal, das war die letzte Kamera in diesem Gebiet und nun können wir sie nicht mehr sehen." Oliver haute mit der Faust auf den Tisch.

Er öffnete eine Karte am Bildschirm und gab die ungefähren Koordinaten des Areals ein.

„Was zum Seelenhenker ist da oben?", überlegte Oliver laut.

„Warte, zoom da mal rein, das sah aus wie ein Gebäude", sagte Eric und deutete mit seinem Finger auf einen dunklen Fleck auf der Karte.

„Tatsache, da steht ein Gebäude. Mitten im Nirgendwo zwischen Ost und Nord. Da ist nur noch der High Creek River dazwischen."

„Wie bitte?", rief Ava alarmiert aus.

Sie und Peter wechselten betretene Blicke.

„Was ist?", fragte Eric und blickte die beiden fragend an.

„Wir waren dort", stammelte Peter.

„Wie, ihr wart dort?", fragte Eric scharf.

„Ja, wir waren nur ein paar Meilen von diesem Wasserfall entfernt. Wir wussten nicht, dass dort ein Gebäude dieser Größe sein könnte, also sind wir umgekehrt."

Ava bebte vor Wut. Sie holte aus und schlug mit der Faust in einen Küchenschrank. Zurück blieben ein Riss im Holz und eine frustrierte Ava. Die Produktionsstätte war vermutlich direkt vor ihrer Nase gewesen und sie hatten es nicht einmal geahnt.

„Da laufen noch mehr herum!", bemerkte Mason und deutete auf einen kleinen Ausschnitt am oberen Bildrand.

Peter runzelte die Stirn und wandte sich an Ava und Oliver.

„Warum sind da auf einmal so viele unterwegs? Ihr habt lediglich zwei gesehen und wir überhaupt niemanden. Und jetzt laufen da sieben Leute herum. Es waren bei uns schon kaum noch Nester da und die Spinnen legen nur einmal pro Jahr Eier ab."

Eric winkte ungeduldig ab. In ihm kribbelte es. Er wollte Logan Grey so gerne in die Finger bekommen und ihm seine Mittelproduktion vor seinen Augen in die Luft jagen.

„Wir müssen uns sofort auf den Weg machen. Der Osten und der Norden werden täglich bombardiert. Wer weiß, wie der Kampf zwischen Lordan und Grey ausgeht. Das Mittel ist eine mächtige, chemische Waffe und wenn es dort hergestellt wird, müssen wir dieses Gebäude in die Luft jagen."

Ava nickte grimmig.

„Aber wir dürfen nicht mehr über die Grenzen fliegen", warf Mason stirnrunzelnd ein.

„Ist mir scheiß egal. Der Pilot muss sich was einfallen lassen, denn Logan kommt mir nicht davon. Wir fliegen dahin!", entgegnete Eric bestimmt.

„Wir kommen mit", ertönte es hinter ihnen.

Liam und Emma hatten die Unterhaltung mitbekommen und blickten auf den dunklen Umriss auf der Karte am Bildschirm.

„Das ist zu gefährlich", schüttelte Mason den Kopf. „Ihr wart noch nie auf Mission. Ihr könntet verletzt werden."

Liam zog seine Ärmel nach oben und legte seine vernarbte Haut frei.

„Ich weiß, was Verletzungen sind. Davon habe ich mehr als genug. Wenn der Mann, der dafür verantwortlich ist, dort ist und das schreckliche Zeug herstellt, möchte ich dabei sein, wie ihr ihn zur Strecke bringt."

Emma nickte bekräftigend.

„Ich auch."

Déjà-vu

14 Nach einer langen, hitzigen Diskussion gaben Emma und Liam resigniert auf. Keiner gab nach – allen voran Eric nicht. Allein bei dem Gedanken, er könnte wieder verantwortlich dafür sein, dass Emma und Liam was passierte, wurde ihm ganz anders.

„Aber ihr habt so viel für uns getan. Und das, obwohl ihr noch nicht mal wisst, ob eure Freunde wirklich in uns sind. Ohne euch wären wir vermutlich bereits tot. Wir möchten endlich etwas zurückgeben", wandte sich Emma in einem letzten Versuch an Mason, Scarlett und Oliver.

Doch die drei schüttelten den Kopf.

„Nein, ihr seid noch zu jung, verfügt über keine Kampferfahrung und habt dort einfach nichts verloren. Wir bringen das zu Ende. Glaubt mir, wenn ich euch sage, dass wir alles daransetzen werden, diese Mittelbestände zu vernichten. Keiner soll so leiden müssen, wie ihr. Es darf sich nicht wiederholen", antwortete Mason bestimmt.

„Wer von uns bleibt eigentlich hier und passt auf die Kinder auf, während wir ausrücken?", fragte Oliver und blickte in die Runde.

„Ich kann hierbleiben", erwiderte Maria.

Scarlett sah sie mitfühlend an.

„Wenn du Logan zur Strecke bringen willst, für das, was er deiner Tante angetan hat, solltest du mitkommen."

Maria schüttelte den Kopf.

„Nein. Mir reicht es, wenn ich weiß, dass ihr ihn erledigt. Ich glaube ich wäre nicht gut auf einem Einsatz, wenn ich von Emotionen beeinflusst werde. Das habe ich bei unserem letzten Einsatz in Lordan City deutlich gespürt, als ich Logan nur wenige Meter vor meinen Augen hatte."

Mason sah sie verständnisvoll und gleichzeitig bewundernd an. Maria reflektierte ihr eigenes Verhalten sehr tiefgründig.

„Ich bleibe mit Daniel, Noel, Emma und Liam hier. Und bereite mich darauf vor, dass ich bestimmt wieder einige von euch flicken muss", sagte sie lächelnd.

*

Ian und Mr. Francis waren bisher noch nicht zurückgekehrt. Auf Anrufe reagierte Ian nicht. Oliver prüfte ihren Standort und runzelte die Stirn.

„Sie sind beide auf dem Weg nach Lordan City."

„Ian auch?", fragte Scarlett verwundert.

„Ja, ganz sicher."

„Wir können nicht auf Ian warten. Wir nehmen einfach Kameras mit und zeichnen alles vor Ort auf", mischte sich Eric ein. Man merkte ihm an, dass er Feuer und Flamme war, in den Nordosten zu fliegen.

Owen empfing die Gruppe, bestehend aus Eric, Ava, Peter, Scarlett, Mason und Oliver bereits auf dem Flugplatz und händigte Eric und Ava zwei

Rucksäcke aus. Darin befand sich das Dynamit, worum Eric ihn gebeten hatte.

„Seid mir bloß vorsichtig damit, das sind einige Stangen. Mit dem Zündstoff jagt ihr das Gebäude sicher in die Luft."

Nach einer letzten Absprache bestiegen sie alle den alten Transporthubschrauber, der kurz darauf ächzend startete.

Owen trieb Martha auf Höchstgeschwindigkeit. Wofür sie mit dem Auto Tage gebraucht hätten, schafften sie nun mit dem Hubschrauber in wenigen Stunden. Trotzdem musste Owen seine Flugroute mit Bedacht wählen, da im Norden und Osten noch immer Kampfflugzeuge im Einsatz waren, denen er nicht in die Quere kommen durfte. Über Funk kündigte er eine Materiallieferung an, damit er im Luftraum bleiben konnte und nicht angegriffen wurde.

Dass sie im Osten landen würden, barg ein gewaltiges Risiko. Owen plante, kurz nach der Grenzüberquerung über Funk um eine Sondergenehmigung zur Landung zu bitten, da er aufgrund eines Defekts an einer Pumpe notlanden und den Schaden reparieren müsse, um weiterfliegen zu können. Eric war zufrieden mit diesem Vorhaben. Owen und die schwerfällige Martha waren den Fluglotsen der Regierung durch die ständigen Materiallieferungen bereits bekannt, wodurch sie hoffentlich keinen Verdacht schöpfen würden.

Auf ihrer Flugroute gerieten sie in Turbulenzen, die den Hubschrauber ordentlich durchrüttelten. Dabei vernahmen sie plötzlich einen spitzen Schrei aus dem Frachtraum, als sich eine Kiste aus ihrer Verankerung löste und gegen das Netz aus Spanngurten fiel, das die Sitze der Passagiere vom Frachtraum trennte.

Scarlett traute ihren Augen nicht, als sie Emmas und Liams erschrockene Gesichter entdeckte.

„Verdammt nochmal ihr beiden! Was macht ihr hier!", polterte Eric wütend los, der die beiden ebenfalls bemerkt hatte.

„Kommt raus da! Sofort!", ergänzte Scarlett streng.

Liam und Emma krochen vorsichtig hinter den Materialkisten hervor, die ihnen als Versteck gedient hatten. Mason löste seinen Gurt und kam den beiden entgegen, um ihnen aus dem Frachtbereich herauszuhelfen. Er sagte gar nichts zu ihnen, sondern bedachte sie mit einem besorgten Blick.

Oliver deutete mit harter Miene auf zwei Sitze neben sich, auf die sich die beiden setzen sollten. Emma und Liam kletterten auf die Sitze und schnallten sich an.

„Habt ihr eigentlich eine Ahnung, in was für eine Lage ihr uns jetzt gebracht habt! Wir können nicht umkehren, weil wir schon zu weit weg sind und uns beeilen müssen! Und wo denkt eigentlich Maria, wo ihr seid!", rief Eric außer sich und baute sich bedrohlich vor den beiden auf.

Emma und Liam sahen sich betreten an.

„Sie denkt, dass wir eine Untersuchung bei den Ärzten haben", sagte Emma kleinlaut.

Oliver stöhnte.

„Na großartig. Maria macht sich sicher unglaubliche Sorgen um euch!"

„Wie zur Hölle seid ihr hier eigentlich reingekommen?!", wollte Scarlett wissen.

Liam senkte schuldbewusst den Kopf.

„Wir haben uns im Kofferraum versteckt, als ihr zum Flugplatz gefahren seid. Als ihr euch mit dem Piloten unterhalten habt, sind wir hier reingeschlüpft."

„Sture Esel! Das war absolut leichtsinnig!", fuhr sie Eric an, drehte sich um und bahnte sich seinen Weg zum Piloten, um ihn über die blinden Passagiere zu informieren. Was kein leichtes Unterfangen war, da der Hubschrauber aufgrund der Turbulenzen noch immer ordentlich wankte.

Liam und Emma mussten sich noch einige vorwurfsvolle Bemerkungen anhören und erhielten von Scarlett, Mason und Oliver eine saftige Standpauke. Dennoch sahen beide nicht danach aus, als bereuten sie ihren Entschluss.

Für die Landung suchte sich Owen ein großes Feld aus, ungefähr eine Stunde Fußmarsch vom Wasserfall am High Creek River entfernt. Fast auf gleicher Höhe hatten Ava und Peter ihre letzte Kamera befestigt, bevor sie auf ihrer Mission umgekehrt waren.

Kaum, dass sie gelandet waren, rief Oliver auch schon Maria an, um ihr Bescheid zu geben, wo Emma und Liam steckten. Was auch bitter nötig war, da er schon mehr als zehn Anrufe von ihr auf dem Display hatte.

Beim Aussteigen blickten sich Emma und Liam stumm in der neuen Umgebung um. Die dunklen, feuchten Wälder waren sie nicht gewohnt. Sie atmeten die frische Luft ein und fröstelten zugleich. Im Norden und Osten war es viel kälter als im sonnigen Süden.

„Ich bin hier und warte auf den großen Knall. Wir bleiben in Verbindung", nickte ihnen Owen zum Abschied zu, bevor sie sich auf den Weg machten. Er hatte angeboten, dass er auf Liam und Emma aufpassen könne, doch Eric wollte sie nicht mehr aus den Augen lassen. Er hatte Sorge, dass Owen vielleicht Opfer eines Angriffs werden könnte, bei dem Emma und Liam zu wenig Schutz hätten. Wer wusste schon, wer in diesen Wäldern gerade auf sie lauerte.

Sie schlugen sich durch das Dickicht des Waldes. Emma und Liam stolperten häufig und halfen sich gegenseitig an schwierigen Stellen. Eric und Ava hielten wachsam Ausschau nach den Männern aus den Kameraaufnahmen. Vielleicht trieben sie sich noch in dem Areal herum.

Nachdem sie eine Weile unterwegs gewesen waren, spürten sie die hohe Luftfeuchtigkeit auf ihrer Haut und hörten tosendes Wasser. Der Wasserfall musste sich ganz in der Nähe befinden. Eric gab ihnen ein Zeichen, weiterzugehen. Sie hatten am Rande einer Lichtung Halt gemacht und waren sichtbar wie auf einem Präsentierteller.

Anstatt über die Lichtung zu gehen, kämpften sie sich weiter durch das Gestrüpp. Äste mussten sie beiseite biegen und Wurzeln mit großen Schritten meiden, um nicht zu stolpern. Emma und Liam atmeten schwer. Es war kaum zu übersehen, dass die beiden wenig Kondition hatten für einen beschwerlichen Weg wie diesen.

„Na wer sagt's denn", murmelte Eric zufrieden, als er zwischen den letzten paar Büschen Gebäudeumrisse erkannte.

Auch Ava gab ein zufriedenes Schnauben von sich. Sie kauerten sich auf den Boden und nahmen das Gelände in Augenschein. Vor ihnen tat sich eine alte, sehr mitgenommene und vermeintlich verlassene Halle auf. Viele der schmutzigen Fenster waren eingeschlagen. Es war niemand zu sehen.

„Wir sollten uns aufteilen. Die Halle sieht sehr groß aus und hat bestimmt ein Obergeschoss und vielleicht sogar einen Keller", sagte Eric.

Er blickte besorgt auf Emma und Liam.

„Ihr weicht mir keinen Augenblick von der Seite, habt ihr das verstanden?"

„Verstanden", antworteten Emma und Liam fast gleichzeitig.

Eric seufzte.

„Ava, Oliver – ihr übernehmt das obere Geschoss. Peter, du durchsuchst zusammen mit Mason und Scarlett das Erdgeschoss. Sollte es einen Keller geben, übernehme ich ihn mit Emma und Liam. Verstanden?"

Alle nickten.

„Sobald ihr das Mittel gefunden habt, meldet ihr euch über euer Headset. Dann legen wir das Dynamit aus und suchen schleunigst das Weite. Kapiert?"

Wieder nickte jeder.

Eric, Ava und Mason luden ihre Sturmgewehre durch und hielten sie schussbereit vor ihre Körper. Langsam und vorsichtig verließen sie ihre Deckung und liefen so leise wie möglich an die Breitseite der Halle. Geduckt drangen sie unterhalb der Fenster entlang zu einer kleinen Seitentür vor.

Als Eric leicht dagegendrückte, gab sie ohne Widerstand nach. Sie schlüpften alle in Windeseile ins Innere. Drinnen war es dunkel bis auf ein paar Lichtflecke, die durch die Fensterscheiben drangen. Es roch modrig und staubig.

Eric machte eine metallene Treppe aus, von der ein Lauf nach oben und einer nach unten führte. Wie er vermutet hatte, gab es ein Untergeschoss.

Während Ava und Oliver sich auf den Weg nach oben machten, kletterte er mit Liam und Emma langsam die Stufen nach unten. Scarlett und Mason warfen ihren Freunden einen beunruhigten Blick zu, bevor sie Peter durch den Rest der Halle folgten.

„Ich habe kein gutes Gefühl dabei, sie da runtergehen zu lassen", flüsterte Scarlett unbehaglich.

„Mir geht es genauso", murmelte Mason zurück.

Eric ging mit seinem Sturmgewehr voraus, während Liam ihm den Weg mit einer Taschenlampe leuchtete. Als sie die letzte Treppenstufe erreichten, umgab sie vollkommene Dunkelheit. Eric öffnete eine Flügeltür und fluchte leise, als diese laut quietschte.

Vor ihnen lag ein langer, düsterer Flur mit grauen Betonwänden, in den fahles Licht durch einen Kellerschacht drang. Eric drückte sich an eine der Wände und gab Emma und Liam zu verstehen, es ihm gleichzutun. Vorsichtig bewegten sie sich vorwärts. Die Stille drückte regelrecht auf ihren Ohren. Sie gelangten an eine Tür auf ihrer Seite. Eric öffnete sie mit einem Ruck und richtete seine Waffe in den Raum, während Liam unter seinem Arm hindurch hineinleuchtete. Der Raum war vollgestellt mit aneinandergereihten Metallregalen, in denen sich unzählige gläserne Terrarien befanden.

Als sich Eric sicher war, dass sich niemand in dem Raum aufhielt, ging er weiter hinein und beäugte die Terrarien misstrauisch. Es standen bestimmt an die hundert Gefäße auf den Regalen, doch sie waren alle leer. Eric dämmerte es: Die Terrarien waren vermutlich für die Zucht von Spinnen gedacht.

„Weiter", flüsterte er leise.

Auch in den nächsten beiden Räumen fanden sie nichts anderes vor als mit Glasterrarien vollgestellte Regale. Von den giftigen Tieren jedoch keine Spur.

In Erics Magengrube begann es zu brodeln. Irgendetwas war faul hier.

Der vierte Raum war etwas größer und sah aus wie ein Chemielabor. Unzählige Reagenzgläser und verschiedene Substanzen in Behältnissen mit Gefahrenzeichen darauf. Einige Utensilien und Reagenzgläser lagen verstreut auf einem Tisch, als wären sie einfach vergessen worden.

„Es sieht aus, als hätte hier jemand schnell verschwinden müssen", murmelte Emma leise.

Eric nickte.

Die drei verließen auch diesen Raum wieder und gelangten an eine Biegung des Flurs. Eric drückte sich eng an die Wand und hielt den Atem an. Auch nur das kleinste Geräusch hätte jemanden, der um die Ecke stand, verraten können.

Er hörte nichts und wirbelte blitzschnell herum. Doch es lauerte ihnen niemand auf. Noch gab es keinen Grund zu schießen. Wo steckten die Männer, die sie gesehen hatten? Eric hielt den Atem an, als er einen schwachen Lichtschein am Ende des Flurs ausmachte. Das Licht schien aus einem Raum auf der rechten Seite zu dringen.

Just in diesem Moment knackte es in seinen Ohrhörern. Auch Emma und Liam konzentrierten sich auf die Leitung.

„Die mittlere Ebene ist sauber. Die Männer sind nicht hier und wir haben auch das Mittel nicht finden können", berichtete Mason.

„Das gleiche im ersten Stock", ergänzte Oliver. „Hier oben sind nur einige Zimmer mit Betten darin. Glaube, hier haben Menschen gelebt. Sehr spartanisch allerdings."

„Was ist mit euch, Eric?", flüsterte Scarlett.

„Hier ist Licht in einem Raum", raunte Eric verhalten zurück.

„Wir kommen und helfen euch!", zischte Mason alarmiert.

„Wartet auf meinen Befehl!"

Eric näherte sich langsam dem Lichtschein.

Mit einem Ruck nahm er mit seinem Sturmgewehr den Raum in Augenschein. Blitzschnell und mit geübten Bewegungen sicherte er den Raum und seine möglichen Verstecke für einen Hinterhalt. Doch auch hier hielt sich niemand auf.

„Verdammt nochmal, wo seid ihr?", murmelte er leise. Wohin sonst sollten die Männer gegangen sein als in dieses Gebäude?

„Eric", flüsterte Liam aufgeregt.

Eric drehte sich um und sah, worauf Liam und Emma gebannt starrten. Rechts neben der Tür befand sich eine riesige, weiße Truhe, über der eine einzelne, nackte Glühbirne baumelte. Sie war die Quelle des Lichts. Doch Emma und Liam starrten nicht auf die Glühbirne, sondern auf den Deckel der Truhe.

Eric trat näher und entdeckte ein Blatt Papier auf der Truhe mit den Worten:

Öffne mich.

„Abstand halten", befahl Eric den beiden.

Liam nahm Emma an der Hand und zog sie ein Stück nach hinten.

Eric nahm Liam die Taschenlampe ab und hob vorsichtig den Deckel der Truhe an. Seine Nerven waren gespannt wie Drahtseile.

Als Eric sah, was sich in der Truhe befand, hätte er beinahe den Deckel fallen lassen. Die Truhe war gefüllt mit unzähligen Spinnen. Von sehr großen Exemplaren bis hin zu kleinen Tieren war alles dabei. Doch sie bewegten sich nicht. Gerade beim hellen Lichtschein der Glühbirne und der Taschenlampen wären sicher einige der Tiere aufgescheucht worden.

Emma und Liam verzogen angewidert und gleichzeitig erschrocken ihre Gesichter, als sie den Inhalt der Truhe sahen.

„Peter", sagte Eric plötzlich.

„Ja?", antwortete Peter aus seinem Headset.

„Wir haben hier unten mehrere Räume mit leeren Terrarien gefunden und jetzt stehen wir vor einer Truhe mit bestimmt ein paar tausend toten Spinnen. Wie vie…"

„Ein paar tausend?", unterbrach ihn Peter entgeistert.

„Ja."

„Das reicht bestimmt für ein paar hundert Ampullen des Mittels!"

Stille. Jeder dachte es. Eric sprach es aus.

„Er plant eine Armee an Zeichenlosen."

Plötzlich durchriss ein schreckliches Lachen die Stille.

Eric wirbelte herum und dachte, er würde einem Menschen gegenüberstehen. Doch das Lachen wiederholte sich nach einigen Sekunden in der immergleichen Tonfolge. Es klang schaurig blechern.

Sie entdeckten alle drei gleichzeitig die Quelle des Lachens. Auf einem Regal neben der Tür leuchtete ihnen ein fluoreszierender Totenkopf entgegen, der sich hin und her bewegte. Daneben flimmerten rote Zahlen, die einen Countdown anzeigten.

„Was ist bei euch los?", schaltete Ava sich plötzlich ein. In ihrer Stimme schwang Besorgnis mit.

Eric lief zu dem Regal und packte den wackelnden Totenkopf. Es handelte sich um nichts anderes als einen Lachsack. Neben dem Lachsack befand sich ein kleines, schmales Kärtchen:

Schon wieder zu spät …

Wie in Zeitlupe wandte Eric den Kopf zum Countdown. Der zählte gerade von sechs Minuten auf fünf herunter.

„Sie wussten, dass wir kommen. Das ist eine Falle. Wir müssen sofort raus hier! Alle! Raus hier, lauft!", brüllte Eric.

„Was ist da unten los, verdammt nochmal?", rief Oliver panisch.

„Lauft! Ihr habt nicht mal mehr fünf Minuten, dann geht der Laden in die Luft! Wir wurden reingelegt!"

Eric drehte sich um und sah die kalkweißen Gesichter von Liam und Emma.

„Bleibt dicht hinter mir und rennt um euer Leben!", wies er sie an.

Er spurtete los und die beiden folgten ihm so schnell sie konnten. Sie schlitterten um die Biegung und rannten den langen Flur, auf dem sie zuvor hergekommen waren, zurück. Eric ließ sich mit seinem Gewicht auf die Türklinke der Flügeltür fallen und krachte mit seinem Körper vollständig dagegen. Die Tür war plötzlich verschlossen. Eric rappelte sich hastig auf und rüttelte an den beiden Griffen. Dann warf er sich mit seiner Schulter gegen die Tür und als auch das nichts brachte, trat er mit aller Kraft mit seinem Fuß dagegen. Es knirschte lediglich ein wenig im Türrahmen, doch die Flügel ließen sich partout nicht aufbrechen.

Eric richtete sein Gewehr auf das Schlüsselloch und gab ein paar Schüsse ab. An dessen Stelle klaffte nun ein beträchtliches Loch. Doch als Eric erneut versuchte, die Flügeltüren zu öffnen, stieß er abermals auf Widerstand.

„Wir wurden eingesperrt. Da hat sicher jemand einen Balken in die Griffe geschoben!", rief er und trat wütend gegen die Tür.

„Kommt, wir müssen einen anderen Ausgang finden! Uns bleibt nicht mehr viel Zeit!"

„Wir werden sterben!", rief Emma gequält.

„Nein, das werden wir nicht!", brüllte Eric und trieb die beiden vorwärts.

Sie mussten den gesamten Weg zurücklaufen. Vielleicht drei Minuten blieben ihnen noch. Emmas Lunge brannte. Auch Liam keuchte angestrengt neben ihr.

Eric versuchte ruhig zu bleiben, doch als sie an dem Raum mit der Spinnentruhe vorbeiliefen, endete der Flur nach zehn Metern in einer Sackgasse. Sie machten kehrt. Gegenüber dem Spinnenraum befand sich eine weitere Tür. Eric öffnete sie eilig und blickte sich schnell um.

„Da ist noch eine Tür!", rief Liam aufgeregt und deutete auf das andere Ende des Raumes.

Sie spurteten darauf zu und Eric warf sich gegen die Tür. Schon beim ersten Anlauf ließ sie sich ohne Weiteres öffnen. Sie mussten ihre Augen einen Moment schließen.

Der Raum wurde von Tageslicht erhellt, das durch die milchige Scheibe eines schmalen Fensters hereinfiel, das sich oberhalb eines Regals befand.

Erics Herz schlug ihm bis zum Hals. Das Fenster war ihre Rettung. Er sprang nach oben und zog am Griff des Fensters. Nach dem dritten Sprung ließ es sich mit einem lauten Knirschen endlich öffnen.

„Rauf mit euch!", rief er und formte seine Handflächen zu einer Räuberleiter.

Liam ließ Emma den Vortritt.

Sie war federleicht, wodurch Eric sie ohne Probleme nach oben stemmen konnte. Emma schob sich blitzschnell zum Fenster hinaus.

Als nächstes hievte Eric Liam nach oben, der sich mit aller Kraft durch den Rahmen zog. Emma half von draußen und reichte ihm ihre Hände.

Eric warf ihnen das Sturmgewehr hinterher, nahm Anlauf und sprang nach oben. Er bekam den Fensterrahmen gerade so zu fassen und hievte sich unermüdlich nach oben. Den Rucksack mit dem Dynamit ließ er am Boden zurück. Das Gebäude würde ohnehin gleich in die Luft gehen. Gerade als er sich durch den Rahmen quetschte, hörten sie das Geräusch eines Helikopters.

Eric hatte es endlich geschafft und rappelte sich hastig auf. Er blickte sich kurz um, um sich zu orientieren. Sie waren am anderen Ende der Halle herausgekommen. Von der gegenüberliegenden Seite nahte ein rabenschwarz glänzender Helikopter.

„Lauft!", brüllte er Emma und Liam an. Just in dem Moment, als sie losrannten, hörten sie hinter sich eine ohrenbetäubende Explosion, gefolgt von einer gewaltigen Druckwelle, die sie mehrere Meter durch die Luft schleuderte. Die Bombe, vor der sie geflüchtet waren, ließ die Halle hochgehen. Berstendes Glas und Gebäudeteile wurden zu gefährlichen Geschossen.

Emma prallte seitlich hart auf den Boden. Liam überschlug sich ein paar Mal, bevor er auf dem Rücken liegen blieb. Eric segelte durch die Luft und bremste seinen Sturz mit den Armen ab.

In ihren Ohren dröhnte es schmerzhaft. Emma wusste nicht, wie viel Zeit vergangen war. Als sie nach oben blickte, sah sie verschwommen eine Gestalt, die sie anzuschreien schien.

Nach wenigen Sekunden bekam sie wieder ein klares Bild.

„Steh auf!", brüllte Eric, packte sie am Arm und zog sie hoch. Emma wankte. Ihr war schwindelig.

„Wir müssen laufen!"

Liam, der sich zwischenzeitlich selbst wieder aufgerappelt hatte, packte Emma am Arm und zog sie hinter sich her.

Emma sah, dass die gesamte Halle in die Luft geflogen und nicht mehr viel davon übrig war. Von Mason, Scarlett, Oliver und den anderen war nichts zu sehen. Über ihnen hörten sie die Rotorblätter des Helikopters, der sie nun ins Visier nahm.

Eric rannte voraus in den Wald hinein. Emma und Liam folgten ihm so schnell sie konnten. Der Kampfhubschrauber befand sich direkt über ihnen und verfolgte sie. Eine Granate wurde abgeworfen und explodierte neben einem umgefallenen Baum. Emma und Liam fielen hin und hielten sich schützend die Arme über den Kopf.

„Weiter, verdammt nochmal!", brüllte Eric wieder und trieb sie zum Weiterlaufen an.

Liam sah zum Helikopter rauf und sah, dass ein weiterer ovaler Gegenstand geworfen wurde.

Er packte Emma am Arm.

„Nach links, Emma! Nach links!"

Und plötzlich sah Liam nur noch Sterne. Er musste sich beide Hände an die Schläfen halten und ging in die Knie.

Nächste Explosion.

„Liam, was hast du?", rief Emma und zog ihn mit beiden Armen hoch.

Doch er konnte nicht antworten. Er hatte derart heftige, stechende Kopfschmerzen, dass er kaum noch die Augen aufhalten konnte.

Er, der immer mit unnatürlichen Wachstumsschüben zu kämpfen hatte, die handflächengroße Blutergüsse verursachten. All das war nichts im

Vergleich zu den rasenden Kopfschmerzen, die er in diesem Moment verspürte.

Sobald er die Augen schloss, sah er unzusammenhängende Bildfetzen, welche sich mit gleißenden Lichtblitzen abwechselten, die ihm Übelkeit bereiteten.

„Nein, lass ihn!", hörte er Emma rufen.

Liam wurde von zwei starken Armen gepackt und geschüttelt.

„Reiß dich zusammen, Liam! Wir müssen zum Wasser kommen!"

Liam war sich absolut sicher, dass sein Kopf gleich bersten müsse. Eric legte ihm einen Arm um die Hüfte und zog ihn mit sich. Liams Beine versuchten Schritt zu halten, schleiften jedoch stellenweise nur über den Boden. Seine Muskeln versagten ihm den Dienst. Emma legte sich seinen rechten Arm um die Schulter und stützte ihn von der anderen Seite.

Zusammen liefen sie weiter durch das Waldstück, das sich langsam zu lichten schien. Der Helikopter befand sich nicht mehr über ihnen, er hatte abgedreht.

Eric befürchtete, dass der Pilot des Helis vor dem Wald auf sie wartete. Eric wollte nicht, dass Liam und Emma erneut ihr Leben ließen, weil er sie im Stich ließ. Er trug die Verantwortung für sie. Sie hatten so vieles durchmachen müssen. Nicht nochmal, dachte er fest entschlossen.

„Wir müssen es zur Abgrundkante schaffen! Zögert keine Sekunde und springt! Dort vorne rechts ist ein Wasserfall, der in den High Creek River mündet.

Kämpft nicht gegen den Wasserdruck an! Holt tief Luft und lasst euch nach unten drücken. Das sind nur ein paar Meter! Wenn der Druck nachlässt, schwimmt ihr wieder nach oben!"

„Meinst du das ernst?", brüllte Emma. Sie musste brüllen, denn das tosende Geräusch des Wasserfalls wurde lauter. Sie spürten die Feuchtigkeit auf ihrer Haut.

Eric sah sie mit unnachgiebiger Miene an.

„Wenn ich sage ‚springt', dann springt ihr!"

Emma nickte. Sie hatte Angst und konnte sich nicht vorstellen, dass Liam in seiner Verfassung einen Wasserfall hinunterspringen konnte. Er konnte sich kaum auf den Beinen halten. Immer wieder kniff er die Augen zusammen und stöhnte, als hätte er Schmerzen.

Als sie wenige Minuten später aus dem Wald heraustaumelten, hörten sie wieder das Dröhnen des Kampfhubschraubers, sahen ihn jedoch nicht. Nur noch wenige Meter bis zum Abgrund der Schlucht. Sie blickten verwirrt nach oben und suchten den Himmel ab, doch der Heli war nicht zu sehen.

Wie ein Raubtier erhob sich dieser plötzlich vor ihnen aus der Schlucht. Eric fluchte innerlich, denn nun verstand er, warum der Helikopter zuvor abgedreht hatte. Der Pilot war mit dem Heli in die Schlucht vor dem Wasserfall geflogen, um sie direkt an der Abgrundkante zu empfangen. Durch den dicht gewachsenen Wald hatten sie dieses Manöver nicht sehen können.

Eric, Emma und Liam kamen kurz vor der Abgrundkante schlitternd zum Stehen und starrten auf den Helikopter, den der Pilot vor ihnen über der Schlucht in der Luft hielt. An der seitlichen Luke stand Richard, Logan Greys leitender Forscher für sein tödliches Mittel. Eric hatte ihn das letzte Mal bei ihrer Flucht von Basis 29 gesehen. Richard fixierte sie ohne jegliche Regung. Flankiert wurde er von zwei Soldaten mit Maschinengewehren.

„Ihr seid zu spät, die Regierung fällt noch heute!", rief er über den Rotorlärm hinweg und hielt dabei einen kleinen Gegenstand in die Luft.

Es war eine Spritze. Das Mittel.

Plötzlich fing Emma zu schreien an und Eric musste alle Kraft aufwenden, um Emma und Liam halten zu können.

Emma hielt sich nun ebenfalls die Hände an den Kopf. Blut lief ihr aus der Nase. Als sie die Spritze in Richards Hand ausmachte, hatte sie plötzlich ein grausames Bild vor sich, spürte starke Arme, die sie festhielten, während sich ihr eine Nadel näherte. Und Liam, der sich aufbäumte, um ihr zu Hilfe zu kommen. Emma packte Liams Hand und versuchte gegen die rasenden Schmerzen und Bilder in ihrem Kopf anzukämpfen.

Die sich krümmenden Jugendlichen brachten Richard aus dem Konzept. Er starrte auf ihre verschränkten Hände und fasste einen Entschluss. Logan Grey hatte ihn mit genau einem Auftrag betraut: die Mittelproduktion verlagern und Eric und Ava in eine Falle locken, um sie ein für alle Mal loszuwerden.

„Erschießt sie!", brüllte er.

Eric konnte seine Waffe nicht anlegen, da er Emma und Liam stützen musste. Mit aller Kraft gab er den beiden einen heftigen Stoß, der sie über die Abgrundkante beförderte, bevor das Feuer eröffnet wurde.

Das Letzte, was Eric hörte, waren die verzweifelten Schreie seiner geliebten Schwester in seinem Ohr. Das Letzte, was Emma hörte, waren Liams Rufe in ihrem Kopf. Das Letzte, was Liam spürte, war Emmas Hand in seiner.

Das Letzte, was beide sahen, waren weiße Schaumkronen auf der Wasseroberfläche, die sie gleich durchbrechen würden.

*

Ephraim Lordan atmete tief durch. Hier, an seinem Lieblingsort, hoffte er auf ein wenig Ruhe, um nachdenken zu können. Er befand sich unterhalb des Regierungspalastes in der ältesten Bibliothek, die es im Land gab. Hier standen uralte Werke, die die Weltgeschichte dokumentierten. Vor allem die Aufzeichnungen seiner Familiengeschichte ließ er luftdicht verschlossen und dunkel aufbewahren, um sie vor äußeren Einflüssen zu schützen.

Er wusste, dass er mit McMillan seinen strategisch wichtigsten Berater in Militärangelegenheiten verloren hatte. Vom Stab waren nur noch Medienoberst Baldwin und oberster Seelenmeister Cisco übriggeblieben. Logan Grey war verantwortlich für das Verschwinden seiner engsten Berater. Tot konnten sie jedoch noch nicht sein, da ihre Zeichen in den Systemen noch als lebend geführt wurden. Was zum Seelenheil hatte Logan Grey mit ihnen vor?

Ephraim Lordan öffnete einen der Glaskästen und holte ein sehr altes, dickes Buch hervor. Seine eigene Geschichte, die über vierhundert Jahre zurückreichte. An manche Leben konnte er sich nur bruchstückhaft zurückerinnern, doch gerade an sein Leben als Erstgeborener hatte er viele prägnante, scharfe Erinnerungen. Wehmütig betrachtete er sein Zeichen auf dem Unterarm. Auch wenn er nun das Land regiere, so hatte er sich nie mehr besonders gefühlt als zu jener Zeit mit dem kleinen Halbmond über dem Zeichen. Erstgeborene waren selten gewesen und mit ihm starben sie aus.

Am meisten hatte ihm seine rasche Auffassungsgabe und seine schier unermessliche Intelligenz gefallen. Er hatte alles neu lernen müssen, konnte auf keine Erinnerungen zurückgreifen und fühlte sich zeitgleich stärker als in irgendeinem darauffolgenden Leben.

Was bedeuteten hingegen die zeichenlosen Babys? Hatten sie keine Seele? Waren sie eine neue Spezies? Waren sie neue Erstgeborene? Ephraim Lordan lächelte bei der Erinnerung an einen Klimatechniker, der die Räumlichkeiten mit einer neuen Anlage ausgestattet hatte, die die Raumtemperatur auf einem Level hielt, das die empfindlichen Bücher schützte.

Als er in einem seiner Bücher etwas hatte nachsehen wollen, hatte er den Techniker aus reiner Neugierde angesprochen.

„Glauben Sie, dass unsere Seelen wirklich unzerstörbar sind?", hatte er den Mann gefragt.

Dieser hatte nachdenklich an seinem Karohemd herumgenestelt, hatte ihn lange angesehen und geantwortet: „Ich denke, sie sind nicht unzerstörbar, doch ihre Unsterblichkeit wird immer siegen."

Das hatte Lordan sehr gefallen. Er hatte an diesem Tag vor so vielen Jahren jedoch eilig weiter zu einer Sitzung mit seinem Beraterstab gemusst. Als er am Abend wieder in seine Bibliothek kam, war die Klimaanlage fertig installiert und der Techniker verschwunden. Er hätte sich gerne weiter mit ihm unterhalten.

Er war so in Gedanken versunken, dass er die schwarzen Schatten nicht sah.

Plötzlich vernahm er Schritte. Lordan blickte sich um und entspannte sich. Franklin Cisco näherte sich in seiner langen, weißen Robe.

„Ach Sie sind's."

Ephraim Lordan klappte seine Lebensgeschichte zu und stand auf.

„Ich habe mich entschieden, den Osten und den Norden dem Erdboden gleichzumachen. Ich gehe davon aus, dass dort die meisten Geheimverstecke der Opposition sind. Mir ist es vollkommen gleichgültig, ob es dabei Kollateralschäden gibt. Dieses

Ungeziefer von Oppositionellen muss ausgerottet werden!"

Stille. Franklin Cisco antwortete ihm nicht.

Lordan drehte sich ungeduldig um.

„Warum sagen Sie nichts?"

„Sie werden gar nichts mehr tun", antwortete Cisco ruhig und blickte ihm ernst ins Gesicht.

„Wie bitte?", brauste Lordan auf. Er dachte, sich verhört zu haben.

Plötzlich hörte er ein Rascheln hinter sich, doch bevor er herumwirbeln konnte, wurde er von hinten gepackt.

„Was soll das?! Lassen Sie mich sofort los! Cisco, was soll das?!", brüllte Ephraim Lordan völlig außer sich und wehrte sich heftig gegen die Arme, die ihn unerbittlich festhielten.

„Was erlauben Sie sich, verdammt nochmal! Ich bin der Landesherrscher!"

„Nein, das bist du nicht mehr", zischelte eine bedrohliche Stimme.

Ephraim Lordan erstarrte, als zwischen zwei Regalen plötzlich sein Widersacher Logan Grey, flankiert von mehreren Leibwächtern, hervortrat.

Er lächelte kalt. Seine Augen waren voller Hass auf Lordan gerichtet. Lordan zählte eins und eins zusammen und blickte Franklin Cisco entsetzt an.

„Sie waren es. Sie haben mit ihm zusammengearbeitet. VERRÄTER!", brüllte er außer sich und bäumte sich verzweifelt auf.

„Das Land braucht eine Revolution", antwortete Cisco kühl.

„Wir sehen uns im nächsten Leben! Die Lordan-Dynastie stirbt nicht aus und ich komme, um euch zu holen! Meine Familie wird sich an euch rächen!", schrie Lordan.

Logan Grey lächelte und näherte sich Lordan bis auf wenige Zentimeter.

„Nein. Für dich gibt es kein Leben mehr. Hier geht es zu Ende. Deine Familie ist genauso tot, wie du es gleich sein wirst."

Lordan schnappte entsetzt nach Luft und wollte etwas entgegnen, doch er spürte plötzlich einen stechenden Schmerz in seiner Brust. Als er nach unten blickte, sah er eine kleine, dünne Spritze in Logan Greys Hand, die er ihm in den Brustkorb drückte.

Ephraim Lordan spürte einen unsagbaren Schmerz in seinen Gliedmaßen. Er breitete sich von seinem Brustkorb in alle anderen Körperteile aus. Lordan fing aus Leibeskräften an zu schreien. Die Gestalt hinter ihm lockerte ihren Griff und er sackte langsam zu Boden.

Logan Grey fing an zu lachen. Es bereitete ihm eine ungemeine Freude, seinen Gegner schreiend vor sich am Boden zu sehen, wie er sich vor Schmerzen herumwarf. Das, was sein Großvater und sein Vater nicht geschafft hatten, war ihm nun gelungen. Er hatte endlich die Lordan-Regierung gestürzt und war an der Macht. Schon bald würde es eine Armee von Seelenlosen geben. Jeden politischen Gegner konnte er auslöschen. Der Süden und der Westen würden sich ihm unterwerfen.

Ephraim Lordans Todeskampf dauerte beinahe fünf Minuten. Als er seinen letzten Atemzug tat, nickte Logan Grey zufrieden.

„Eine neue Ära bricht an", sagte er, wandte sich dabei an Franklin Cisco und streckte ihm seine Hand entgegen.

Der erwiderte seinen Händedruck ohne zu zögern.

„Sie haben mir geholfen, hier hineinzugelangen. Ihr Hinweis, dass uns jemand auf den Fersen ist und unsere Produktionsstätte sucht, war goldrichtig. So etwas vergesse ich nicht", fuhr Logan Grey fort.

„Auf eine gute Zusammenarbeit", ertönte es hinter ihm.

Grey drehte sich um und blickte einem Mann entgegen, der hinter einem der Regale hervorkam.

„Und wer sind Sie?", fragte er und näherte sich dem Mann misstrauisch.

„Mr. Ciscos Augen und Ohren."

Grey zog die Augenbrauen hoch und blickte Franklin Cisco fragend an. Der nickte bestätigend.

„Meine treue rechte Hand, Ian Turner. Er war federführend daran beteiligt, Ihre Live-Schaltungen im Staatsfernsehen zu ermöglichen."

Grey lächelte und streckte dem Mann seine Hand entgegen.

„Willkommen im Team, Ian Turner."